Le pays des autres

他人之地

蕾拉·司利馬尼

Leïla Slimani

一半檸檬，一半柳橙。我們不在任何一邊。

蘇瑩文譯

目錄

導讀／混血者的解殖刨空術

白樵（作家）

蕾拉・司利馬尼初期作品，總讓我想起詹姆斯・鮑德溫。更精準而言，是《喬凡尼的房間》。

一名非裔美國作家撰寫的五〇年代同國籍白人男主角冶蕩巴黎，周旋男子女子間的內向性作品。我總以為，單本小說散文抑或創作者特質，總有內向／外向之別。內向性者如普魯斯特、克勞德・西蒙與自我虛構體（autofiction）之父賽爾吉・杜柏洛夫斯基（Serge Doubrovsky）等。然內外分野非絕對矣，區別在，內向性者更擅用外在情境，將敘述者置身於風暴中央，詳實捕捉當下局部放大的心旌搖曳靈魂透視感。

外向者則將敘述主體鑄煉為鋼砲彈藥，秉堅強人格特質怪異缺陷之所在，衝鋒陷陣於空間或群體，作者記錄此間的磨合，擦撞，乃至整體結構性滑移的異化過程。當然，論內外性，更有作家屬於徘徊裡外中的幽冥地，晦澀區，可進可退，亦攻亦守。

喬凡尼的房間，是性傾向人文價值自省內景，亦如司利馬尼在《食人魔的花園》與《溫柔之歌》裡，將中產階級家庭形塑成為人性修煉場。相似處更在於，司利馬尼一如詹姆斯・鮑德溫，將自身種族色彩隱去，選擇以白人角色為主的敘述聲腔。

當然我們可以說，司利馬尼在《夜裡的花香》自剖承襲薩爾曼・魯西迪的「不一定要以自己同胞、同族的名義寫作」道統。但我知道，我們都深深知曉，有些對寫作者最如鯁在喉，如針刺心的議題與題材，得經由彎繞，迂迴的創作路徑方能抵達。前兩本小說中被置於括弧內的種族，實則更觸動作者揮別生活二十載的摩洛哥祖國後抵巴黎時，方被套上的被形塑的馬格里布裔身分（**來自一塊並不明確，沒有國界、沒有差異或微細區別的領土**）[1]。

《他人之地》是司利馬尼首次以原生家庭延伸出的企圖心強大的三部曲系列，今第一部分後以《戰爭，戰爭，戰爭》細稱（第二部為法國前年出版的《看我們跳舞》），終章為明年問世的《我將奪走火焰》）。《他人之地》首章的女主角，發想自作者出生阿爾薩斯的外祖母。大戰時期，曾受德軍俘虜，後成功脫逃的摩洛哥法軍輕騎兵團軍人阿敏，在此與女主角瑪蒂德相識相戀。瑪蒂德後隨夫婿返回摩洛哥的梅克內斯。在城市邊緣祖產農地而居，產下女兒愛伊莎，男孩塞林姆。他們與貧壤及所處階級搏鬥，積極適應在地標本化生活（naturalisation，法語中的入國籍，亦有標本製作含義），被擺蕩在烽火連綿政局動蕩的年分。

不再將敘述緊縮於單一家庭，此回，司利馬尼藉主角的親族與社交相連性，更枝繁葉密地，疏通不同人口社會學單位：瑪蒂德與其親姊代表的法國印象，阿敏的母親穆拉拉、弟弟歐瑪爾與小妹瑟瑪體現的貝立馬區傳統家族，以及經商及私交皆涉的猶太醫生優渥頂客族等。

作者擅長的個體生活情境描寫，如今型態升級，在寬廣敘事支線形塑，挖鑿出一個個房間，一個個禁閉區，如窪，似坑，偶如墳塚。但各房，坑塚間，又安樁流動似的渠道元素，那是難以規範的，來自身體的慾望，來自翻轉／叛逃命定階級的慾望。

是梅克內斯存有的，涇渭分明的舊城區、歐化新區、猶太區。是散落古巷暗夜的妓女戶。是柑橘農地。是黑人傭人房。是教會學校。是法國女人法柏小姐在阿拉伯區裡邊收容孤兒、

1 粗體字皆節錄自作者所撰之《夜裡的花香：我在博物館漫遊一晚的所見所思》，林佑軒譯，木馬文化出版。

無資本財產的寡婦們，並興辦紡織工坊的傳統老屋。

主角群像亦隸屬在不同光譜位置。法語界定混種非裔黑人之律可見一斑：黑人（nègre）、黑白雙混（mulâtre）、有四分之三白人族裔四分之一黑人或印地安人混血（quarteron）、白人（blanc）。我們亦可按此將核心角色劃分：純粹的阿拉伯人阿敏及其家屬、白種的瑪蒂德、阿拉伯白人雙混的愛伊莎與塞林姆（與四分之三白人族裔四分之一阿拉伯混血的作者）。其中，種族指涉的恆動性，更意味單一個人受困在膚色裡，面對殖民地與在地強勢文化時，尤勝沙特式的「本體即地獄」。可相通的情色，不可相通的性別／種族苦難。司利馬尼如是交織盤繞梅克內斯底層的繁雜社會網絡。

更令人驚豔之處，更在於除了工筆細描混血核心家庭的掙扎，作者更形塑獨特的，遊走於尋常北非文化的邊境形象：巨大且富男子氣慨的瑪蒂德。躊躇在西化與本土價值的阿敏。抗戰時迷戀上司阿敏，後歸其麾任職工頭的穆拉德。同理女性心態的婦科醫生德拉剛與其無法受孕之妻。攝相館的法國男同志。甚至（在伊斯蘭世界中）被偶像化，肉慾化的受難基督聖像。

所有背負自身沉重命運的人物，被限縮，捲襲在戰爭，戰爭，戰爭間。銘刻的時間點是第二次世界大戰，以及一九五五年夏天，摩洛哥城鎮中竄燃而起的反殖民運動。

女人的處境是何等地逼迫女人永遠活在裡與外的拉扯。

在《夜裡的花香》認為女性問題就是空間問題的司利馬尼，在本書將女性兩字刨去，置於更深層的坑窪底處，其上，可依序套上各種不同人口社會學分類標記（阿拉伯人、混血族裔、性少數等）。《食人魔的花園》與《溫柔之歌》中的內向性家屋，則被放大，拉寬至國土範圍。

我們只有在可以離開某處、**往赴他方時**，**才有辦法住在原來這個地方**。

《他人之地》必得是一部經由彎繞與百般遷徙後方能抵達之書。那是返回母土，回頭探勘，測量最原初的生命洞穴。如此方能達成內向性代表作家賽爾吉・杜柏洛夫斯基以為的小說理想模樣：除褪日常的平庸油脂，保留生命的筋腱與肋線，全部取決於裁切的方式。

司利馬尼以精湛如庖丁的解剖技藝刨空一具龐大的被殖民軀體。

她在裡頭填滿夜來香，柑橘與橄欖。烹飪調製雙重身分所帶來的不適與自由。

我在他人之地；他人在我之地。他者的終極指涉或界線為何？

司利馬尼打算用三部曲時間，老火慢燉，復入洞土窯回應改寫自詹姆斯・鮑德溫的種族大哉問：「What a white/ Arabic/mixed-race people have to do is try to find out in their own hearts why it was necessary to have a nigger/ white/Arab in the first place?」

致安（Anne）與阿堤卡（Atika）

你們的自由從未停歇，一直啟發著我。

獻給我摯愛的母親。

「讓我們把『混血』這個字眼的詛咒大大地書寫出來。」

——艾德華・葛利森，《詩的意義》

「他的血不願噤聲，不願得到拯救，既不願這兩者，也不願讓身體自救。他的黑人血統先將他推向黑鬼的一方，他的白人血統將他拉出來，而很可能地，是他的黑人血統拿起手槍，白人血統阻止他開槍。」

——威廉・福克納，《八月之光》

I

瑪蒂德首次造訪農場時，她心想：「太遠了。」如此偏僻的地點讓她焦慮。一九四七年他們還沒有車子，因此，當年他們必須搭吉普賽人駕駛的老騾車來回這段與梅克內斯相距二十五公里的路程。阿敏不在意木板椅凳坐起來不舒服，或灰塵惹得妻子咳嗽。他眼裡只有風景，急著想早點抵達他父親交給他的那片土地。

一九三五年，卡度．貝拉吉在殖民軍隊擔任多年翻譯後，買下了那幾公頃遍布石塊的土地。他告訴兒子，他希望開發這片土地，日後用來養育貝拉吉家的後世子孫。阿敏依然記得父親當時的目光，以及他說起計畫經營農場時絲毫不顯顫抖的聲音。父親解釋道，有幾畝地要種植葡萄，其餘的幾公頃都要種植穀物。坡地上日照最充裕的角落應該要蓋主屋，四周種植果樹和幾排杏仁樹。卡度以擁有這片土地為傲。「我們的土地！」他並非以愛國主義者或殖民地居民的角度、因道德或理想的原則來說這句話，而是以權力得以伸張、心滿意足的地主身分。老貝拉吉希望自己和子孫都能葬在這裡，希望這片土地能養活他，成為他最後的家園。然而，當他在一九三九年過世時，他的兒子正效力於法軍輕騎兵團[1]，驕傲地穿戴著披肩外套和燈籠褲。上前線之前，阿敏——他身為長子，此後理所當然成了家族領導人——將土地租給一個阿爾及利亞裔的法國人。

瑪蒂德問起從未謀面的公公是如何過世時，阿敏掩著自己的腹部，搖頭不語。事後，瑪蒂德才知道事情的經過。卡度．貝拉吉打從自凡爾登[2]回來後便長期腹痛，無論是摩洛哥或歐洲的治療師都沒能解決這個問題。老貝拉吉一向自詡理性，以自己所受的教育和語言天賦為傲，沒想到最後還是拖拖拉拉，羞恥又絕望地走進巫師住的地下室。女巫師說服他，說他這是中了巫咒，有人對他心懷不滿，而他的痛苦來自某個不容小覷的敵人。她給他一張摺又對摺的紙，裡頭包著番紅花般黃色的粉末。當天晚上，他將溶在水中的藥粉喝下，幾小時後便劇痛身亡。貝拉吉家人不愛談這件事。他們對父親的天真想法和他的死狀感到羞恥，因為當人們將這位備受尊崇的翻譯官抬出家門時，他純白的吉拉巴[3]沾滿了糞便。

一九四七年的四月這天，阿敏對瑪蒂德微微一笑，轉頭催促車夫——後者兩隻髒兮兮的光腳丫正在互相摩搓。這鄉下人使勁朝騾子揮鞭，瑪蒂德嚇得差點跳起來。吉普賽車夫的暴力讓她反感。他彈舌發出「噠」的聲響，鞭子打在牲畜瘦到見骨的後臀。這時是春天，瑪蒂德才懷孕兩個月。田野間長滿了金盞花、錦葵和琉璃苣，清風徐徐撫過向日葵的枝葉。這條路的周圍都是法國墾拓者的土地，他們在二、三十年前便來到這裡，種植的作物沿著緩坡延伸到遠處的地平線。多數移民來自阿爾及利亞，有關單位劃給他們的不但是最肥沃的土地，還以最大面積計算。阿敏伸展一隻手臂，一隻手遮在雙眼上方遮擋南方烈陽，打量展開在眼前的廣闊土地。他指著一排扁柏圍起來的土地，那是羅傑·馬里安尼的地，他在那塊地上以生產釀造葡萄酒和養豬致富。雖然從路邊看不到馬里安尼的主屋也看不到葡萄田，但瑪蒂德不難想像這位地主的財富。馬里安尼家的富裕，讓她對自己的未來充滿希望。寧靜優美的風光，讓她回想起米魯斯那位音樂老師家中掛在鋼琴上方的版畫。她想起老師的解釋：「那是托斯卡尼的景色，小姐。也許妳將來有一天會到義大利去。」

騾子停下腳步，嚼起路邊的雜草。看來牠沒有意願面對眼前布滿白色大石頭的坡路。

1 Spahis，主要招募對象為阿爾及利亞、突尼西亞及摩洛哥人。
2 指一九一六年的凡爾登戰役。
3 摩洛哥傳統的尖帽長袍。

車夫憤怒地坐直身子，又是咒罵又是鞭打地折磨騾子。瑪蒂德的淚水湧上眼眶。她努力保持鎮定，緊挨著丈夫。阿敏感覺到她的情緒轉變。

「妳怎麼了？」阿敏問道。

「叫他別再打這頭可憐的騾子了。」

瑪蒂德把手放在吉普賽馬夫的肩膀上，雙眼看著他，像個想打消家長怒火的孩子。但車夫反而更生氣。他朝地上淬了一口，抬起手臂說：「妳也想嘗嘗鞭子的滋味嗎？」

隨著氣氛轉變，景色也不同了。他們來到一處小丘頂，坡地光禿，沒有花，沒有柏樹，多石的地面只見苟延殘喘的幾株橄欖樹。這片丘陵地顯得很貧瘠。瑪蒂德心想，這下子他們不是在托斯卡尼，而是到了美國西部。他們下了車，走到一處不起眼的小建築物旁，這棟白色建築不但毫不迷人，屋頂還是以鐵片搭起。這算不上房屋，只能說是一排狹窄、陰暗又潮溼的權宜替代品。唯一的窗戶為了不讓動物侵入，位置設計得很高，只能透入微弱的光線。瑪蒂德看到牆上有從前下雨留下的大片綠色汙漬。上一任房客獨居；他的妻子在孩子死去後回到尼姆，而他從未想過要把這處小屋打點成足以住下一家人的溫暖住處。儘管天氣和煦，瑪蒂德仍然覺得冰冷。阿敏口中的計畫讓她滿心焦慮。

*

一九四六年三月一日，當她初次抵達拉巴特[4]，她也同樣氣餒。蔚藍的天空、與丈夫再次重逢的喜悅，以及逃離命運的驕傲，都沒能壓下她心中的恐懼。當時，她剛結束兩天的旅程。她先從史特拉斯堡到巴黎，再從巴黎經馬賽到阿爾及爾[5]，最後，在阿爾及爾搭上一輛老舊飛機時，她以為自己會這樣死去。她坐在硬梆梆的板凳上，周圍的男人因為多年戰爭而眼神疲憊，她差點尖叫出聲。航程中，她落淚、嘔吐，乞求上蒼的同時，嘴裡有膽汁的苦澀和淚水的鹹味。她難過不全然是自己可能會死在北非上空，還因為想到她生命中的男人正等著她，而她卻穿著皺巴巴又沾了穢物的洋裝。最終她安然落地，而比任何時候都英俊的阿敏就在眼前，背後是猶如被大水沖洗過的深藍天幕。瑪蒂德的丈夫親吻她的雙頰，沒忘了留意其他旅客的目光。他握住她手臂的方式既情慾又威脅，彷彿想控制她。

兩人上了計程車，瑪蒂德緊依在阿敏身邊，終於感覺到他緊繃的身體充滿想要她的慾

4 摩洛哥於一九五六年獨立後，即以拉巴特為首都。

5 現為阿爾及利亞首都。

望。「我們今晚住旅館。」他把地址告訴司機，接著，像是要證明自己的清白似地，又加上一句：「這是我妻子。我們才剛剛相聚。」拉巴特是個小城市，建築物以白色為主，陽光充裕，優雅的風貌讓瑪蒂德為之訝異。她入迷地注視市中心屋舍的門面和裝飾，還把臉貼在車窗上，好更仔細欣賞利奧泰廣場[6]上來來回回的漂亮女人，她們會將手套和鞋帽成套搭配。市區四處可見建築工地，不少衣著襤褸的男人在工地前討工作。不遠處，幾名修女走在兩個揹著包袱的農人身邊；有個小女孩把頭髮剪成男孩的樣子，坐在黑人拉的驢子上歡笑。瑪蒂德有生以來首次呼吸大西洋帶著鹹味的風。這時光線暗了下來，映照出嫣紫的色彩。她睏了，正準備把頭靠向丈夫的肩膀時，阿敏說旅館到了。

他們一連兩天沒有走出房門。瑪蒂德就算對本地人和外頭充滿好奇，也不願拉開窗簾。她眷戀阿敏的手、嘴與他皮膚的味道，她現在瞭解那味道與這個國家的空氣有關。他在她身上施了真正的魔法，她祈求魔力盡可能長久留在她身上，就算睡覺、說話時也一樣。

瑪蒂德的母親曾經說，磨難和羞恥會喚起人類還是動物時期的回憶。但從來沒有人對她提過這種歡愉。戰爭期間那些孤寂又哀傷的夜晚，瑪蒂德在樓上房裡冰冷的床上自慰。當她聽到空襲警報，在飛機引擎的隆隆聲傳入耳際時，瑪蒂德不是為了性命而奔跑，而是為了緩和自己的慾望。她只要害怕，便會上樓到她的房裡，她臥室的門房關不起來，但她根本不在乎會不會有人撞見。反正其他人都喜歡成群躲在防空洞或地下室，他們想死在一起，像動物一樣。她躺在自己的床上，自慰是她唯一能平息、控制恐懼，擊敗戰爭的方法。她躺在骯髒的床單上，想著那些帶著步槍穿越平原的男人，他們被剝奪了女人，一如她被剝奪了男人。當她刺激自己的性器官時，心裡想像的是龐大澎湃的慾望，是舉世對愛情及占有的渴求。無止境的情慾，讓她心醉神迷。她向後仰頭，翻起白眼，想像男人組成的軍團朝她而來，占有她，感謝她。對她而言，恐懼與愉悅同化了，而在危險時刻，這樣的念頭總是會先來到。

兩天兩夜後，又飢又渴的阿敏不得不將她拉下床，要她一同到旅館露臺用餐。即使在露臺上，葡萄酒暖了她的心，她想的仍是阿敏即將再次填進她雙腿之間。然而，作丈夫的表現得十分嚴肅。他大口吃下用手撕開的半隻雞，想與妻子討論未來。他沒和她上樓回房間，聽到她提議小睡時甚至明顯不悅。用餐時，他幾次離席去打電話。當她問起他的致電對象以及他們何時要離開拉巴特和旅館時，他又模糊帶過。「一切都會妥妥當當的。我會處理。」

6　紀念法蘭西第三共和國元帥 Lyautey。利奧泰元帥於一九一二年至一九一五年在摩洛哥建立了殖民地性質的法國保護國制度。

他告訴她。

過了一週，某天，瑪蒂德獨自度過下午。阿敏緊張又沮喪地回到房間。瑪蒂德報以滿滿的愛撫，坐在他膝上。他抿了口她端給他的啤酒，說：「我有個壞消息要告訴妳。我們必須晚幾個月才能住到我們的產業上。我和房客談過，但他在租約到期前拒絕離開農場。我嘗試在梅克內斯找公寓，但目前難民還是很多。沒有價格合理的租屋處。」

瑪蒂德茫然地問：「那我們要怎麼辦？」

「這段時間，我們去住我母親家。」

瑪蒂德跳了起來，放聲大笑。

「你不是說真的吧？」她顯然覺得這個提議荒唐可笑。一個像阿敏這樣的男人，一個以昨夜那種方式占有她的男人，怎麼可能要她相信他們要去住在他母親家？

但阿敏不是開玩笑。他仍然坐著，為的是不必忍受自己和妻子體型的差異。他的語氣冰冷，雙眼直視花崗岩地板，語氣篤定：「在這裡就是這樣。」

她經常聽到這句話。這一刻，她瞬間明白自己是個外國人，是個女人，是妻子，是活在他人憐憫之下的人。現在，阿敏在自己的土地上，負責說明規則的是他，發號施令的是他，區分貞潔和羞恥，解釋何為得體的也是他。對戰爭期間的阿爾薩斯來說，他是外人，是應該保持低調的過客。當她在一九四四年秋天遇見他時，她是他的導遊和保護人。當時，阿敏所屬的軍團駐紮在她住的小鎮，離米魯斯才幾公里遠，為了東行的命令在原地等了好幾天。他們抵達當天，在所有圍繞著吉普車的女孩當中，瑪蒂德的個子最高。她的肩膀寬闊，有一雙像年輕男孩般的小腿。她的雙眼和梅克內斯的噴泉同樣碧綠，而且目光離不開阿敏。他在小鎮停留了漫長的一個星期，她陪他散步，介紹他認識她的朋友，還教會他紙牌遊戲。他比她足足矮了一個頭，皮膚顏色深到難以想像。他的英俊，讓她怕會有人橫刀奪愛；擔心他只是個幻象。過去她從未有那種感覺；她十四歲那年對鋼琴老師沒有；對把手伸進她洋裝下，還去萊茵河畔為她偷摘草莓的表哥亞蘭也沒有。但到了這裡，在他的土地上，她覺得自己軟弱無力。

*

三天後，他們搭上一輛卡車，司機願意載他們到梅克內斯。司機的體味和欠佳的路況讓瑪蒂德十分不舒服，他們不得不在路邊的水溝處停車兩次，讓她嘔吐。她臉色蒼白，筋疲力盡，雙眼看著對她來說既無意義也不美麗的風景，滿心鬱悶。她告訴自己：「請別讓這個國家對我懷抱敵意。我會有適應這個世界的一天嗎？」他們抵達梅克內斯時已經是晚上，冰冷大雨打在卡車擋風玻璃上。「現在太晚，不適合介紹妳給我母親認識。」阿敏解釋道：「我們今晚先住旅館。」

瑪蒂德覺得這個城市陰暗又不友善。阿敏為她說明，梅克內斯是依照利奧泰元帥在保護國制度初期頒布的原則而規畫的，嚴格劃分了保留原有風俗的阿拉伯區，以及將街道以法國城市命名並企圖成為現代化城市的歐洲區。卡車司機讓他們在梅克內斯南側布法坎乾河床的左岸下車，就在阿拉伯區的入口。阿敏的家人住在附近的貝立馬區，正對著特有的猶太區。他們搭計程車前往河對岸，沿著長長的上坡路開——路的兩側是運動場，再穿過一片區隔兩區的禁建緩衝地帶。阿敏指出普布朗軍營要她看，軍營居高臨下，監視著阿拉伯區，連最微不足道的衝突也不放過。

他們找了一間還算體面的旅館下榻，接待人員謹慎且過度正式地檢查他們的文件和結婚證書。在通往樓上房間的樓梯上，他們差點發生爭執，因為服務生堅持用阿拉伯文與說著法文的阿敏溝通。年輕的服務生以懷疑的眼光看著瑪蒂德。他若要在夜裡到新建的歐洲區走動，必須拿出許可證件，而阿敏竟能與敵人同寢並且自由出入。他們才把行李放進房間裡，阿敏幾乎同時又穿上外套、戴上帽子。「我去和我家人打招呼，不能耽誤。」他沒等瑪蒂德回答就用力關上門，她只聽到他跑下樓的腳步聲。

瑪蒂德坐在床上，縮起雙腿抱在身邊。她在這裡做什麼？這裡只有她與她的自傲。想冒險的人是她，是她勇氣十足地踏入這段讓她童年友人羨慕的異國人生。然而目前呢，當下的她可以成為任何遭人取笑、背叛的對象。說不定阿敏去見情婦？說不定他已經結過婚？畢竟他吞吞吐吐地說過，這裡的男人——包括他父親——是一夫多妻制。他可能在距離旅館幾步遠的地方打牌，撇下黏人的妻子，享受與朋友歡聚的時光。她哭了起來。屈服於恐慌的情緒讓她感到羞恥，但夜深了，而她不知道自己身在何處。如果阿敏不回來，她勢必無依無靠，沒有錢也沒有朋友。她甚至連旅館所在的路名都不知道。

阿敏在將近午夜時回到旅館，瑪蒂德神情倉皇，泛紅的臉上看得出慌亂。她花了一點時間才打開門，看到她發抖，他以為出了什麼事。她投入他懷裡，努力想解釋她的恐懼、思鄉之情，以及圍繞她的極度焦慮。他無法理解，而掛在他身上的妻子讓他覺得沉重得可怕。

他將她往床邊帶，兩個人並肩坐在床上。她的淚水沾溼了阿敏的脖子。瑪蒂德冷靜下來，呼吸逐漸平緩，她吸了吸鼻子。阿敏把放在袖子內側的手帕遞給她，慢慢輕拍她的背，說：「別像個小女孩一樣。妳現在是我的妻子了，妳要在這裡過日子。」

兩天後，他們住進貝立馬區的家裡。走在舊城區狹窄的巷弄裡，瑪蒂德緊緊抓著丈夫的手臂，這裡像個迷宮，無數商人互相推擠、菜販大聲吹噓自家產品，她擔心走丟。阿敏全家人在鑲著銅釘的厚重大門後面等她。他的母親慕拉拉站在天井中央。慕拉拉身穿優雅的絲質卡夫坦[7]，以祖母綠的頭巾包住頭髮。為了這個場合，慕拉拉拿出雪松木盒裡的舊金飾，包括幾只腳環，一個精刻別針，還有一條重到讓她瘦弱身子略往前傾的項鍊。阿敏夫婦進門後，慕拉拉立刻奔向兒子為他祈福。她對瑪蒂德微笑，後者握住她的雙手，凝視這張雙頰略略脹紅、美麗的棕色臉孔。「她說歡迎妳。」剛滿九歲的小妹瑟瑪為瑪蒂德翻譯。瑟瑪站在沉默的歐瑪爾前面，這個纖瘦少年把雙手背在身後，低垂著雙眼。

瑪蒂德必須適應未來日子中的這些人，習慣屋裡長蟲的床墊，在這些床墊上，無論任何動靜或鼾聲，同樣聽得清清楚楚。她的小姑走進她房間前不會先打招呼，只會一屁股坐在她的床上，說著在學校裡學到的幾個法文單字。夜裡，瑪蒂德會聽到賈里的叫喊聲，這最小的弟弟獨自被關在樓上，唯一的陪伴是一面隨時都在眼前的鏡子。他無時無刻不在抽菸管，走廊上充斥著大麻混合菸草的味道，讓瑪蒂德老覺得頭昏。

家裡的小花園整天有一群群瘦骨嶙峋的貓在走動，覆滿灰塵的香蕉樹掙扎著活下去。天井最深處有一口井，現在的女傭——也就是從前的奴隸——必須為全家人打水。阿敏告訴過瑪蒂德，雅斯敏來自非洲，很可能是迦納，是卡度・貝拉吉在馬拉喀什的市場上買來給妻子的。

7　摩洛哥傳統的正式繫帶長袖長袍。

瑪蒂德寫給姊姊的信裡通篇謊言。她謊稱自己的生活宛如凱倫・白烈森[8]、亞歷珊卓・大衛・尼爾[9]或賽珍珠[10]筆下的小說。她在信中自導自演，滿是自己與溫和、迷信的本地人相處狀況。她描寫自己穿著靴子戴著帽子，驕傲地走在純種阿拉伯人之間。她想引伊蓮嫉妒，讓她讀到每個字都受苦，都充滿渴望，甚至怒火中燒。瑪蒂德以此報復專制又嚴格的長姊，瑪蒂德這輩子都被伊蓮當成小孩子看待，而且經常以公開取笑她為樂。「心不在焉的瑪蒂德」，「粗俗的瑪蒂德」，伊蓮這麼說的時候，語氣中沒有溺愛也沒有溫柔。瑪蒂德總覺得姊姊不瞭解她，在姊姊蠻橫的態度下，她活得如同囚犯。

當她前往摩洛哥，逃離家園以及鄰居和別人為她設定的未來時，瑪蒂德有種勝利的快感。最早，她的信中滿是對住在阿拉伯區家中的熱情。她強調貝立馬區小巷弄的神祕氣息，加油添醋地形容街道的髒亂程度，以及載著人和貨物的驢子發出的叫聲和氣味。多虧了學校的一名修女，她找到一本有關梅克內斯的書，裡頭有德拉克洛瓦[11]的版畫複製圖。她把這本頁面泛黃的書放在床頭桌上，好沉浸在書裡的氛圍中。她將畢爾・羅逖[12]書中的段落熟記在心，她覺得這些段落極富詩意，她難以想像這位作家曾經睡在離阿敏家幾公里外的地方，而且親眼看過阿格達勒水庫[13]的高牆。

她描繪繡工、銅匠和木工如何穿著傳統服飾坐在地下店鋪裡；兄弟會的隊伍在赫丁廣場上行進；穿梭的治療師和靈媒。其中一封信中，她花了將近一整頁的篇幅描寫一名治療師的鋪面，詳述裡頭賣著鬣狗頭骨、烏鴉標本、豪豬和毒蛇的毒液。她認為這會讓伊蓮與父親印象深刻，在她法國家那幢中產階級房子二樓的房裡，他們會躺在床上羨慕她拋下無聊而選擇了冒險，放棄舒適而踏入令人難以置信的生活。

她的所見所聞都在意料之外，與她從前所知截然不同。她必須找到新的文字，找到能擺脫過去的詞彙，才得以形容嶄新的感覺以及強烈到不得不瞇起眼的光線；也才得以描述日復一日眼見的奧妙與絕美景觀所帶給她的驚奇。包括樹木或天空的色彩、清風留在她唇舌間的氣味，一切對她來說都那麼陌生。事事都改變了。

---

8 Karen Blixen，丹麥作家，筆名伊莎・狄尼森，著有《遠離非洲》等小說。

9 Alexandra David-Néel，法國探險家、記者、作家，一九二四年為首位進入西藏拉薩的歐洲女性。

10 Pearl Buck，美國作家，獲得諾貝爾獎的首位女性作家，曾居住中國多年，以描寫中國農民的《大地》獲得一九三二年普立茲小說獎。

11 Delacroix，十九世紀法國浪漫主義畫家。

12 Pierre Loti，十九－二十世紀法國小說家，著有《冰島漁夫》、《在摩洛哥》等小說及隨筆。

13 位於梅克內斯，十八世紀挖鑿的人工水庫，原為灌溉當地宮殿之花園而建。

在摩洛哥的第一個月，瑪蒂德花了許多時間在她婆婆擺在他們套房裡的小書桌後面。老婦人對她有種讓人感動的敬意。慕拉拉這輩子，家中第一次有受過教育的女人同住，當她看見瑪蒂德摺起褐色信紙時，她對自己的媳婦感到無比敬佩。此後，她便禁止大家在走廊上吵鬧，也不准瑟瑪樓上樓下地跑。同時，她拒絕讓瑪蒂德成日在廚房裡打轉，因為她覺得那不是一個能讀報紙、小說的歐洲女人該待的地方。於是瑪蒂德只能關在房間裡寫信。每當她開始描述風景或回想看過的某個場景時，她覺得自己的詞彙有限，因而鮮少樂在其中。她經常受到某一些沉悶字眼所羈絆，這讓她惶恐地感覺到語言的世界是那麼浩瀚，宛若沒有邊界的競技場，她既害怕又震撼。她有太多事想說，假如可能，她真想變成莫泊桑，好形容阿拉伯舊城區房屋的黃色牆壁，好讓在街上玩耍的活潑小男孩或身穿厚重白罩袍、像鬼魂般移動的女人全都躍然紙上。她使用異國風情的文句，相信這能討她父親歡心。她提到突襲、當地農民、神靈，以及各種顏色的馬賽克拼貼。

然而她真正期待的，是能夠表達無礙，是能夠敘述親眼所見，能描繪那些頭上長癬而不得不剃光頭的孩子，這些男孩在巷弄裡大呼小叫追趕跑跳，看到她會停下腳步回過頭，以超齡又陰暗的眼神凝視她。某天她做了件蠢事，把銅板給一個穿著短褲、頭戴過大圓氈帽的小男孩。瑪蒂德每次看到雜貨商那些裝小扁豆或粗粒小麥粉的麻袋就想把雙手伸進去。那個不超過五歲的小男孩大約就和裝滿的麻袋一般高。她告訴小男孩：「去買顆球玩吧。」心裡充滿驕傲和喜悅。但那小男孩放聲大喊，四面八方的大街小巷忽然竄出一群群孩子，像昆蟲般湧向瑪蒂德。他們以真主的名字祈求，用她聽不懂的法文對她說話，最後她不得不在路人嘲笑的眼神下逃跑。那些人一定在想：「這就是想當濫好人的教訓。」她寧願遠遠看著這種讓人咋舌的生活，讓自己隱而不見。她高䠷的身材、白晰的皮膚以及外國人的身分，讓她遠離了事物核心和以此地為家的寧靜。她在巷弄裡呼吸著皮革的芬芳，嗅著燒柴、新鮮肉品、發臭的水與過熟梨子混和的氣味，還聞到了驢子的排泄物和木屑味道。但是她沒辦法以文字來形容。

瑪蒂德懶得寫信或不想重讀幾本她早已倒背如流的小說時，她會躺在用來洗被單或晒肉乾的露臺上，聽路上行人閒談，或聽女人們在這片屬於她們的天地唱歌。她看著這些像是走繩索賣藝的女人，她們在不同露臺間穿梭，像是差點要掉下去摔斷脖子。那些妻女和女僕說著話、舞動，只有在夜晚或是陽光過猛的中午，她們才會離開這些地方。有了矮牆遮蔽，瑪蒂德為了讓自己發音更正確，她會躲在牆後練習她僅知的幾句髒話，而經過的路人也會抬頭回罵：「你最好得傷寒！」路人一定以為是哪個被母親管得無聊到發慌的小男孩在開玩笑。她的耳朵很靈，學習速度快得驚人。「她昨天還什麼都聽不懂！」慕拉拉訝異地說。此後，大家在她面前說話就變得非常小心。

瑪蒂德是在廚房裡學會阿拉伯文的。經過她的努力懇求，慕拉拉終於願意讓她坐在一旁看。廚房裡的女人會偷瞄她、對她微笑，也會邊唱著歌。她先學會怎麼講番茄、油、水和麵包，也學會了熱、冷、各種香料名稱，接著再進入氣候的領域：乾旱、雨、霜、熱風，甚至沙塵暴。有了這些詞彙，她開始言之有物，也可以談情說愛。瑟瑪在學校學法文，於是成了她的口譯員。瑪蒂德下樓用早餐時經常看到瑟瑪躺在沙龍的長榻上。她會責怪慕拉拉不夠關心女兒，說瑟瑪成績好，應該要更用功，但作母親的女人卻讓小女兒睡得像頭不想早起上學的熊。瑪蒂德試圖說服慕拉拉，如果瑟瑪受了良好的教育，日後便可以獨立自主。但是老婦人皺著眉頭，拉下平日友善的臉孔，不願聽這個天主教徒說教。「妳為什麼讓她缺課？這會耽誤她的未來。」慕拉拉自問：這個法國女人有什麼資格談論未來？就算瑟瑪整天在家，就算她只會切自己填餡的內臟而不會在筆記本上塗鴉，那又怎麼樣？慕拉拉有太多孩子，太多煩惱。她葬下了一個丈夫和好幾個嬰兒。瑟瑪是她的禮物，是她的安寧，是生命賜予她展現溫柔和寵溺的最後機會。

來到摩洛哥之後的第一個齋戒月，瑪蒂德決定跟著禁食，她的丈夫因為她願意遵循他們的習俗而感謝她。每天晚上，她喝的是她不愛的番茄扁豆湯。每天在日出之前淨身，再吃些椰棗喝點奶酪。在這神聖的一個月，慕拉拉沒有離開廚房，而瑪蒂德既貪愛美食又心性不定，她不懂怎麼會有人在塔吉鍋和麵包的香氣中，仍然可以日日禁食。打從日出一直到日落，這些女人揉著杏仁團，把炸好的甜點拿去浸蜂蜜，將加了油脂的麵團整型後攤成信紙那樣薄。她們的雙手不怕冷也不怕熱，手掌甚至能貼在熱滾滾的鐵盤上。禁食使得她們臉色蒼白，瑪蒂德不禁自問，在這個過熱的廚房裡，熱湯飄散著讓人難以抗拒的香味，她們究竟如何抗拒。而瑪蒂德自己呢，禁食的漫長白天裡，她滿腦子只有到了晚上要吃什麼。她含著口水，閉起雙眼，躺在沙龍一張潮溼的長椅上。她一邊與頭痛奮戰，一邊想像著一片片冒著熱煙的麵包，燻肉和煎蛋，以及沾茶吃的「瞪羚的角」[14]。

14 Cornes de gazelle，摩洛哥傳統甜點，做成尖角般的新月形狀，麵團中加了杏仁與橙花水。

祈禱時間到時，女人們把一壺牛奶、白煮蛋、一碗冒煙的熱湯和用指頭撕開的椰棗放在桌上。慕拉拉照顧著每個人，為男人添肉，還為嗜辣的小兒子加辣椒。她為阿敏榨柳橙汁，因為她擔心他的健康狀況。她站在沙龍的門檻邊等待剛睡過午覺、臉上還看得到壓痕的男人，要等到他們撕開麵包，剝開蛋殼，躺臥在靠枕上，她最後才會走進廚房用餐。瑪蒂德完全不懂。她說：「這簡直是奴役！她在廚房忙了一天，還要等你們先吃！我簡直不能相信。」她在瑟瑪面前發了脾氣，而女孩坐在廚房的窗臺上笑。

她把怒火發向阿敏，兩人在古爾邦節[15]發生嚴重爭執，這股憤怒還一直延續到過節後。瑪蒂德看到屠夫沾滿血的圍裙大受震撼，首度說不出話來。她站在屋頂露臺上看著阿拉伯區安靜的巷弄，負責屠宰的男人們身影晃動，接著是年輕的男孩們在房子與火爐間來來去去。猶溫且冒著泡泡的血水匯集成小溪，在房子與房子間流動。空氣中瀰漫著生肉的腥味，住戶門上的鐵勾掛著帶毛的羊皮。「真是個殺戮的好日子啊！」瑪蒂德心想。在其他露臺——也就是女人們的活動範圍內，她們忙得不可開交，又切又掏、又要剝又要撕。廚房裡的女人清洗內臟，先洗淨腸子的穢物氣味才能填料、切段，然後佐以辛辣的醬汁久久煎煮。處理時，油脂和肉必須分開，羊頭也得煮，因為連眼睛都得吃——由長子用指頭挖出滑溜的眼球來吃。阿敏聽她說這是個「野蠻的節日」，是「殘酷的人才有的儀式」，說生肉和血腥讓她反胃想吐，便高高舉起顫抖的雙手，努力自制免得掌摑妻子，這還是因為那是神聖的日子，多虧了真主，他才能夠冷靜自持。

*

在每封家書的信尾，瑪蒂德都會請伊蓮寄書給她，一些敘述寒冷遙遠國度的冒險小說或新聞集錦。她沒坦承自己不再去歐洲區中心的圖書館。她怕透了那個流言蜚語，那個墾拓者妻子、軍人的集中地，她覺得自己隨時會在這些讓她印象壞透了的街道上殺人。一九四七年九月某一天——當時她懷孕七個月，她走在大部分梅克內斯人稱為「大道」的共和國大道上，天氣很熱，她的雙腿腫脹。她本想去帝國戲院或去啤酒大王的露天座位吹吹風，沒想到兩個年輕女人撞到她，其中髮色較深的女人笑著說：「看看這個肚子被阿拉伯人搞大的女人。」

15 即宰牲節。

瑪蒂德立刻轉身，拉住那個年輕女人的袖子，但後者一跳就扯了開去。如果不是挺個肚子，如果天氣不是那麼炎熱，她絕對會追上去給對方好看。她會將這輩子受到的委屈全傾瀉在對方身上。從沒禮貌的小女孩到粗鄙的少女、不服從的妻子，一直有人想將她塑造成受人尊敬的女人，而她一路承受了那些人的耳光、霸凌和怒火。這兩個陌生女人本該要為瑪蒂德這輩子的教化而付出代價的。

說來奇怪，但瑪蒂德當真從未想到伊蓮和父親喬治有可能不相信她，或更甚地，說不定哪天突然會來看她。一九四九年春天，她終於住進農場、過著地主的生活後，她更是恣意地大說其謊。她不承認自己想念阿拉伯區的喧鬧，她一度厭惡的缺乏隱私，如今看來卻值得羨慕。她經常寫「真希望妳能看到我現在的樣子」，並未發現自己深陷孤獨。讓她難過的，是這些除了她以外無人感興趣的初體驗，是這個沒有觀眾的生命。她想，如果不是為了讓人看，活著有什麼意義？

她的家書以「我愛你們」，或是「我想你們」結尾，但她從來沒提及鄉愁。冬初，鸛鳥抵達梅克內斯，她陷入沉重的憂鬱，即便如此，她也沒有屈服於誘惑，把自己的心情告訴他們。阿敏或農場裡的人都不能同享她對動物的愛，某天，她在丈夫面前提起她小時候養的貓，咪咪，阿敏露出一副無所謂的模樣翻了個白眼。她用浸泡牛奶的麵包餵養流浪貓，那些柏柏[16]女人看著她，覺得拿麵包給貓吃是浪費食物。她想：「這些人太欠缺了，應該要找回失去的愛。」

把真相告訴伊蓮有什麼好處？何必說她把兩歲大的孩子揹在背上，整天像個瘋子似地工作？說她漫長的夜晚拿著針線為愛伊莎縫製看來像是新衣的衣裳嗎，這有什麼詩意？即使品質不良的蠟燭讓她反胃，她仍然藉著燭光，剪下舊雜誌上的紙樣，無比虔誠地縫製毛料的小褲子。在燠熱的八月，她甚至可以穿著連身褲坐在水泥地上，以漂亮的棉布為女兒縫製小洋裝。沒有人看得見她手製的衣裳有多美，沒有人注意到縐摺的細節、口袋上的蝴蝶結和襯托整體效果的鑲紅邊。這些人對美的漠不關心，讓她連想死的念頭都有了。

她甚少在書信中寫到阿敏。她的丈夫退居幕後，身邊環繞著朦朧的氛圍。她想要在伊蓮面前營造的效果，是他們的愛情熾熱到無法分享，或無法以文字形容。緘默不提，是為了影射熱情，而她信中的省略是因為羞怯或甚至得體。因為，伊蓮在戰前愛上了一個德國人，但

16 柏柏人屬歐亞混血人種，最早來自西亞，早在新石器時代初期即定居於摩洛哥一帶。現今柏柏語人口約三千萬人，其中七成以上集中於摩洛哥及阿爾及利亞。

後者飽受脊柱側彎之苦，讓她結婚才短短三個月就成了寡婦。當阿敏隨軍團駐進村裡時，伊蓮用豔羨不已的雙眼看著妹妹在一個非洲人的手下顫抖。小瑪蒂德的頸間布滿著深色吻痕。

她要怎麼承認自己在戰爭期間認識的男人不再是同一個人？阿敏承受著焦慮及羞辱的壓力，他變了，整個人陰沉下來。當她挽著他的手走路時，有多少次她曾經感受到路人的凝視？他的肌膚讓她灼熱又不舒服，她無法自已地厭惡這個充滿陌生感的丈夫。她告訴自己，若要承受他人的鄙視，她會需要大量的愛，比她感受到的、更濃烈的愛。面對法國人不願對他使用敬語、警察要求查看他的證件，或注意到他的戰爭勳章或一口流利法文後的態度，他們需要堅定、大量、毫不動搖的愛作為後盾。「但是您啊，親愛的朋友，您是不同的。」聽著這種話，阿敏會露出微笑。他在眾人面前假裝自己對法國毫無偏見——因為他差點為那個國家獻出生命。然而一旦獨處，阿敏卻沉默不語，為了曾經放棄自己的國家、背叛自己的同胞而反覆感覺羞恥。他進到家門，打開壁櫥，摸到什麼東西就全扔到地上。瑪蒂德同樣憤怒，一天，兩人爭吵時，他怒吼道：「閉嘴！妳讓我丟臉！」她拉開冰箱，拿出一盤準備做果醬的桃子，把過熟的水果扔向阿敏的臉。她沒注意到愛伊莎正看著他們，父親滿頭滿腦都是果汁的樣子一直留在女孩腦海中。

阿敏只和她談論工作，比方工人、煩惱、麥價，或氣象預報。家人來農場探望他們時，大夥兒先是聊個三、四句話問候她的健康，接著便靜靜坐著喝茶。瑪蒂德覺得他們都有種讓人不適的卑屈態度，讓她比離鄉背井或孤單一人更乏味。她本來會願意談談自己的感覺和希望，談談一如所有的焦慮一般、她內心那種沒來由的焦慮。「他難道沒有其他心事嗎？」她看著正安靜從塔吉鍋吃著鷹嘴豆的阿敏。女僕準備的醬汁太油膩，讓瑪蒂德沒了胃口。阿敏只對農場和勞力工作有興趣。他不笑也不跳舞，沒有閒暇時間，沒空聊天。在農場裡，他們不交談，她丈夫和貴格教徒一樣沉默[17]。他和她說話的方式，像是對著小女孩說教。她與愛伊莎一起學習禮儀，而在阿敏說「不可以這樣」或「我們沒有錢」時，她必須表示同意。她初到摩洛哥時還像個孩子，然而她必須在短短幾個月裡學會忍耐孤單，忍受丈夫的粗魯對待以及陌生的國度。她從父親家搬到丈夫家，但是她不覺得自己贏得了自由或自主。她頂多能支使女僕塔茉。至於塔茉的母親依朵呢，在依朵的時時監看下，瑪蒂德從來不敢拉高嗓門。她不懂得如何對孩子展現耐心或教育孩子，不是疼愛過頭，就是歇斯底里地發脾氣。有時，

17 貴格教派主張以心靈和上帝交流。

她會看著女兒，覺得母親的身分讓她毛骨聳然、痛苦又違反人性。一個孩子怎麼能養育其他孩子？這具如此年輕的軀體撕裂開來，從中誕生出一個她不知該如何保護的無辜受害者。

阿敏娶瑪蒂德時，她才剛滿二十歲，當時，這不是個讓他心煩的理由。他甚至覺得妻子的稚氣十分迷人，她一雙愉快的大眼睛對什麼都驚奇，她的聲音依然嬌嫩，說起話來溫柔地像個小女孩。那年他二十八歲，沒比她大太多，但後來他會發現年齡的差距與妻子偶爾會讓他感覺到的不自在無關。他是男人，還打過仗。他來自一個將真主與榮譽混為一談的國家，況且他沒了父親，這迫使他不得不保持某種程度的嚴肅態度。當年在歐洲讓他迷戀的特質如今成了負擔甚至惱怒的來源。瑪蒂德任性又不穩重。阿敏氣她不知該如何堅強，不懂得怎麼讓自己不要那麼敏感。他既沒時間也沒天分去安慰妻子。她的淚水！自從她到摩洛哥之後流了多少眼淚！最微不足道的煩惱也可以讓她落淚。她動不動就啜泣，讓他忍不住惱火。「別哭了。我母親死了好幾個孩子，四十歲成了寡婦。她這輩子掉的眼淚還沒有妳這幾個星期來得多。停下來，別哭了！」他心想，歐洲女人天生就是不願接受現實。

她太容易哭，笑得太多或笑得不是時候。他們剛認識時，兩人會在萊茵河畔的草地睡午覺。瑪蒂德會把自己的夢想告訴他，而他專心聆聽，沒有思考後果，沒有評斷其中的空虛瑣碎。她帶給他歡樂，他從來不知道什麼是露齒大笑。過去，他總是把拳頭遮在嘴巴前面，因為他認為在所有情緒當中，喜悅最可恥也最不得體。到了梅克內斯，一切都不同了，他極少陪她到帝國戲院看電影，每次散戲時他往往心情惡劣，他氣妻子的咯咯傻笑，也氣她老是想吻遍他。

瑪蒂德喜歡到劇院聆聽震耳欲聾的音樂，在小沙龍跳舞。她夢想的是美麗的洋裝、宴會、可以跳舞的茶會和棕櫚樹下的節慶。她想參加法國咖啡館的週六舞會，想在週日到快樂谷，想邀朋友喝茶。她懷著鄉愁，想念自己父母辦的宴會。她擔心時間過得太快，怕苦難和工作沒有結束的時候，怕終於可以休息時，她已經老到穿不上洋裝或到棕櫚樹下歇息。

他們剛住到農場後的一天晚上，阿敏穿著週日的正式服裝穿過廚房，當時瑪蒂德正在餵愛伊莎吃晚餐。她抬起眼睛看向丈夫，嚇了一跳，不知該高興還是生氣。他說：「我要出去。幾個軍團的老同事到城裡來。」他俯身想親吻愛伊莎的額頭時，瑪蒂德突然站起來。她喊來正在清理院子的塔茱，把孩子塞進對方懷裡。她用充滿自信的聲音問道：「我該打扮嗎，還是隨意就好？」

阿敏驚愕地站著。他喃喃地說些這是兄弟間的聚會，不適合女人參加。「如果我不適合參加，那我也看不出你為什麼適合。」阿敏一時無所適從，就這麼讓把襯衫扔在廚房椅子上，捏捏雙頰讓臉上有點血色的妻子跟著一起去。

阿敏上車後一言不發，沉著臉專心看路，他一方面氣瑪蒂德，一方面也氣自己的軟弱。她不停說笑，彷彿不知道自己太做作。她自以為表現輕快，能讓丈夫放鬆，於是她故作溫柔、尋常。然而，一直到城裡，阿敏依然沒有開口。他停好車子便急忙下車，腳步飛快走向咖啡館的露天座位。雖說實在不太可能，但他看來就像想把妻子丟在歐洲區的路上，要不，他就單純只是不想承受挽著妻子抵達咖啡館的羞辱。

她很快就追上他，讓他來不及對等待他的同僚解釋。這些男人起身向瑪蒂德致意，態度靦腆又帶著敬意。她的小叔歐瑪爾要她坐在他旁邊的位子上。所有的男人都很優雅，穿上西裝，頭髮上了髮蠟。大夥兒向快活老葛點了飲料，他是咖啡館的老闆，開業即將滿二十年。這裡是少數沒有執行隔離政策的咖啡館，阿拉伯人可以在歐洲人的店裡喝酒，非妓女的女人可以來消磨夜晚時光。露天咖啡座位於兩條街的轉角處，幾株茂密苦橙遮蔽路人的視線，坐在那裡感覺安全、與世隔絕。阿敏與朋友們互相舉杯，但說的話不多，漫長的沉默偶爾被低沉的笑聲和某人口中的趣聞打斷。他們的聚會一向這樣，但瑪蒂德並不知道。她無法相信阿敏這些男人的晚間聚會是這樣，她不但嫉妒他們的聚會而且一直放在心上。她覺得，如果席間氣氛不對一定是她的錯。於是她想說點話。啤酒為她帶來勇氣，她羞赧地說起她對故鄉阿爾薩斯的回憶。她微微顫抖，好不容易說出口，卻發現沒有人對她的故事感興趣，也引不起笑聲。阿敏蔑視的眼光讓她心碎。她從來沒有如此身為局外人的感覺。

前方人行道的街燈閃了閃，隨即熄滅。只靠幾支蠟燭照明的露天咖啡座恢復了迷人的風貌，昏暗光線撫平了瑪蒂德原本只想被這群男人遺忘的心情。有那麼一會兒，她擔心阿敏會說「我們走了」而提早回家，結束這晚尷尬的聚會。如果真是這樣，她一定會被修理一番，挨頓罵或被甩個耳光，或被推去撞玻璃門之類。然而事實剛好相反，她享受著城市細微的噪音，聽桌邊客人的交談，甚至閉上雙眼，以便把咖啡館裡頭傳來的音樂聽得更清楚。她希望這樣的時光能繼續，她不想回家。

幾個男人喝了酒，放鬆下來。他們開始以阿拉伯文交談——也許是因為他們以為她聽不懂。一名長滿青春痘的年輕侍者拿來一大盤水果擺在桌上。瑪蒂德先吃了一塊桃子，接著又拿了一片西瓜，流下來的汁液弄髒了她的洋裝。她用拇指和食指夾起一顆黑色西瓜籽，彈飛到一名戴圓氈帽、身穿西裝、汗流浹背的胖男人臉上。男人揮手，像是要趕蒼蠅。接著瑪蒂德又撿起另一顆西瓜籽，這次她試著瞄準一名金髮的高大男人，後者正往一旁伸長雙腿，激昂說著話。但她失了準頭，彈到了一名侍者的後頸，他差點打翻拖盤。瑪蒂德咯咯地笑，在接下來的一小時裡，將西瓜籽朝客人發射，受害者不自覺地抽動，像是得了某種怪病——例如那些會讓人狂舞或做愛的熱帶高燒。大家紛紛抱怨起來，老闆則焚香驅趕突然來襲的蒼蠅。然而攻擊沒有停止，沒多久，所有酒客都因為呼吸了薰香又喝了酒而開始頭痛。露天座位的客人陸續離席，瑪蒂德向他們道別，一回到家，阿敏立刻賞了她耳光，而她想的是：至少她當時笑得很開心。

戰爭期間，阿敏所屬的軍團往東移動時，別人想的是留在身後的妻子或母親，而他心心念念的，是屬於自己的那塊土地。他擔心自己會戰死，擔心自己不能實踐富饒那片土地的承諾。戰時，男人們拿出牌卡、一疊疊沾了汙漬的書信或是小說來度過漫長的煩憂時光，阿敏則是一頭鑽進園藝叢書或是討論最新灌溉技術的專業雜誌裡。他讀到摩洛哥會變得和加州一樣，美國加州陽光充裕，種滿柳橙，農家個個是百萬富翁。他告訴他的副官穆拉德，他們的王國即將面臨改革，脫離農夫擔心遇劫、寧願養羊勝過種稻——只因為羊有四隻腳，跑得比掠劫者快——的黑暗時代。阿敏意圖放棄傳統方式，讓自己的農場成為現代化的典範。他熱切閱讀梅納傑的故事。梅納傑過去也是軍人，在第一次世界大戰後到迦爾卜貧瘠的平原種植尤加利樹。梅納傑的想法來自一九一七年利奧泰元帥派遣到澳洲的任務團報告，他拿自己土地的降雨量與那片遙遠大陸的相比。當然了，這位先驅蒙受了不少譏諷。法國人和摩洛哥人嘲笑他種了一整片放眼所及只有灰色樹幹、有礙風光，還不會結果的樹。但是梅納傑成功說服了水利林務中心，沒多久，大家不得不承認他贏得了這場賭局：尤加利樹成功擋下沙塵，寄生蟲聚集的淺灘得以淨化，而且深紮的樹根可及一般農夫無力可及的井泉含水層。這些先鋒把農業當作神祕探索、當作冒險看待，阿敏希望自己能成為其中一員。他們有耐心也有智慧，在貧瘠土地實驗，他希望能跟隨他們的腳步。從馬拉喀什到卡薩布蘭加，這些被視作瘋子的農夫耐心種植柳橙樹，打算把乾枯嚴峻的土地變為富饒之鄉。

一九四五年，阿敏在二十八歲時凱旋回到摩洛哥，還娶了一名外國女人。他奮力爭回自己土地的所有權，組織自己的工人學習播種、收割，眼光放得遠大，像是當年的利奧泰元帥。一九四八年末，歷經數個月談判，他終於收回自己的土地。首先，他必須整修房子，鑿新的窗戶，清理出一個小花園，在廚房後面鋪出洗衣晾衣的院子。房子北側地勢傾斜，他蓋出漂亮的石砌門廊，安上高雅的鑲玻璃門開向餐廳。從餐廳望出去，遠方是雄偉的澤霍恩山，以及幾世紀以來一直是野生動物遷徙路徑的廣袤空地。

住進農場的前四年間，他們承受了不少打擊，生活過得猶如聖經故事。戰爭期間租這塊地的墾拓者只使用了廚房後面一小部分可耕作的地，其他地方百廢待舉。首先，他們必須根除土地上的非洲棕櫚，這種植物沒有效益又難以除去，男人們處理得筋疲力盡。阿敏和幾個鄰近農場的殖民地居民不同，他沒有曳引機，在那幾個月之間，他的工人只能用鏟子根除非洲棕櫚。接著，他們又花了好幾個星期除石，土地一旦沒了石頭，才可以開始犁田。他們種下扁豆、豌豆、四季豆，以及一大片的大麥和小麥。這片農田沒多久便遭到蝗蟲襲擊。蝗蟲宛如噩夢裡的紅棕雲團，吞噬了作物和樹頭的果實。看到工人們敲打罐頭，想用聲音嚇跑蝗蟲，阿敏大發脾氣。「一群笨蛋！你們就只想到這個方法？」他把工人當傻瓜罵，才教他們挖溝渠，在裡面撒滿下了毒的麥麩。

接下來的那一年，他遇上了乾旱和作物欠佳，麥穗全是空殼，一如接下來幾個月的農人肚皮。工人們在村落祈禱天降雨水，流傳好幾世紀的祈禱從未奏效。然而在十月的豔陽下，大家照舊禱告，真主的充耳不聞並沒有讓任何人意外。阿敏花了一筆繼承到的遺產，讓人挖了一口井，可惜不斷有沙子湧入井道，工人沒辦法打水灌溉。

瑪蒂德以他為傲。儘管說，阿敏的缺席以及他經常讓她獨自留守家中讓她憤怒，但是她知道他工作努力，為人正直。有時，她覺得自己丈夫缺少的是運氣和少許本能。這些是她的父親具備的。喬治沒有阿敏認真也沒他的苦幹精神，他喝起酒來，連自己的名字與基本禮儀規範都能忘記。他也會徹夜打牌，睡在雪白豐潤的脖子散發出奶油香的大胸脯女人懷抱裡。他會一時興起而開除會計，卻忘了重新找人，任老舊的辦公桌上堆滿信件。他還曾經邀門房共飲，最後兩人一起拍著肚子唱起老歌。喬治有種獨特的天賦，一種不會出錯的本能。這是連他自己也無法解釋的事實。他瞭解人心，對人——也因此對自己——充滿善意和溫暖，這讓他輕鬆贏得陌生人的同感。喬治從不會為了私利而與人談判，而是單純出自趣味，如果他成功得手，也絕非刻意。

就算經歷了失敗、爭吵和窮困的生活，瑪蒂德仍然從不覺得丈夫無能或懶惰。她每天早上看著阿敏凌晨起床，意志堅決地離家去工作，直到晚上才踩著沾滿泥土的靴子回家。阿敏日行好幾公里，從來不喊累。雖然他蔑視村落裡那些男人的傳統方式，但他們還是欽佩他的耐力。他們看著他蹲下身子用手指觸摸大地，或是把手掌貼在樹幹上，彷彿希望大自然向他揭示祕密。他希望一切來得快；他想要成功。

一九五〇年代初期，國族主義的熱潮興起，這些外來者成了眾矢之的。國內發生了綁架案、襲擊，甚至有些農場遭到焚毀。這些移民組織起來自我防衛，阿敏知道他們的鄰居——羅傑．馬里安尼——也在其中。「大自然是不管政治問題的。」一天，為了找出正當理由造訪這位刻薄的鄰居，他這麼告訴瑪蒂德。他想瞭解馬里安尼如何讓農田豐收，想知道他使用哪些曳引機，架構了哪種灌溉系統。他還假想自己能夠賣出養豬用的穀料給馬里安尼。至於其他議題，他一概不放在心上。

一天下午，阿敏穿越了分隔兩片產業的道路。他路過停放現代化曳引機的巨大車棚，經過豬舍，看到肥潤健康的豬隻，再經過依照歐洲方式處理葡萄的釀酒廠。這裡呼吸得到希望和富裕的氣息。馬里安尼站在自家門階上，拉著兩隻看起來十分凶狠的黃狗。他的身子不時向前傾，看不出是被兩隻惡犬往前扯還是裝模作樣，來強調對阿敏這個不速之客的威脅之意。阿敏全身不自在，結結巴巴地說起話。他指向自己產業的方向，說：「我需要建議。」馬里安尼的臉色亮起來，上下打量這個靦腆的阿拉伯人。

「先來喝一杯吧，慶祝我們的鄰居情誼！要談公事，我們有的是時間。」

他們走過精緻的花園，坐在陰影下的露臺，從這裡可以遠眺澤霍恩山。一名黑皮膚的消瘦男人在桌上放了兩個杯子和幾瓶飲料。馬里安尼為鄰居倒了茴香酒，看到阿敏猶豫——因為天氣熱，而且接下來他還有工作——馬里安尼放聲大笑。「你不喝酒，是嗎？」阿敏微笑以對，抿了口濁白色的酒。屋裡的電話響了，但馬里安尼沒有理會。

這個移民沒讓阿敏有說話的機會。阿敏覺得，他的鄰居似乎很孤單，找不到人傾訴心裡的話。馬里安尼以親暱的態度抱怨自己的工人，表示他們雖然已經是他培養的第二代，但表現一樣懶散又骯髒，這個態度讓阿敏不太舒服。「老天哪，他們那個髒的程度啊！」他偶爾會抬起眼睛看看他客人英俊的臉孔，笑著補充：「你知道，我說這話不是針對你。」沒等到阿敏回答，他繼續說：「隨便他們怎麼說都好，不過，一旦我們不繼續在這裡讓樹木開花，翻土耕地投注心血時，這個國家就會是一處屎坑。我問你，我們到之前，這裡有什麼？什麼都沒有，空無一物。現在看看你的四周。人類在這裡居住幾個世紀以來，沒有人花精力開墾這片土地，都忙著打仗，人民挨餓。我們埋葬這裡的人，在這裡播種，在這裡挖墳，在這裡生育。我父親得了傷寒死在這個小地方。而我呢，我長期騎馬去巡視平原，去與各部族協商而傷了背。我每次想躺到床上，骨頭就會讓我痛到慘叫。但我要告訴你，我虧欠這個國家太多。這裡讓我懂得事物的本質，讓我重新找回生命的動力，找回本性。」馬里安尼漲紅了臉，喝了酒，他說話的速度逐漸緩慢下來。「在法國，我原本的命運是雞姦犯，應該過著可鄙的人生，沒有未來，沒有空間，活得失敗。這個國家給我身為人的生活。」

馬里安尼喊來僕人，後者小步走到露臺。他用阿拉伯文責罵僕人動作太慢，還一拳打向桌面，力道大到震翻了阿敏的杯子。他作勢吐口水，看著老僕人消失在房子裡的背影。「看好了，學起來！我太瞭解這些阿拉伯人了。那些工人都是笨蛋，要怎麼忍住鞭打他們的衝動？我會說他們的語言，知道他們的缺點。我很清楚他們對獨立的看法，但光是一群煽動人士，可沒辦法收去我多年的汗水和努力。」接著他笑了一下，拿起僕人終於送上來的小三明治，又說了一次：「這話不是針對你說的！」阿敏差點就要站起來，拒絕與這個強大的鄰居結盟。但馬里安尼——說來也怪，他的臉和他養的狗很像——彷彿感覺到阿敏受傷了，轉過頭來對他說：「你想要曳引機，是吧？這好商量。」

II

愛伊莎要上小學的那年夏天特別熱。瑪蒂德在家裡身穿老舊的連身衣，肩帶鬆鬆地掛在肩膀上，汗溼的頭髮貼在雙鬢和前額。她一手抱著小兒子塞林姆，一手拿著報紙或紙板搧風。她不顧塔茉的抱怨，老是光腳走路。塔茉說那會招來厄運。瑪蒂德如常做著家事，但動作似乎更顯緩慢疲憊。愛伊莎與她剛慶祝過兩歲生日的弟弟塞林姆格外乖順。他們不喊餓、不想玩，整天光著身子躺在磁磚地板上，沒辦法說話也想不出什麼遊戲。八月初吹起了乾燥炎熱的東風，天空白濛濛一片。他們不准孩子們外出，因為這來自撒哈拉的風是所有母親心中的恐懼。這故事慕拉拉不知告訴過瑪蒂德多少次，許多孩子因為隨著東風而來的熱病喪命。她的婆婆說，這種骯髒的空氣不能吸，萬一吞進去，無異是冒險讓體內燃燒，人會像瞬間枯萎的植物一樣乾枯。而由於這股受了詛咒的風，夜晚降臨，大家卻無法喘息。光線暗去，黑夜籠罩田野，樹木消失在夜幕中，然而高溫絲毫不減，大自然似乎貯存著烈陽的熱氣。兩個孩子變得很神經質。塞林姆會尖叫哭鬧。他憤怒地哭泣，而他母親不得不抱起他安撫，一抱就是好幾個小時，母子同樣地汗溼疲倦。那是個漫長的夏天，瑪蒂德覺得特別孤單。高溫肆虐，她的丈夫依然整天下田。他帶領工人收成，但收穫令人失望。麥穗太乾，每天的工作沒有停歇，大家都擔心到了九月會餓死。

某天晚上，塔茉在整堆鍋子下發現了一隻黑蠍子。她尖聲叫喊，瑪蒂德和孩子們一聽見便跑進廚房。廚房通向晾衣服和晒肉的後院，後院堆著髒水盆，瑪蒂德餵養的貓也在那裡閒蕩。瑪蒂德一向要大家把通往外面的門關緊。她怕蛇，怕老鼠、蝙蝠甚至是豺狼——石灰窯附近真的有一群豺狼。但塔茉心不在焉，老是忘記。依朵的這個女兒還只有十六歲，她個性活潑，喜歡到戶外，也喜歡照顧小孩，教他們動物的施盧赫語[1]名稱。但是她不太喜歡瑪蒂德對待她的態度。瑪蒂德在她面前表現得很嚴格、專制又尖刻。她下定決心要教會塔茉所謂的禮貌，但塔茉一點耐心也沒有。她想教塔茉西餐的基礎知識，但又不得不面對事實：塔茉根本不在乎也不想聽，拿著刮刀拌卡士達奶油的手軟又無力。

瑪蒂德衝進廚房，看到塔茉雙手遮著臉，嘴裡念念有詞。當下，瑪蒂德不明白這個年輕的柏柏女孩為什麼會害怕到這種地步。但隨後她看到一雙黑色的鉗足從煎鍋下方冒出來——

這鍋子是她新婚時在米魯斯買下的。她一把抱起和她一樣光著雙腳的愛伊莎，用阿拉伯語命令塔茉鎮定下來。「不要哭了。」她重複說了幾次：「快把那東西撿起來。」她走向通往自己臥室的長廊，說：「我兩個寶貝，你們今晚和我一起睡。」

她知道丈夫會責怪她。阿敏不喜歡她教育孩子的方式，不喜歡她太包容他們的感覺或在乎他們的疼痛。他指責她，認為她的教育理念會讓孩子脆弱、愛抱怨，尤其是他的兒子。「教育男人不是用這種方式，妳必須讓他有能力面對生命。」在這孤鄉僻壤，瑪蒂德感到害怕。她想念來到摩洛哥的第一年，當時他們住在梅克內斯的阿拉伯區，生活在人群、聲音和各種人們的活動之間。她坦白告訴丈夫。他卻笑她：「你們在這裡更安全，相信我。」一九五三年這個八月底，他禁止她到城裡去，因為他擔心她會碰上群眾示威甚或暴動。在蘇丹穆罕默德[2]被宣告將流放到科西嘉島後，人民群情激憤，強烈不滿。一如全國各地，梅克內斯緊張

1 摩洛哥使用人數最多的柏柏語。
2 一九五三年八月，在一場法國支持下的政變後，穆罕默德五世遭廢黜，被流放到科西嘉島和馬達加斯加。一九五五年十一月，法國政府被迫同意穆罕默德五世復位，並在一九五六年三月摩洛哥獨立後，在一九五七年改稱國王。

的氣氛一觸即發，任何小事都可能轉變成暴亂。阿拉伯區的女人一身黑服，恨意和淚水讓她們紅了雙眼。「喔，我的真主！」穆斯林在國內所有的清真寺祈禱，希望君主早日歸國。國人成立祕密組織、武裝戰鬥抵抗基督教徒的壓迫。從天亮到夜晚，街上的人喊著：「國王萬歲，國王萬歲！」愛伊莎對政治漠不關心。她甚至不知道一九五三年有人武裝起義爭取自由，而且有另一些人持反對態度。愛伊莎對這些沒興趣。整個夏天，她心裡只有學校，而這個想法嚇壞了她。

瑪蒂德把兩個孩子抱到床上，要他們乖乖躺著。幾分鐘後，她捧著兩條浸過冰水的床單走進來。孩子們躺在清涼潮溼的床單上，塞林姆沒幾分鐘就睡著了。瑪蒂德坐在床邊，晃蕩著腫脹的雙腳。她輕撫女兒濃密的頭髮。孩子輕聲說：「我不想去上學。我想和妳在一起。慕拉拉不識字，依朵和塔茱也一樣。讀書能做什麼？」瑪蒂德頓時從昏沉中醒過來。她站起來，湊向愛伊莎的臉孔，說：「妳祖母或依朵沒有選擇權。」黑暗當中，小女孩看不清母親的臉色，但她聽得出瑪蒂德的語氣有種不尋常的嚴肅，這讓她擔心。「我再也不要聽到這種胡言亂語。妳懂嗎？」外頭的貓正在打架，發出刺耳的叫聲。瑪蒂德接著說：「妳知道嗎，我羨慕妳。我再也沒辦法回學校去學千百件事，去交一輩子的朋友。現在妳長大了，妳真正的人生才要開始。」

被單乾了，愛伊莎睡不著覺。她張著眼睛想像自己的新人生，想像在院子裡的涼爽陰影下，她與另一個女孩手牽手，而後者會是她的心靈姊妹。瑪蒂德說，真正的人生不在這裡，不在這幢蓋在坡地上的白屋裡。真正的人生不是跟著工人的腳步閒逛。那些在她父親農場工作的工人沒有真正的人生嗎？他們開心唱歌，歡迎愛伊莎參加橄欖樹下的野餐，這些都不算數？同一天早上他們用陶爐烤了半個麵包，女人們在陶爐前坐了好幾個小時，吸了太多黑煙，最後送了命。

在此之前，愛伊莎從來沒思考過這個所謂的人生。少數幾次例外，當他們到高地，在歐洲區身處於汽車噪音、街頭小販和吵吵鬧鬧走進電影院的中學生當中時也許想過。或當她聽到從咖啡館裡流洩而出的音樂、高跟鞋踩在水泥地的聲音、母親在人行道上惱怒地拉住她，向行人道歉的時候。的確，她是看過在其他地方有另一種更忙碌、更快速的人生，一種看似完全朝目標前進的人生。愛伊莎懷疑那樣的人生不過是影子，是看不見的勞役，是奉獻。是束縛。

入學的日子到了。愛伊莎坐在車子後座，害怕得無法動彈。現在，不必懷疑了，不管他們怎麼說，這就是遺棄。懦弱又可惡的遺棄。他們要把她——這個只看過廣大田野、寧靜丘陵的野孩子——留在這陌生的街頭。瑪蒂德在說話、傻笑，愛伊莎可以感覺到她母親也不怎麼安心。這場戲看起來就不對勁。寄宿學校的柵門出現在眼前，她父親停下車。人行道上，母親們牽著穿戴週日正式服裝的小女孩。她們穿上新洋裝，剪裁完美，但顏色保守。對這些城裡的女孩來說，昂首闊步地賣弄是尋常小事。趁孩子們彼此擁抱時，那些戴著帽子的母親互相寒暄，愛伊莎想，這對她們來說只是重逢，只是她們熟悉生活的另一天。她全身顫抖。「我不要！」她哭喊：「我不要下車！」她的叫聲引來家長和小學生的目光。平常安靜害羞的愛伊莎再也忍不住了。她在後座把身子縮成一團四處躲，哭得撕心裂肺。瑪蒂德拉開車門，說：「來，寶貝，來，別擔心。」愛伊莎認得母親懇求的眼神。工人宰殺牲畜前也會露出這種安撫的眼神。「來這裡，小傢伙，來。」接著就是關入畜欄、趕進屠宰場。阿敏拉開另一側車門，和妻子一人一邊，想抓住女兒。最後，作父親的終於將她拉出來，但她憤怒地緊抓著車門，力氣大得驚人。

一小群人聚了過來。有人怪瑪蒂德住在邊疆地帶，身邊都是當地人，孩子才會變得這麼野。愛伊莎歇斯底里叫鬧著，完全是鄉下人的表現。「你們知道嗎，他們的女人會把臉抓到流血來表達失望？」這裡沒人與貝拉吉家的人有所往來，但大家都曉得這家人住在通往哈傑卜的路上，離梅克內斯市中心二十五公里一處孤立的農場裡。梅克內斯這麼小，大家很無聊，這對奇怪的夫婦是燥熱午後閒談的好話題。

*

在為年輕女人上髮捲、搽指甲油的皇宮美容院裡，美髮師尤金取笑瑪蒂德，說這個金髮碧眼的高個女郎比她的阿拉伯丈夫至少高十公分。尤金拿這對夫婦的差別來娛樂他的客人：阿敏一頭黑髮，髮際線很低，使得他目光嚴肅。而瑪蒂德呢，她一方面有二十歲年輕女人的敏感，同時又有點男孩子氣，有點粗魯不得體，這使得尤金不再接待她。美髮師小心地用詞遣字，來形容她粗壯的長腿，堅毅的下巴，欠缺保養的雙手，最後是那雙又腫又大、只能穿男鞋的腳。這對夫妻真是名符其實的黑白配，矮子軍官和女巨人。尤金的客人頭上罩著烘罩竊笑。但是當他們談到國家意識形態，說阿敏參與二戰解放法國，因此受傷也因此受勳，笑聲便逐漸停下。美容院裡的女人覺得自己應該閉上嘴，但這只讓她們變得更尖酸刻薄。她們心想，瑪蒂德是戰爭中的怪異戰利品。那軍人是怎麼說服這粗壯的阿爾薩斯女人跟著他來到這裡？她來摩洛哥，是想逃離什麼？

*

人群圍住了愛伊莎，紛紛提出建議。一個男人粗暴地推開瑪蒂德，想與愛伊莎說道理。他高舉雙手，提起基督和良好教育的基本原則。瑪蒂德在推擠中試圖保護女兒。「別碰她，離我女兒遠一點！」她已經身心交瘁。看女兒哭成這樣，對她也是一種折磨。她想把愛伊莎抱在懷裡搖，向女兒坦承自己的謊言。是的，那些永遠的友誼、摯愛的師長都是她編造的回憶。沒錯，她的老師們沒那麼慈愛。她想說自己對學校的回憶是清晨摸黑用冷水洗臉，如雨點的責打，難以下嚥的伙食，以及到了下午因為飢餓、害怕、渴望溫柔對待的空肚子。我們回家吧，她想大喊。讓我們忘了這回事，回家，一切會好轉，我會知道怎麼做，知道怎麼教她。阿敏怒瞪了她一眼。她又哄又騙地讓小女孩軟化了些。何況當初也是她想讓孩子到這所有教堂鐘塔、對著異國神祇祈禱的法國學校就學。最後，瑪蒂德忍住眼淚，沒有信心又笨拙地對女兒伸出雙手。「來，我的寶貝，我的小寶貝。」

她一心都在孩子身上，沒發現旁人對她的譏笑，沒發現大家垂著眼看她褪色的大皮鞋。那些母親用戴著手套的手遮住低聲談論、嘻笑怒罵的嘴。在聖母寄宿學校的柵欄前，她們想起自己應該表現出同情心，因為老天在看。

阿敏摟住女兒的腰，滿腔怒火。「這是在鬧什麼？現在就放開手，不要再拉車門！安靜，妳害我們丟臉。」女兒的裙子掀到腰間，露出了小短褲。學校警衛焦急地看著這一幕，不敢有所動作。布拉殷是個上了年紀的摩洛哥人，一張和善的圓臉，禿了頂的頭上戴著一頂白色手織帽。他深藍色的外套太大，但整燙完美。阿敏和瑪蒂德這對父母沒辦法安撫宛如被惡魔附身的小女孩。入學典禮會搞砸，而修女校長一旦知道尊貴的校門口發生這場鬧劇，絕對會大發脾氣。她會要他負責，會找他算帳。

這名老警衛走到車邊，輕手輕腳地試著拉開女孩拉住車門的手指。他用阿拉伯語告訴阿敏：「我抓住她，然後你發動汽車，懂嗎？」阿敏點點頭。他打個手勢要瑪蒂德回到自己的座位上。他沒向老警衛道謝。愛伊莎才剛放手，她父親立刻開車遠去。愛伊莎甚至不知道母親是否向她投來最後一眼。看吧，他們拋棄她了。

她站在人行道上，藍色洋裝一團糟，還掉了一顆鈕釦。她哭紅了雙眼，而牽著她手的男人並不是她的父親。「我不能陪妳走進操場，我必須留在柵門口。這是我的工作。」他把手放在孩子背上，輕輕將她推到校內。愛伊莎順從地點頭。她覺得很丟臉。她本想和蜻蜓一樣低調，結果搞得每個人都注意到她。她走向走道，等在前面的，是一排站在教室前面、穿著黑色長袍的修女。

她走進教室。學生們早已各就各位，笑著看她。愛伊莎好害怕，擔心她會感到昏昏欲睡。她的腦袋嗡嗡作響。她相信如果自己閉上眼睛，一定會立刻進入深沉的睡眠。一位修女握住愛伊莎的肩膀，她手上拿著一張紙，問：「妳叫什麼名字？」愛伊莎抬起雙眼，不懂該怎麼回答。年輕修女有張漂亮的白嫩臉蛋，孩子一看就喜歡上她。修女又問了一次，她蹲到愛伊莎的高度，最後聽到她說：「我叫米希莎。」

修女皺起眉頭。她推推鼻梁下滑的眼鏡，再次研究學生名單。「貝拉吉小姐。愛伊莎・貝拉吉，生日是一九四七年十一月十六日。」

女孩回過頭。她看著身後，似乎不懂修女正與誰說話。她不曉得這些人是誰，她的啜泣還忍在胸口。愛伊莎的下巴開始顫抖，用指甲戳著雙臂。發生什麼事？她做了什麼事，害自己被關在這裡？媽媽什麼時候回來？修女雖然難以置信，但她不得不承認。這孩子不知道自己的名字。

「貝拉吉小姐，請過去坐在窗戶旁邊。」

從她有記憶以來，她只聽過這個名字：米希莎。母親在家裡門廊上叫她回家吃晚餐時，喊的就是這個名字。工人們尋找她，最後在樹幹旁找到蜷成一團的女孩時，嘴裡喊的、飄動在樹林間、沿著山丘往下飄的就是這個名字。她聽到的是「米希莎」。而且她不可能有另一個名字，因為隨風飄蕩的，讓那些柏柏女人笑著像抱著自己孩子那樣抱著她的是這個名字。她母親晚上唱著自己編的兒歌，唱的是這個名字。她入睡前聽到的最後幾個字也是這個名字。自她出生以來，她入睡前聽到的最後幾個字就是這個名字，「米希莎」豐富了她的夢境。看著她出生的老依朵告訴瑪蒂德，這孩子的哭聲像貓叫，讓她用這個名字受洗。她教瑪蒂德用一大塊布把孩子綁在背上。「這麼一來，孩子可以睡覺，妳也可以工作。」瑪蒂德覺得這樣做很有趣，整天都揹著孩子，女兒的嘴貼在她的後頸，讓她滿心溫暖。

愛伊莎坐在老師指定的位子，就在窗戶旁邊，在漂亮的布蘭琪・柯里尼後面。學生們轉頭向著愛伊莎，這突然而來的注意讓她備受威脅。布蘭琪對她吐舌頭，咯咯地笑，用手肘撞愛伊莎的肚子，學愛伊莎抓癢的樣子——瑪蒂德用廉價羊毛幫女兒裁剪短褲，她穿了發癢。

愛伊莎轉頭面向窗戶，彎曲手肘，把臉埋進去。瑪麗索朗吉修女走過去。

「怎麼了，貝拉吉小姐，您在哭嗎？」

「不，我沒哭。我在睡午覺。」

愛伊莎背負著沉重的恥辱。她為了母親替她剪裁的服裝感到羞恥。瑪蒂德有時會在泛灰的襯衫加上一點花俏裝飾，例如袖子的花朵，領口的滾邊。但衣服怎麼看就不像新的。怎麼看都不像她的。一看就知道是二手衣。她的頭髮讓她感到羞恥。這團毫無髮型可言、簡直無法梳理的鬈髮，是她最沉重的壓力來源，她才剛踏進校門，瑪蒂德拚了命幫她勉強夾住的頭髮就散開來。瑪蒂德不知怎麼辦，她從沒為女兒成功梳起那頭亂髮。孩子的頭髮很細，一夾就斷掉，用火鉗定型會燒焦，怎麼也梳不動。她向婆婆慕拉拉求援，後者只是聳聳肩。在她的家族中，從沒哪個女人不幸到長了一頭無法梳理的鬈髮。愛伊莎遺傳到父親的髮質。但阿敏把頭髮剪得很短，像軍人一樣。而且因為他常去土耳其浴場，用滾熱的水洗頭，導致髮根萎縮，不再長新髮。

愛伊莎的髮型為她引來最羞辱人的嘲笑。在學校操場，大家眼裡只看得到她。她細瘦的身形和精靈似的小臉對比分量巨大的蓬鬆髮量，不受約束的金色髮束在日光下猶如一頂金色皇冠。有多少次，她夢想擁有布蘭琪的頭髮？在鏡子前，在母親房裡，她雙手遮掩自己的頭髮，試著想像若有布蘭琪那樣柔順的長髮會是什麼模樣。或像西爾薇那種棕色的小鬈髮。妮可那種規矩的辮子也好。她的叔叔歐瑪爾老愛尋她開心，說她會很難嫁出去，說她像稻草人。沒錯，愛伊莎的頭上像是頂著一簇乾草。她覺得自己不只衣著可笑，她整個人都荒謬。

幾星期過去了，日子沒有變化。每天早上，愛伊莎凌晨起床，黑暗中跪在床尾，乞求上蒼讓她能準時上學。然而事與願違。爐具出了問題，冒出黑煙；與父親起了口角；走廊上的叫喊。母親終於出現，打理她的頭髮和圍巾，用手背拭淚。瑪蒂德想保持莊重，但再也撐不住。她轉頭往回走，開始喊著她想離開這個地方，她做了人生中錯誤的決定，她是個外國人。她喊道，如果她父親知情，絕對會揮拳痛毆這個大吼大叫的丈夫。但問題是她父親不知道。她父親人在遠方。所以瑪蒂德只好忍住淚水。她甚至遷怒於乖乖等在門口的女兒。愛伊莎得咬著脣，才不會說出：「動作快一點，好嗎？就這麼一次，我想準時到校。」

愛伊莎在心中咒罵父親從美軍手上低價買來的二手車。他想刮掉漆在車蓋上的美國國旗，但又怕傷到板金，車身上還看得見幾顆褪色的星星和紅色條紋。問題是這車不但醜，還十分靠不住。天熱時，車蓋下冒出灰煙，他們必須停車等引擎冷卻。到了冬天，車子完全發動不了。「要先暖車。」瑪蒂德說道。愛伊莎覺得所有問題都是車子的錯，她因此還責怪大家都崇拜的美國。她心想：「美國都是強盜、無能和沒有用的傢伙。」也因為這輛老爺車，她再次成為同學嘲笑的箭靶——「妳爸媽不如買頭驢子給妳！這樣妳還可能早一點到校！」——還有校長責罵的對象。

阿敏在工人的幫忙下，在車後安裝了一張小椅子。愛伊莎坐在工具和母親要送到梅克內斯的一簍簍果菜之間。一天早上，在半睡半醒間，女孩覺得細弱的小腿旁邊有東西在動。她大聲尖叫，瑪蒂德聽了嚇得駛離了車道。「有東西碰我。」女孩說。瑪蒂德不想停車——她不想冒險讓車子熄火。「妳又亂想了。」她責罵女兒。愛伊莎只能將雙手放在潮溼的腋下。車子停到校門口後，愛伊莎跳到人行道上，十多個小女孩擠到門口放聲尖叫，緊緊抓住自己母親的雙腿，幾個女孩朝操場跑去。其中有個女孩昏了過去——有可能是假裝的。瑪蒂德和愛伊莎不解地彼此對望，隨後才看到布拉殷用手指捏著某個東西，開起了玩笑：「看看妳們帶了什麼過來。」一條長長的草蛇從車後溜了出來，像忠實的小狗跟著主人散步，懶懶地跟在愛伊莎身後。

到了十一月，冬季降臨，她們必須面對黑暗的早晨。瑪蒂德牽著女兒的手，帶著她穿過小路，夾道的杏仁樹上蒙著一層霜，愛伊莎冷得發抖。陰暗的凌晨，除了自己的呼吸聲，她們什麼也聽不見。寂靜中，別說是動物，連人聲都沒有。她們爬上露溼的車子，瑪蒂德發動汽車，只聽到引擎發出宛如咳嗽的噪音。「要先暖車，沒關係的。」涼颼颼的車子咳得像得了肺結核。有時候，愛伊莎會氣得哭出來，用力踢車輪，咒罵農場、父母和學校。啪的一聲，耳光就飛過來。瑪蒂德下來，把車子推下山坡，來到花園盡頭的門邊。她額頭上的血管幾乎要迸裂，發紫的臉色嚇著了女兒，這一幕讓孩子難以忘懷。車子是發動了沒錯，但接下來是個相當陡的上坡。老爺車的噪音愈來愈大，也經常熄火。

某天，儘管筋疲力盡，而且得丟臉地按門鈴才能進學校，瑪蒂德還是笑了。那是個十二月早晨，天氣很冷，但豔陽高照，天空晴朗，亞特拉斯山清晰可見。瑪蒂德假裝用透過擴音機的聲音大聲說：「各位親愛的旅客，請繫好安全帶。我們馬上要起飛了！」愛伊莎笑了，背部緊靠在椅子上。瑪蒂德喊出巨大的聲響，愛伊莎緊緊抓著車門，準備起飛。瑪蒂德轉動鑰匙，踩下油門，引擎隆隆響了幾聲才進入氣喘般的嘯聲。瑪蒂德宣告失敗。「親愛的旅客，請您見諒，但是我們的引擎似乎不夠力，機翼也需要維修一番。我們今天無法飛行，必須繼續在路面滑行。但是請信任您親愛的駕駛員：再過幾天，我們一定飛得起來！」愛伊莎當然知道汽車飛不起來，然而在那幾年間，她每次來到這條路就會心跳加速，心想：「就是今天！」雖然不可能，但她仍然希望家裡的老爺車能衝上雲端，帶她們去新的地方，讓她們可以瘋狂大笑，讓她們看到這座荒僻山丘的另一個角度。

愛伊莎厭惡這幢房子。她遺傳了母親敏感的個性。阿敏因此下了結論：女人都一樣，膽小又多愁善感。愛伊莎什麼都怕。她怕站在酪梨樹枝頭的貓頭鷹；工人們說，貓頭鷹的出現預知著死亡。她怕豺狼，豺狼的叫聲讓她晚上睡不著。她怕流浪狗，怕牠們突出的肋骨與染了皮膚病的乳頭。父親說過：「去散步要帶幾顆石頭。」她懷疑自己有沒有能力自保，有沒有辦法嚇跑這些凶猛的動物。儘管如此，她還是在口袋裡裝滿了小石頭，走起路來石子會互相碰撞。

愛伊莎尤其怕黑。怕圍繞她父母農場那片深沉、不透光又無盡的黑暗。傍晚下課後，母親的車子開向鄉間道路，城市的光線愈來愈遠，母女倆陷入漆黑又危險的世界。車子在黑暗中前進，彷彿駛入洞穴裡，陷入流沙中。月光極其微弱的夜晚，連偌大的扁柏樹或麥桿捆都看不清楚。黑夜吞噬了一切。愛伊莎屏住呼吸。她喃喃地向聖父、聖母祈禱。想到經歷過可怕折磨的耶穌，她不停自言自語：「換成我，我辦不到。」

到了家裡，晦暗的燈光明明滅滅，愛伊莎的焦慮沒有停歇，她怕停電，那時她通常會像個瞎子一樣在走廊上用手掌摸索牆壁，淚溼雙頰地喊：「媽媽！妳在哪裡？」瑪蒂德也夢想明亮的光線，於是她纏著丈夫。愛伊莎光是看筆記就弄壞了眼睛，她要怎麼交作業？塞林姆害怕得發抖，要怎麼跑怎麼玩？之前，阿敏買下了一個可以為電池充電的發電機，這機器有時會移到農場另一端打水餵牲畜或灌溉。家裡沒有發電機時，電池總是很快就沒電，燈泡的光線也會愈來愈暗。於是，瑪蒂德點起蠟燭，假裝燭光既美又浪漫。她告訴女兒公爵貴族的故事，描述華麗宮殿裡的舞會。她臉上帶著笑，但實際上她想到的是戰爭，想到讓她詛咒同胞、犧牲和自己十七歲年華隨之飛逝的燈火管制。家中廚房和取暖用的是煤炭，愛伊莎的衣服上永遠有一股煤灰味，讓她作嘔，也引來同學的嘲笑。「愛伊莎聞起來像是燻肉。」小學生們在操場上喊著：「愛伊莎和施盧赫人一樣，住在鄉下的草屋裡。」

阿敏在房子的西翼設置了自己的書房，在這間他所謂的「實驗室」牆上釘了幾張圖片，圖片的標題，愛伊莎熟到都會背了。**柑橙類植物之培植**，**葡萄藤修剪技術**，**熱帶農業植物學**。這些黑白紙板對她而言沒有任何意義，她認為父親是某種魔術師，可以影響大自然的法則，和植物與動物說話。一天，她因為怕黑而尖叫，阿敏抱起她，讓女兒坐在他的肩膀上走進花園。外頭暗到她連父親的鞋尖都看不到。一陣冷風吹動了她的睡衣。阿敏從口袋裡掏出一個東西交給愛伊莎。「這是手電筒。妳朝天空打開，把光束照向鳥的眼睛。如果妳能辦到，那些鳥會嚇到不能動，妳用手都抓得到。」

又有一次，阿敏要女兒陪他到為瑪蒂德打造的花園去。花園裡有一株剛種不久的紫丁香，一叢杜鵑花和一棵沒開過花的藍花楹。客廳窗前那棵柳橙樹的枝幹被水果的重量壓到變形。阿敏拿著一枝檸檬樹的枝條，用永遠沾著泥土的食指指著樹枝上兩朵白色的大花苞。接著，他用刀子在柳橙樹幹上劃下深深的一刀。「現在看好了。」阿敏仔細地把檸檬樹枝條從枝節下方切下的一端插進柳橙樹幹的切口處，留在樹上。「我會要工人過來撒上生根粉，綁起來。至於**妳**呢，妳要負責幫這棵特別的樹取名字。」

瑪麗索朗吉修女很喜歡愛伊莎。這個小女孩讓她著迷，她私下寄予厚望。小女孩擁有不可思議的靈魂，如果說，校長認定那是某種歇斯底里，瑪麗索朗吉修女看到的就是上帝的呼喚。每天早上上課前，年輕女孩都要到鋪石小路盡頭的小教堂去。愛伊莎通常會遲到，但她一踏入校門，目光就會看向上帝的殿堂，以充滿決心以及與她年齡不符的嚴肅態度走過去。有時，在距離小教堂門口幾公尺處，她會雙膝一沉開始跪行，雙臂交叉成十字，碎石摩擦著血肉，但臉色淡定自如。校長若看到，便會粗暴地一把將她拉起來。「我對這種表面功夫沒興趣，小姐。上帝認得出誠摯的真心。」愛伊莎愛上帝，她告訴過瑪麗索朗吉修女。她愛在冰冷早晨裸身迎接她的耶穌。有人告訴過她，磨難會讓她接近上天。她相信這個說法。

有天早晨，愛伊莎在彌撒即將結束時昏了過去。她來不及說完最後幾句禱詞。她在涼颼颼的教堂裡發抖，嶙峋的雙肩披著一件舊毛衣。歌聲、薰香和瑪麗索朗吉修女有力的聲音都不能讓她暖和。她臉色慘白，閉著雙眼倒在石板地上。瑪麗索朗吉修女不得不伸長手扶住她。學生騷動起來。她們說，愛伊莎是宗教狂熱分子，是假聖人，將來絕對會變成瘋子。

她被帶到充當保健室的小房間，躺下休息。瑪麗索朗吉修女親吻她的雙頰和額頭。其實，她不擔心小女孩的健康狀況。她的昏倒，正好證明這個消瘦的小身軀和天主建立了對話，愛伊莎只是還不明白其中的美麗和深奧。愛伊莎在臉上潑了些熱水，婉拒修女給她的糖。她表示自己承擔不起這美好的糖。最後在瑪麗索朗吉修女的堅持下，愛伊莎才伸出舌頭，用牙齒咬碎糖果。

她想回教室。她說自己好了些，不想錯過講課。於是她回到布蘭琪．柯里尼後面的座位。這個早上寧靜地過去。她的雙眼沒有離開布蘭琪粉嫩豐腴、長著細細金色汗毛的後頸。布蘭琪的頭髮高高地挽成芭蕾舞者一樣的髮髻。每天，愛伊莎都會花好幾個小時觀察，她對布蘭琪的脖子再熟悉不過了。她知道，布蘭琪低頭寫字時，肩膀上方會夾出一條縫。她知道九月的高溫下，布蘭琪會長出發癢的小小紅斑，女孩會用沾了墨水的指甲抓到皮膚流血；知道一滴滴汗水會從髮根往下淌到她的背上，洋裝領口因此染上一層黃漬；知道她在過熱的教室裡，愈來愈渙散疲憊，脖子會像鵝頸那樣扭動，下午偶爾還會睡著。愛伊莎從來不去摸這位同學的皮膚。有時候，她想伸手觸摸布蘭琪起伏的頸椎，輕撫她逸散出來的幾絲金髮，那讓愛伊莎想到小雞的羽毛。她克制自己想把鼻子湊上聞香、伸出舌頭品嘗的慾望。

這天，愛伊莎看到布蘭琪的頸子上起了一波雞皮疙瘩，汗毛豎了起來，就像準備打架的貓。她心想，到底是什麼引起了這個變化。是瑪麗索朗吉修女打開窗戶，吹進了一陣涼風嗎？愛伊莎這時再也聽不到老師的聲音或粉筆畫在黑板上的吱吱聲響。布蘭琪那片皮膚讓她失控。她再也忍不住了。她抓起圓規，飛快將尖端刺進布蘭琪的皮膚，一刺下去便立刻抽出，用拇指和食指擦掉上頭的一滴血。

布蘭琪尖叫一聲。瑪麗索朗吉修女轉身看，差點從講臺上跌下來。「柯里尼小姐！您為什麼叫這麼大聲？」

布蘭琪撲向愛伊莎，用盡全力拉扯她的頭髮，臉孔因為憤怒而扭曲。「是她，是這個野孩子！她刺我的脖子！」愛伊莎沒有反應。在布蘭琪的攻擊下，她只是低著頭駝著背，一言不發。瑪麗索朗吉修女抓住布蘭琪的手臂，一股不知打從何來的怒意，讓她毫不留情地把布蘭琪拖進辦公室。

「您怎麼敢指控貝拉吉小姐？有誰能想像愛伊莎會做出那種事？妳是不是想陷害她？」

「我敢發誓我說的是實話！」布蘭琪喊道。她抬起手摸後頸，看著手掌，希望能找到受到攻擊的證據。但是她手上沒有血滴。瑪麗索朗吉修女要她用工整的字體寫下：「我再也不會指控同學想要害我。」

下課時，布蘭琪狠狠瞪著愛伊莎，好像在說：「妳給我等著瞧。」愛伊莎則覺得遺憾，圓規攻擊的效果有限。她原本希望布蘭琪的身體會像被針刺破的氣球那樣洩氣，最後癱軟成一團。然而布蘭琪還活得好好的，在操場上活蹦亂跳，逗同學大笑。愛伊莎背抵著教室牆壁，面對著太陽，冬季的陽光晒得她連骨頭都暖了起來，心情也隨之平靜。她看著女孩們在扁柏圍起的操場上玩耍。摩洛哥女孩們雙手圈在嘴邊，交頭接耳說著祕密。愛伊莎覺得用白蝴蝶結綁起棕髮長辮的這些女孩很漂亮。她們大多是寄宿生，住在學校，週五才會回位在卡薩布蘭加、菲斯或拉巴特的家。愛伊莎從來沒去過那些城市，感覺和她母親瑪蒂德的家鄉阿爾薩斯一樣遙遠。愛伊莎既不是百分之百的本地人，也不屬於那群正在玩跳房子遊戲的那些女孩——她們是歐洲農人、探險家、移民政府公務員的女兒。她不曉得自己是誰，於是她獨自靠在熱呼呼的教室牆壁上。「一天好長。」愛伊莎心想：「真的好漫長。我什麼時候才會再看到媽媽？」

到了傍晚，女孩們大喊著衝向學校的大門。聖誕節假期到了。孩子們漆皮鞋子踩在碎石地上發出窸窣聲響，仿麂皮的大衣上覆了一層白色的灰塵。愛伊莎陷在一群吵吵鬧鬧又緊張兮兮的小學生當中。她走出大門，向瑪麗索朗吉修女揮揮手，在人行道上停下腳步。她沒看到瑪蒂德。愛伊莎看著同學們像大貓一樣在她們的母親腿邊摩娑，一起離開。一輛美國轎車停在學校前面，頭戴紅色圓氈帽的男人走了下來。他繞著車子走了一圈，想找某個女孩。當他找到時，他一手放在胸前，低頭表示尊敬，對走向他的小學生說：「尊貴的女士。」愛伊莎不懂，這個上課愛趴著睡覺，口水淌滿整本筆記本的女孩怎麼會被當作高貴的淑女對待。法蒂瑪消失在偌大的車裡，其他女孩向她揮手，喊著：「假期快樂！」接著，吱吱喳喳的聲音淡去，孩子們散去，城市又恢復了原來的節奏。一群少年在學校後面的空地上玩球，愛伊莎聽到他們用西班牙文和法文對罵。路過的行人偷偷看她，好像想尋找答案來解釋為什麼她不是乞兒卻被忘在路上。愛伊莎避開旁人的視線，她既不想博取同情也不想得到安慰。

夜幕低垂，愛伊莎靠在學校的柵門口，希望自己就這麼消失，幻化成薄煙或鬼魂。時間過得好慢，她覺得自己彷彿在校門口站了一輩子，她的雙手和腳踝都凍僵了，精神緊繃，只想著還沒出現的母親。她用雙手摩擦胳膊，左右互換著單腳跳取暖。她心想，這個時候她的同學們都在吃晚餐，享受熱騰騰的蜂蜜可麗餅。有些人可能靠在桃花心木書桌邊寫作業，或是在愛伊莎想像中那種塞滿玩具的房間裡玩。下班時間到了，汽車駕駛按著喇叭，刺眼的車燈照得愛伊莎跳了起來。整個城市瘋狂舞動，戴帽子穿大衣的男人更是強化了韻律。他們踩著自信的腳步走進溫暖的室內，高興地想著這晚是要暢飲還是睡飽。愛伊莎像個故障的機器開始轉起圈圈，開始向耶穌和聖母瑪利亞祈禱，合十的雙掌指尖因為用力而發白。布拉殷沒和她說話，校長禁止他與學校裡的所有女孩交談。但是他對拉住他雙手的小女孩敞開雙臂，兩人手牽著手。這一老一少站在門口，視線緊盯著十字路口——瑪蒂德終於出現了。

她從老爺車上跳下來，抱住女兒。她用帶著阿爾薩斯口音的蹩腳阿拉伯語向布拉殷道謝，接著摸摸髒襯衫的口袋，想必是要給這名警衛小費，但她口袋空空，臉紅了起來。愛伊莎坐進車裡，不願意回答瑪蒂德任何問題，也絕口不提布蘭琪或其他同學的惡意。三個月前，愛伊莎在校門口哭了，因為另一個女孩拒絕和她手牽手。父母告訴她那不重要，她不該放在心上，他們冷淡的態度讓愛伊莎很受傷。但那天晚上，當她因為失望而無法入睡時，她聽到了父母的爭吵。阿敏大發脾氣，認為這間基督教學校沒有他女兒的容身之地。瑪蒂德哭了又哭，咒罵校方孤立女兒。於是愛伊莎什麼都不再說了。她不再與父親談耶穌。她把祕密放在心裡，不說她對那名裸著雙腿男人的愛，不說祂給她勇氣控制怒氣。而對母親呢，她沒提自從她在學校餐廳的四季豆燉羊肉裡吃到一顆牙齒後，她便每天餓著肚子。那不是一顆像她今年夏天掉的那種又白又尖小乳牙——她因此換得了一顆巧克力糖。不是的，那是顆磨損的爛牙，是顆老人的，而且像是由牙床腐肉中掉落的牙。她每次一想到就反胃。

愛伊莎入學的那年九月，阿敏決定買一部收割打穀機。他已經得負擔農場、孩子和家具的大筆支出了，剩下的錢只夠他找上一家善於推銷的小公司，對方承諾賣給他一部剛從美國工廠出廠的高性能機具。阿敏用力揮個手，要對方閉嘴。他不想聽銷售話術，反正他也只買得起那部機器。他整天窩在曳引機上，除了他自己，別人都不准開。「他們會弄壞機器。」他為妻子解釋，瑪蒂德擔心地看他日漸消瘦。他的臉上烙印著烈陽和疲勞的痕跡，膚色和非洲步兵一樣黑。他不停工作，督導工人的每一個動作。他監看裝袋直到入夜，經常在駕駛座睡著，只因為他累得沒辦法開車回家。

阿敏連續數月沒與妻子同床。在廚房裡站著就吃，一邊和瑪蒂德說些她聽不懂的術語。他外貌狂亂，充滿血絲的爆凸雙眼看著她。他本來也想說點其他的話，但他只能怪異粗暴地揮動雙手，像是在扔球或準備拿刀砍人。他異常焦慮，愈來愈嚴重，但他不敢告訴任何人。要他承認自己失敗，無異是殺了他。這與機具、天氣，甚至是工人的能力無關。不是的，讓他如此傷神的，是他自己父親的錯誤。這塊地成不了大事，只有一小部分可以耕作，而那層薄薄的土地下方是凝灰岩，是不停衝撞他野心的灰色硬石。

有時候，疲憊和擔憂壓得他喘不過氣，他想躺在地上縮起雙腿，就這麼睡幾個星期。

他想像個玩得太累、興奮過度的孩子那樣大哭，他告訴自己，淚水或許可以解開捆住他胸膛的枷鎖。他飽經烈晒，夜不成眠，覺得自己要瘋了。他的靈魂被黑暗侵占，而在這片黑暗中，他對戰爭的記憶混和了步步進逼的貧窮匱乏。十一、二歲那年，他看過許多家庭帶著牲畜北上，大家又餓又累，連聲音都發不出來。他們頭上長了癬，帶著無聲的祈求走向城市，把孩子埋在路邊。他覺得全世界都在受苦，那群飢餓的人緊跟著他，但他無計可施，因為再過不久，他也會是其中一員。這個夢魘緊跟隨著他。

*

然而阿敏不會讓自己被擊倒。他看了一篇文章，大感信服，決定投入牛隻飼育。一天，瑪蒂德從學校回來時，在距離農場兩公里處，她看到阿敏走在路邊。他與一個消瘦的男人走在一起，後者穿著骯髒的吉拉巴和一雙打腳的涼鞋。阿敏面帶微笑，男人拍拍他的肩膀。他們看起來彷彿已經認識了一輩子。瑪蒂德在路邊停車，走下車，拉拉裙擺，朝他們走過去。阿敏似乎有些尷尬，但還是介紹雙方認識。男人名叫布沙伊布，阿敏剛與他談成一筆交易，而且引以為傲。他打算用手邊所剩無幾的錢買下四、五頭牛，讓那農夫帶回去亞特拉斯山放養，讓牛吃胖一點。等牛賣出去以後，兩個男人再分享利潤。

瑪蒂德無法挪開落在那男人身上的視線。男人的笑聲不夠坦率，而且像是喉嚨痛的人的陣陣咳嗽，她不喜歡。他用骯髒、長長的指頭搓臉，也讓她印象很差。他一次也沒有與她對上眼，她知道這不單純因為她是個女人或外國人。她敢確定，這個男人會耍他們玩。那天晚上，她把自己的看法告訴阿敏。她等到兩個孩子都睡了，丈夫把頭靠在扶手椅背上才開口。她試著說服阿敏，別與那個男人做生意。她的論點讓自己也羞愧，因為她只能表示自己是憑本能，憑她有不好的預感，憑那農夫的外表讓她不舒服。阿敏發脾氣了。「妳這麼說，是因為他是黑人。因為他是住在山上的鄉下人，對都市的禮儀一無所知。妳一點也不懂這些人，妳沒辦法瞭解。」

隔天，阿敏與布沙伊布一起到牲畜市場。這個露天市場位在路邊，一邊是從前用來保護居民免於各族劫掠的城牆遺跡，另一邊有幾棵樹。下了山的人們在樹蔭處鋪了毯子。天熱得讓人窒息，牲畜和排泄物濃烈的氣味衝著阿敏而去，還夾雜著農人的汗臭。好幾次，他忍不住以袖口掩鼻，免得作嘔或昏厥。瘦得見骨的牲畜很安靜，眼睛只看著地上。驢子、羊和少數幾頭牛似乎知道沒人對牠們的感受有興趣，懶洋洋地嚼著罕見的蒲公英幼株、發黃的草，以及一把把錦葵。牠們安靜又認分地等待自己從一隻殘酷的手賣到另一隻殘酷的手上。市場裡的農夫熱情叫賣，喊著重量、價錢、年紀或用處。在這個窮困又貧瘠的地區，大家奮力種植、採收或飼育動物。阿敏跨過扔在地上的黃麻袋，小心翼翼地閃避被太陽晒乾的糞便，直直走向群聚的牛隻。

他向牛販打招呼。這個禿頭老男人纏著白頭巾，略顯唐突地打斷布沙伊布的問好祝福。阿敏討論動物的方式就像一名科學家，提出老牛販無法回答的技術性問題。阿敏想明確又直接地表明他們來自不同的世界。牛販生氣了，把一枝風鈴草放進嘴裡嚼，發出和他賣的牛一樣的聲響。布沙伊布接手洽談。他戳戳牛鼻孔，拍拍牛屁股，還邊拍牛販的肩膀，詢問牛隻精液和排泄的分量，對牛隻在牛販照顧下的成果表示可喜可賀。阿敏退了幾步，努力克制，別流露憤怒和疲憊的表情。這筆生意談了數小時。布沙伊布和牛販什麼都說，就是不聊重點。他們先是同意一個價格，然後其中一人反悔，威脅走人，隨後是漫長的沉默。阿敏知道談生意就是這樣，像遊戲也像儀式，他幾次想吼出聲，好縮短這種荒唐傳統的時間。近傍晚了，太陽開始往起伏的亞特拉斯山後退去，一股冷風掃進市集。最後他們拍拍牛販的手。他們買到了四頭健康的牛。

布沙伊布準備和合夥人阿敏分道揚鑣，帶著牛隻回山上的村子，心情顯然很好。他恭維阿敏談生意的方式和技巧，大談山上部族的榮譽感和言出必行的性格，說法國人不可信任，精於詐騙。阿敏想到瑪蒂德，同意布沙伊布的說法。這天讓他筋疲力盡，一直到回了家，看到自己的孩子，他彷彿才開始呼吸。

接下來幾星期，布沙伊布定期派人到農場傳口信。來人是個年輕放牛人，小腿長了癬，流膿的雙眼引來了蒼蠅。這男孩應該從來沒吃飽肚子。他說起阿敏的牛，語氣充滿詩意。他說，山上的草鮮美，光看就知道那幾頭牛愈來愈胖。聽他這麼說，阿敏的臉色明亮起來。年輕人則自覺能把快樂帶給這家人，是件幸福的事。之後，他又來過幾次，每次都貪心地喝著瑪蒂德依他要求加了三瓢糖的茶。

接著，年輕人再也不來了。十五天過去，阿敏開始焦急。當瑪蒂德問起這件事，他盛怒回道：「我告訴過妳，要妳別管這件事。這裡做生意的方式就是這樣。我還不至於讓妳來教我怎麼經營農場！」但阿敏同樣深受疑慮的折磨，夜夜失眠。他筋疲力盡，無比焦慮，派了一名工人探消息，但後者無功而返。他沒找到布沙伊布。「山區太大了，貝拉吉先生。沒人聽說過他。」

一天晚上，布沙伊布回來了。他來到農場入口，臉色灰敗，雙眼紅腫。看到阿敏走過來，他雙手打著自己的頭，指頭抓著雙頰，像困獸般哭叫。他幾乎喘不過氣，而阿敏怎麼也聽不懂他的解釋。布沙伊布不停說：「強盜，強盜！」他的雙眼充滿恐懼。他說，前一天晚上出現了一群武裝男人，把看牛的警衛打了一頓後綁起來，用卡車載走所有牲口。「那些放牛的人真的幫不上忙，他們是好人，是好工人，但是那些年輕人面對的是武器和卡車，他們能怎麼辦？」布沙伊布癱坐在扶手椅上，雙手放在膝上，哭得像個孩子。他聲稱自己受到侮辱，這輩子再也沒辦法擺脫這次的恥辱。他喝了一口茶——加了五顆糖——補充道：「這是我們的重大損失。」

「我們去找警察。」阿敏站起來，面對布沙伊布。

「警察！」布沙伊布又開始哭了。他絕望地搖頭，說：「警察也無能為力。那些強盜，那些魔鬼，那些狗娘養的東西早就跑遠了。我們怎麼可能追蹤到他們？」接著，他開始就山上人家的苦難進行一連串冗長的抱怨，他們住得荒遠，在劫掠和四季的憐憫下生存。他為自己的命運哭泣，因乾旱、疾病、難產而死的婦女和只懂得卑躬屈膝的公務員而憤怒。當阿敏扯住他的手臂時，他還哭得打嗝。

「我們去找警察。」阿敏雖然比布沙伊布矮，但他氣勢不輸人。他年輕且意志堅定，長期在農場工作因此手臂肌肉發達。布沙伊布知道阿敏打過仗，曾經是法國軍團的軍官，還因為英勇的表現而受勳。布沙伊布穿著吉拉巴，阿敏拉住他的袖子，握緊拳頭，布沙伊布沒有反抗。他們坐進車裡，無情的黑暗籠罩著兩個男人。車裡的兩人都沒說話。阿敏偷偷看向布沙伊布。在車子微弱的光線下，他看著對方的雙手。他怕布沙伊布會在瘋狂或在絕望之下撲向他，找機會攻擊他或逃跑。

警察營房出現在地平線上。布沙伊布原本絕望的語氣轉變成諷刺。「你怎麼會覺得這些無能的傢伙能為我們做什麼事？」他重複說了幾次，聳肩的樣子，好像把阿敏的天真當作他從未見過的荒謬想法。車子來到營房入口時，布沙伊布仍然坐在車裡。阿敏繞過車身，拉開副駕座的門說：「你下來。」

阿敏清晨才回到家。瑪蒂德坐在廚房的桌邊，正試著幫愛伊莎綁辮子，女孩則是咬住嘴脣忍著不哭。他看著妻子和女兒，光是微笑，什麼也沒說，然後走進自己的房間。他沒告訴瑪蒂德，警察看到布沙伊布就像見到了熟人，笑著聽他說山上來了強盜。他們故作驚訝地問：「卡車呢，那是輛怎麼樣的卡車？那幾個可憐的放牛人呢，他們沒被打得太慘吧？也許他們可以過來當證人？再說說看強盜是怎麼到的。記住這個故事喔，未免太有趣了。」阿敏覺得警方的嘲笑是針對他而來。自以為是大地主、昂首闊步開墾荒地的阿敏竟然像個笨蛋，才遇見第一個把話講得天花亂墜的騙徒就傻傻上當。布沙伊布會在牢裡待幾個月。但是這安慰不了阿敏，也沒辦法讓他還債。布沙伊布一開始就是對的。找警察根本沒用，只會讓他更洩氣。不，阿敏早該一拳揮向這個鄉巴佬，這坨糞土。他應該把對方打個半死才對。會有誰抱怨呢？天曉得哪裡會有個女人，哪個孩子或友人來尋找這個人渣的下落？任何與布沙伊布有過往來的人知道他死了，一定會鬆了一口氣。阿敏大可把他的屍體送給豺狼或禿鷹當禮物，至少這麼一來，他會得到復仇的快感。他真是蠢斃了才會想找警察。

III

愛伊莎起床時很開心。聖誕假期的第一天，她蓋著羊毛被，躺在床上祈禱。她為父母祈禱，因為他們是那麼不愉快；她也為自己祈禱，因為她想當個乖女兒，要拯救他們。自從住進農場，他們便吵個不停。昨晚，母親把自己的兩件洋裝撕成碎片。她說她再也受不了這種悲慘的待遇，說他拒絕給她錢買新衣服，她準備光著身體出門。愛伊莎交握的雙手扣得更緊了，她懇求耶穌不要讓母親光溜溜地上街，求天主別讓她受這種羞辱。

瑪蒂德坐在廚房裡，她抱著塞林姆，撫摸心愛兒子的鬈髮。她厭煩地看著外頭，陽光照著後院，晒衣繩隨著掛在上頭的衣服往下垂。愛伊莎請母親幫她準備一小籃食物。「妳不覺得我們可以陪妳去散步嗎？妳不等我們？」愛伊莎斜睨了弟弟一眼，她覺得這個弟弟又懶又愛哭。她不想讓別人跟，她很清楚自己要去哪裡。「有人在等我。我走了。」愛伊莎跑向門口，揮揮右手就消失在門外。

她跑了將近一公里，翻過丘陵，來到榲桲樹林後面的村落。跑步讓她覺得任何外界的事物都追不上她。奔跑的韻律深入她的體內，讓她聽不見、看不見，將她封閉在幸福的孤獨當中。跑著跑著，她的身體開始痠痛，喉頭有灰塵和血水的味道，這時她背誦起〈主禱文〉來鼓勵自己。「願祢的國來臨，願祢的旨意奉行。」

她氣喘吁吁地來到村落，被蕁麻掃過的雙腿發紅。「在人間，如同在天上。」小村落由五棟破爛的棚屋組成，雞群和幾個孩子在屋前蹦蹦跳跳。這裡住的是農工。晒衣服的繩索兩端綁在樹上。棚屋後面有幾堆白色石頭，農工的祖先就埋在石頭下。這條塵土小路和這座放養牛羊的山丘是他們在世——甚或過世後——見過的全世界。依朵和她七個女兒便住在這個村落。這戶以女眷為主力的一家人在附近很出名。當然了，生到第五個女兒時，大家就開始奚落這家人了。鄰居拿她們的父親巴米魯開玩笑，笑他的精子品質，說他被前情人下了咒語。巴米魯對此非常生氣。但是，在第七個女兒出生後，情勢卻又反轉了，方圓好幾公里的人都有了不同的想法，認為這家人必然有其神奇之處。巴米魯因此有個小名，「七個女兒的父親」，這個暱稱讓他引以為傲。這個狀況，換作其他人可能會哀嘆：煩惱啊！憂心啊！這麼多女兒在田裡來來去去，招來男人的靠近、渴望甚至讓她們懷孕！這要花多少錢啊，這些女兒得出嫁，或賣給出價最高的人！但無憂無慮又樂觀的巴米魯覺得自己榮光加身，幸福地生活在這棟全是女人的房子裡，孩子們吱吱喳喳的聲音，讓他聯想到隨著春天來到的鳥兒。

她們大都遺傳了母親的高顴骨和淺色的頭髮。老大、老二是紅髮，其他四個是金髮，她們每個人的下巴都有用指甲花畫的刺青。她們把長髮編成辮子，紮得緊緊的辮子垂到後腰。她們在寬闊的額頭繫上一條或鮮黃或緋紅的彩色緞帶，配戴的耳環重到把耳垂往下拉。但大家注意到的，也就是她們之所以特別的，是她們美麗的笑容。她們的牙齒都很小，像珍珠又白又亮。連年華老去、喝茶要加很多糖的依朵笑起來也會露出一排潔白的牙齒。

一天，愛伊莎問起巴米魯的年紀。「我至少有一百歲了。」他非常嚴肅地回答，這讓愛伊莎為之敬畏。「這就是你只剩下一顆牙齒的原因嗎？」巴米魯笑了，睫毛掉光的小眼睛閃閃發光。他說：「嗯，是老鼠的關係。」他表情神祕，在小女孩耳邊低語。一旁的依朵與其他女孩則咯咯地笑。「一天晚上，我因為白天在田裡工作太累，吃晚餐時睡著了。當時我嘴裡含著一塊浸過甜茶的麵包。我睡得太熟，沒發現有隻小老鼠爬到我身上，不但吃掉了我嘴裡的麵包，還偷走我的牙齒。我醒來時，就只剩下一顆牙了。」愛伊莎嚇得尖叫，而屋裡的女人哄堂大笑。「別嚇她了，爸爸！別擔心，小女孩，在妳住的農場裡沒有這種小老鼠。」

*

隨著入學，愛伊莎來這裡的時間會愈來愈少。依朵又笑又叫地在家裡接待她。她喜歡老闆的女兒，喜歡她稻草似的頭髮、靦腆的態度和她的小籃子。愛伊莎算得上她的女兒，因為她親眼看著愛伊莎出生，而塔茉——七個女兒中的老大——在貝拉吉一家人一住進農場時就在他們家工作了。愛伊莎想找那幾個女孩，但棚屋中央的大房間裡什麼人也沒有。這個大房間是一家人吃飯睡覺的地方，巴米魯和妻子親熱時，也不介意女兒就在旁邊。屋內溼冷，愛伊莎覺得呼吸困難，因為依朵正蹲在冒煙的陶爐前面用紙板搧風。依朵另一隻手用木炭煎蛋，還加了一點蒔蘿。她把蛋遞給愛伊莎：「給妳。」小女孩蹲坐著，用手指拿蛋吃。依朵一邊輕撫女孩的背一邊笑，因為蛋黃滴到了瑪蒂德花了兩個晚上縫製的小襯衫領子。

拉碧雅回來了，她的雙頰因為跑步而泛紅。她只比愛伊莎大三歲，但表現得不再是個孩子。在愛伊莎眼裡，拉碧雅像是依朵的另一把交椅。她剝青菜的手法和她母親一樣熟練，她懂得怎麼清理黏著鼻屎的鼻子，知道怎麼在樹下找到錦葵然後切塊煮熟。她那雙和愛伊莎一樣細的小手已經會揉麵團做麵包，在收穫季節將橄欖採收到鋪在樹下的網子裡。她知道如果樹還太溼，不可以爬上滑溜的樹枝。她吹口哨的方式，會把流浪狗嚇得夾著尾巴抖著後腿跑開。愛伊莎喜歡依朵這幾個女兒，她看著她們玩，但不一定看得懂。她們相互追逐，拉姊妹的辮子，有時候還會跳到姊妹身上模仿一來一去的動作，讓躺在地上的那個笑得樂不可支。她們喜歡打扮她，與她玩。她們把一個布娃娃綁到她背上，用骯髒的頭巾包住她的頭，拍著手要她跳舞。有一次，她們試著說服她也在雙手和雙腳上用指甲花刺青。但依朵出面阻止。她們開著玩笑敬稱她「老闆的女兒」，然後加上一句：「妳沒比我們厲害，對吧？」

一天，愛伊莎說起學校的事，沒想到嚇著了拉碧雅。她真替愛伊莎難過！拉碧雅想像中的學校就像某種監獄，大人用法文對著一群害怕的孩子大呼小叫。孩子們關在裡頭無法領略季節的變化，因為大人的嚴厲對待，得整天坐在椅子上。

兩個小女孩跑向田野，沒有人問她們要去哪。她們鞋底沾上又黏又重的泥巴，愈來愈難前進。她們不得不用手指摳下鞋底的黏土，摸到泥巴，她們笑了出來。她們坐在樹下，累了就用食指在地上挖小洞，找到肥肥的蚯蚓用指頭捏扁。她們老是想知道東西裡頭有什麼，比如動物的肚子裡、花莖內層和樹幹中心。她們老愛搞破壞，為的是想揭開萬物的奧祕。

這天，她們聊的是逃家冒險，一想到無拘無束的自由，她們都笑了。但是等到肚子餓了，風變涼了，太陽漸漸落下，愛伊莎懇求朋友和她一起走，因為她害怕一個人回家，想要拉碧雅陪她一起走那段碎石小路。來到離家不遠處，拉碧雅看到顯然是工人還沒放進畜棚的大堆乾草，就放在倉庫下面。「來。」她對愛伊莎說。愛伊莎不想承認自己膽小。兩個女孩靠一座橘色的舊梯子爬上穀倉屋頂。拉碧雅小小的身子跟著她的笑聲顫動，對愛伊莎說：「妳看！」接著就往下跳。

有那麼幾秒鐘，愛伊莎什麼也沒聽見。拉碧雅的身子彷彿就這麼消失，像是遭到神靈綁架。愛伊莎屏住呼吸。她站到屋頂邊緣，彎下腰，用尖細的聲音喊：「拉碧雅？」過了一會兒，她覺得好像聽到了分不清是呻吟還是啜泣的聲音。她嚇得連忙以最快速度爬下梯子，跑回家裡，看到瑪蒂德坐在她的扶手椅上，塞林姆在母親腳邊。瑪蒂德站起來，準備責罵女兒的著急莽撞，這時愛伊莎抱住母親的雙腿。「拉碧雅好像死了！」

瑪蒂德喊來在廚房打盹的塔茱，一起跑向穀倉。塔茱發現妹妹流著血躺在乾草堆裡，忍不住尖叫出聲，她雙眼往上吊。瑪蒂德為了讓她鎮定，甩了她一記耳光，塔茱隨之倒地。瑪蒂德俯身檢視拉碧雅的狀況，小女孩的手臂被埋在乾草堆裡的長叉畫出一道深深的傷口。她抱起孩子跑回家中，一邊輕撫著昏過去的女孩，一邊打電話找醫生，但線路不通。她的下巴發抖，愛伊莎看在眼裡非常害怕，她覺得拉碧雅死了以後，全世界都會討厭她。一切都是她的錯，明天她必須面對依朵的恨意、巴米魯的憤怒和整個村落的詛咒。她腳麻了，於是兩腳交換著跳。

「沒用的電話，該死的農場，什麼爛國家！」瑪蒂德把電話摔向牆壁，要塔茉讓妹妹躺在客廳的長沙發上。她們拿來蠟燭擺在動也不動的小女孩身邊。燭光下，拉碧雅看起來讓人愛憐，已經像個即將離開人世的屍體。塔茉和愛伊莎什麼也沒說，還努力克制自己不要哭天搶地，因為她們既怕瑪蒂德，也佩服她在拿來當作藥櫃的櫃子裡找東西。瑪蒂德在拉碧雅上方俯下身，時間停了下來。她們只聽到她吞嚥口水，剪裁紗布，剪斷縫合傷口的線。拉碧雅開始呻吟，瑪蒂德把一片浸了古龍水的棉布放在她的額頭上說：「好了。」當阿敏回家時，愛伊莎早已上床睡覺，一顆心差點被恐懼碾碎的瑪蒂德這時才哭喊出來。她咒罵這幢房子，她說他們不能繼續這樣像野人一樣生活，她不會讓孩子冒著送命的危險，一分鐘都不要。

*

隔天，瑪蒂德黎明就醒了。她走進女兒的房間，愛伊莎和拉碧雅躺在一起睡覺。她輕輕掀開蓋住拉碧雅傷口的紗布，親吻兩個孩子的額頭。她在女兒的書桌上看到一本聖誕倒數日曆，日曆封面以金色字體寫著「一九五三年十二月」。這本日曆是瑪蒂德自己做的，她親手貼上二十四個小窗格。現在一看，她發現窗格都還沒打開[1]。愛伊莎表示自己不喜歡糖果。她從來不討東西，不願吃水果軟糖或瑪蒂德放在藏書後面的酒漬櫻桃。這孩子的嚴肅個性讓她生氣。她想：「她和她爸爸一樣克制欲望。」她丈夫已經下田去了，她裹著毯子坐在桌邊，面對花園。塔茉端來熱茶，靠向正在聞味道的瑪蒂德。瑪蒂德討厭這女僕的味道，無法忍受她的笑、她的好奇心和不良的衛生習慣，把她當骯髒的農民對待。

塔茉驚豔地叫了一聲。「這是什麼？」她指著金色星星稍有脫落的倒數日曆。瑪蒂德用指頭敲了女僕一記。

「妳別動這東西，這是聖誕節要用的！」

塔茉聳聳肩，回到廚房。瑪蒂德朝坐在地毯上的塞林姆俯下身去。塔茉剛剛送了糖罐過來，她舔舔食指，戳進去沾了糖。塞林姆開心地舔母親的指頭，向她道謝。

這幾星期之間，瑪蒂德說過好幾次，她想要過一個和從前在阿爾薩斯時一樣的聖誕節。

當她還住在貝立馬區時，她沒吵著要聖誕樹、禮物和裝飾著燈的花環。她沒有任性要求，因為她很清楚，那幢阿拉伯區的陰暗安靜房子裡，她不可能強行向她的神祈禱或實踐儀式。但愛伊莎現在六歲了，瑪蒂德夢想在屬於自己的房子裡，為女兒準備一次難以忘懷的聖誕節。她很清楚，學校女孩會炫耀她們將在聖誕節收到什麼禮物——比方她們母親買來的洋裝。她絕對不會讓任何人剝奪愛伊莎的這些快樂。

瑪蒂德坐進車裡，開上再熟悉不過的道路。她不時將左手伸到窗外揮動，向將手放在左胸心口的工人打招呼。她獨自一人時，她會開得飛快，有人曾經告訴阿敏，而阿敏也禁止她這樣冒險。但是她想穿過這片風景，揚起灰塵，讓生命加快腳步，愈快愈好。她來到赫丁廣場，在馬路前端停車。下車前，她先套上一件吉拉巴，用圍巾包住頭髮、往前拉下來蓋住臉。幾天前，有人用石頭攻擊她的車子，後座的孩子嚇得尖叫。她什麼也沒告訴阿敏，因為她怕丈夫禁止她外出。他認為一個法國女人在阿拉伯區街上走動是件危險的事。瑪蒂德沒看報紙也很少聽收音機，但她的小姑瑟瑪告訴過她，而且說話時眼神頑皮，充滿對摩洛哥人的

1 又稱降臨節日曆，窗格裡通常會放著糖果或禮物，每天打開一格。

支持。瑟瑪笑著說，有人逼一個摩洛哥年輕男孩吃掉一包香菸，因為他沒和別人一樣抵制法國商品。「有個鄰居被用剃刀割破嘴脣。大家說他抽菸，冒犯了阿拉。」歐洲區呢，在學校門口，母親們用嚴肅的語氣大聲訴說阿拉伯人無視於她們的尊重，背叛了她們。她們故意讓瑪蒂德聽到法國人遭到綁架被當作人質，帶到山裡去虐待，因為她們覺得她是這些可怕罪行的共犯。

完全蓋住身子和臉後，瑪蒂德下車走向婆婆家。她穿著層層衣物，開始流汗，不時拉下遮住嘴巴的面紗喘口氣。這身裝扮讓她看起來很奇怪。她像個扮演另一個孩子的小女孩，陶醉在假扮的遊戲裡。沒有人注意到路過的瑪蒂德，她宛如鬼魂中的鬼魂，在一身遮掩下，沒有人猜得到她是外國人。她從一群賣布法坎花生的男孩面前經過，還停在一輛小推車前面，觸摸飽滿的橘色枇杷。她用阿拉伯語討價還價，面帶笑容的小販是個瘦小的農夫，最後用低廉的價格賣了一公斤給她。她本想拉下面紗，露出臉和綠色的眼睛，對老農說：「你把我當成別人了！」但開這個玩笑似乎有些蠢，於是她放棄這個嘲笑純真農人的樂趣。

她垂著雙眼，面紗拉到鼻子上方，感覺自己彷彿消失了，不曉得該對此作何感想。如果說，隱身能保護她甚至讓她開心，那麼隱身也讓她無法自拔地陷入深谷，她每走一步，她的名字、身分似乎就消失了一些，而遮住自己的臉，就像隱藏住一部分重要的自我。她成為一個黑影，一個熟悉但沒有名字，沒有性別也沒有年紀的人。她甚少有勇氣和丈夫談起摩洛哥女人的待遇，說慕拉拉從來不出門，但若她膽敢提起，阿敏會粗暴地打斷她的討論。「妳有什麼好抱怨的？妳是歐洲人，做什麼都不會有人阻止。妳管好自己就行，別把我母親扯進來。」

然而，出於矛盾，瑪蒂德仍然堅持，因為她就是想爭辯。她趁晚上，阿敏整天在田裡工作疲憊地回到家、整個人被擔憂掏空時，提起瑟瑪和愛伊莎的未來，兩個女孩還小，命運還來不及劃下痕跡。她主張：「瑟瑪該去讀書。」如果阿敏還冷靜，她會繼續說：「時代改變了。你也替女兒想想。別告訴我，你打算把愛伊莎教育成一個順從的女人。」瑪蒂德用帶著阿爾薩斯腔的阿拉伯語對他吼著愛伊莎公主[2]一九四七年四月在坦吉爾說的話。瑪蒂德要提醒的，是當初他們為自己第一個孩子取了愛伊莎這個名字，便是為了向蘇丹的女兒致敬。那些民族主義分子難道不是將國家獨立與女性解放合為一談嗎？愈來愈多女人開始自學，改

2 Lalla Aïcha，穆罕默德五世之女，曾發表支持女性接受教育的演講。

穿吉拉巴或歐洲服飾。阿敏點頭同意，但是沒有承諾。當他走在泥土路上，身處工人當中時，他偶爾會想起這些對話。「有誰會要一個墮落的女人？瑪蒂德什麼都不懂。」他想到自己母親，她關在家裡一輩子。慕拉拉小時候無權與她的兄弟一起上學。她過世的丈夫卡度，在老城區建造了這棟房子，屈就於當地的習俗，屋內有扇高高的窗戶始終緊閉，慕拉拉不能靠近那裡。卡度在許多方面都很現代，他會親吻法國女人的手，有時還會去梅爾斯付錢找猶太妓女——對於妻子名聲的敗壞也僅止於此。阿敏小時候，偶爾會看到母親透過縫隙偷看街上的動靜，還會把食指放在嘴邊，示意這是母子兩人的祕密。

對慕拉拉而言，世界交縱著無法跨越的界線。男人與女人，或是穆斯林、猶太人和基督徒要能好好相處，最好不要經常碰面。如果每個人都待在自己的地方，和平就能長久。她將待修的火爐、要製作的籃子委託給猶太區的猶太人，並且讓一名臉上長滿毛的消瘦裁縫送來家裡不可或缺的針線活成品。卡度自詡思想進步，愛穿西裝和裁縫訂製褲，但她從來沒見過卡度的歐洲朋友。一天早上，她打掃丈夫的私人沙龍時，看到沾了紅唇印的杯子和菸蒂，她什麼也沒問。

阿敏愛妻子，他深愛她、渴望她到有時會在半夜醒來想咬她、吞噬她、完全擁有她。

但他也有自我懷疑的時候。他究竟發什麼瘋？怎麼可能以為自己能夠和一個歐洲女人，一個像瑪蒂德那樣不受約束的人共同生活？因為她，因為這些痛苦的矛盾，他覺得自己的生活彷彿受到了支配，宛如某種歇斯底里擺動的鐘擺。有時候，他感覺到一股強烈迫切的欲望，想要回歸自己的文化，全心愛他的真主、他的語言和土地，而瑪蒂德的無法理解讓他憤怒。他想要一個和他母親一樣的妻子，不必多說也能心領神會，有他族人的耐心與自制的精神，話說得少但勤於工作。他想要的是晚上等著他的妻子，安靜又忠誠，看著他吃她準備的料理，在這當中找到她所有的幸福和榮耀。瑪蒂德讓他成了叛徒，成了異端。偶爾，他很想攤開他父親的祈禱毯，把額頭靠在地上，在內心和孩子們的口中聽到祖先的語言。他夢想用阿拉伯語做愛，在金亮皮膚女人的耳邊溫柔地說話，說些人們會對孩子說的甜言蜜語。其他時候，當他在浴室裡聽到女兒唱歌，聽到瑪蒂德加入孩子們的遊戲或開玩笑，他會覺得無比快樂，覺得自己高人一等。他有種遠離大眾而去的感覺，他必須承認戰爭改變了他，而且現代化自有其優點。他為自己及反覆無常的心情羞愧，而且他心知肚明，為此付出代價的人是瑪蒂德。

*

來到鑲著銅釘的大門前，瑪蒂德抓住門環用力敲了兩下。雅斯敏拉高裙子，露出長著鬈腿毛的黑色小腿過來替她開門。這時將近十點了，但屋裡很安靜，連貓伸懶腰、女僕把溼踩腳布放在地上的聲音都聽得見。瑪蒂德在雅斯敏驚訝的目光下脫去吉拉巴，把圍巾丟在扶手椅上，跑上樓去。雅斯敏咳了一聲，朝井裡吐了一口綠色的濃痰。

瑪蒂德來到樓上，看到瑟瑪睡在一張長椅上。她很喜歡這個嬌縱叛逆、剛滿十六歲的女孩。她雖然規矩不好但不失優雅。慕拉拉對待這個女兒的方式，是給予滿滿的愛和食物。「這樣就很多了。」有一次，阿敏這樣告訴她。是的，是很多，但仍然不夠。瑟瑪活在母親盲目的寵愛和兄長的粗暴對待之間。自從她胸臀逐漸豐滿後，他們宣稱她已經承受得起拳頭，於是再也不手軟地推她去撞牆。長她十歲的歐瑪爾表示他在妹妹身上察覺到叛逆的傾向和反抗的精神。他嫉妒她享有的保護，嫉妒母親在拒絕給他之後的遲來溫柔。瑟瑪的美貌，讓她的兄長們緊張地像是感覺到風暴將至的野獸。他們想提前防範，在她幹下荒唐行徑前先好好修理她。

隨著時間流逝，瑟瑪愈來愈美麗，但是她美得讓人不舒服，惹人生氣，讓人不自在，她的美貌似乎宣示最悲慘的不幸。看著瑟瑪時，瑪蒂德會自問：生得這麼美不知會是什麼感覺。會讓她難過嗎？美貌有重量，有味道，有濃淡嗎？瑟瑪究竟知不知道她的出現讓人不安又煩亂，知不知道旁人看著她細緻完美的美麗臉孔時會感受到無可抗拒的吸引力？

瑪蒂德是人妻，是人母，但怪的是，在這兩個女人當中，瑟瑪比她更有女人味。瑪蒂德在一九三九年五月二日那天慶祝十三歲生日，戰爭在她身上留下痕跡。她的胸部發育遲緩，像是因恐懼、匱乏和飢餓而萎縮。她暗沉的金髮太細，像嬰兒一樣，透過頭髮能看到頭皮。瑟瑪正好相反，她散發著自信的感官之美。她的雙眼又黑又亮，和慕拉拉浸在鹽裡的橄欖一樣。她有兩道濃眉，頭髮茂密髮際線又低，嘴唇上方薄薄的汗毛讓她看來像是作曲家比才或劇作家梅里美筆下的女主角，總之，她讓瑪蒂德聯想到地中海國家的女人，她們髮量豐盈，充滿活力，這些深色頭髮的熱情女郎足以讓男人為之瘋狂。瑟瑪雖然年輕，但她揚起下巴，咬著嘴唇，向右傾臀的姿態，為她帶來愛情小說女主角的風韻。女人討厭她。在中學裡，她的老師拿她當箭靶，不是罵就是處罰。「她是個叛逆又傲慢的年輕女孩。相信嗎，我轉過身時都會害怕。知道她就在那裡，坐在我背後，儘管沒道理，但我會沉溺在恐懼當中。」老師向負責監督小姑教育的瑪蒂德這麼說。

*

一九四二年，阿敏在德國被俘。慕拉拉此生首次離開貝立馬區熟悉的街道。她帶著歐瑪爾和瑟瑪搭火車前往拉巴特，參謀總部要她到拉巴特跑一趟，她也希望能在這裡寄包裹給心愛的大兒子。慕拉拉穿著傳統的厚重白罩袍登上火車，在這偌大的機器冒著煙發出窸窣聲離開車站時，她真的嚇到了。她一直看著月臺上徒勞揮手的男男女女。歐瑪爾將母親和妹妹帶到一節頭等車廂，車廂裡還坐著兩名法國女人。兩個女人低聲說起話來。看到一個像慕拉拉這樣腳踝套著珠寶、頭髮用指甲花染黑、修長雙手長了繭的女人坐在旁邊，她們似乎很驚訝。頭等艙禁止本地人搭乘，她們無法忍受這些不識字的阿拉伯人愚蠢又粗魯的行徑。她們激動到發抖，看到車掌走進車廂，她們心想：「這荒謬的事件該結束了，車掌會讓她知道摩洛哥女人應該坐在哪裡。她以為自己想坐哪裡就可以坐在哪裡，但這種事是有規矩的。」慕拉拉拿出罩袍下的車票和證明兒子被俘的軍方文件。車掌檢查文件，皺著眉頭，神情不甚自在地脫下帽子，以法語說：「夫人，祝您旅途愉快。」接著便走到通道，消失了蹤影。

兩名法國女人無法相信。這趟旅程毀了。她們受不了看到這個罩住全身的女人。她散發的香料氣味，那看著風景的呆滯眼光，都讓她們受到干擾。讓她們特別惱怒的是陪著她的那個粗鄙女孩。那個約末六、七歲的小女孩打扮成中產階級的樣子，但這不足以掩飾她的缺乏教養。這是瑟瑪第一次旅行，她完全坐不住。她爬到母親的腿上要東西吃，塞了滿嘴蛋糕，沾了滿手蜂蜜，大聲與在通道上踱步的哥哥說話，還哼著阿拉伯歌曲。兩名法國女人中，較年輕也較生氣的女人盯著小女孩看。「她很漂亮。」她自言自語，但連她自己也不知道為什麼，那孩子的美麗讓她惱怒。她覺得瑟瑪那張優雅的臉是偷來的，是從另一個真正配得上而且會好好照顧那張臉的女孩身上偷來的。孩子雖然漂亮，但對此漫不經心，這使得她更危險。車廂裡這幾個女人雖然已經拉下薄薄的紗簾，陽光仍然透過車窗晒進來，溫暖的橘色光線照得瑟瑪的頭髮閃閃發光，她的古銅色皮膚也顯得更細緻平滑。孩子大大的雙眼，像極了那法國女人從前在巴黎動物園欣賞過的美洲豹眼睛。女人心想，沒有人有那樣的眼眸。她在朋友耳邊喃喃地說：「有人給她上了妝。」

「妳說什麼？」

年輕女人朝慕拉拉俯過身去，咬字清楚地對她說：「不要幫小孩子化妝。那樣塗眼線不好，很低俗。妳聽懂了嗎？」

慕拉拉看著對方，不明白年輕女人在說什麼。她轉頭看向瑟瑪，小女孩拿著蛋糕盒遞向兩名法國女人。「老女人一定不會說法文！」法國女人生氣了。她失去一個強調自己優越地位的好機會。如果這個本地女人不懂法文，她說什麼都沒有用，她不要嘗試去教育她。但沒多久，她像突然瘋了似地抓住瑟瑪的手臂，把小女孩拉到自己身邊。她從皮包裡拉出一條手帕，在上面吐了一口口水，粗暴地擦拭瑟瑪的眼睛，小女孩叫了出來。慕拉拉把女兒拉回來，但年輕的法國女人不放手。她看著潔白無瑕的手帕然後繼續擦，要向自己及旅伴證明這個小女孩是個下作的小賤人。是的，她認得出這種女人，這些棕髮女人什麼都不怕，讓她的丈夫為之瘋狂。她認得這種女人，而且討厭她們。歐瑪爾本來在走道上抽菸，聽到尖叫便衝進了小車廂。「出了什麼事？」看到戴眼鏡的少年，年輕的法國女人嚇到了，靜靜地離開了車廂。

隔天，他們成功寄出信件和柳橙給阿敏，心情愉快。回梅克內斯的路上，歐瑪爾賞了妹妹一巴掌。她被打得莫名其妙，聽到她哭，歐瑪爾說：「妳連想都不要想哪天可以化妝，聽到了嗎？如果妳敢搽口紅，我會給妳畫個大大的微笑，去吧。」接著他用食指在小女孩的臉上畫出一個恐怖的笑容。

*

瑟瑪從長椅上跳了起來，伸出雙手抱住大嫂的脖子，在她臉上印滿了親吻。自從認識了大嫂，瑟瑪充當她的導遊、翻譯和瑪蒂德最好的朋友。瑟瑪為她解釋各種儀式和傳統，教她應對進退的禮節。「如果妳不知道該怎麼回答，說聲『阿們』就好了。」瑟瑪還教她怎麼假裝，如何保持安靜。若這對姑嫂單獨相處，瑟瑪會問瑪蒂德一堆問題。從法國、旅行、巴黎，到瑪蒂德在解放後遇見的美國士兵，她什麼都想知道。她發問的方式，像在審訊一個至少逃脫過一次的犯人。

「妳來這裡做什麼？」她問瑪蒂德。

「我要買聖誕節的禮物。」瑪蒂德小聲說：「妳要和我一起去嗎？」

瑪蒂德陪小姑回房間，看著她脫下衣服。瑪蒂德坐在扔在地上的靠枕上，看著瑟瑪細緻的腰臀，略顯豐潤的小腹，從沒受過胸罩鋼絲束縛的深色乳暈。瑟瑪穿上優美的黑色洋裝，圓領襯托出她纖細的脖子。她從盒子裡拿出一副泛黃布滿小霉點的手套，過度慎重地仔細戴上。

慕拉拉很擔心。

「我不想讓妳們兩個人自己在阿拉伯區閒晃。」她說：「瑪蒂德，妳不懂的，那些人太會嫉妒，如果能讓妳們變瞎子，他們自己變成獨眼龍都沒關係。兩個像妳們這麼漂亮的女孩，不，不可以這樣。阿拉伯區的人會對妳們下咒語，妳們回來會發燒，說不定還會更糟。如果妳們要出門散步就去歐洲新區，那邊不危險。」

「兩邊有什麼差別？」瑪蒂德開著玩笑。

「歐洲人不會那樣看人，他們的目光不會帶來厄運。」

兩個女孩笑著走出去。慕拉拉在門邊站了很久，嚇得發抖。她不明白發生了什麼事，她自問，看著這兩個女孩上街，自己究竟是焦慮還是喜悅。

瑟瑪再也無法忍受這些愚蠢的傳說，這些慕拉拉老愛掛在嘴上的過時信仰。瑟瑪不再聽慕拉拉的話，如果不是還懂得尊敬長輩，每次慕拉拉要她小心神靈、厄運和邪惡的眼睛時，她絕對會摀住耳朵，閉上眼睛。慕拉拉的話再也沒有新意。她的生活只是不停地打轉，一次又一次，以瑟瑪厭惡的溫順被動做相同的事。這個老婦人就像繞著圈圈想咬自己尾巴的狗，最後暈得倒在地上呻吟。瑟瑪受不了永遠在她身邊的母親。她只要一聽到開門聲，就會問：

「妳要去哪裡？」母親老是問她是否餓了、煩了，即使年歲已長，仍然會爬上露臺看瑟瑪在做什麼。慕拉拉的關懷和溫柔，讓瑟瑪備感壓力，猶如另一種形式的暴力。有時，年輕的瑟瑪只想對著慕拉拉和女僕雅斯敏吼叫，她覺得，雖然這兩個女人其中一個在市場中買下另一人，但她們都是奴隸。這個少女願意付出一切，交換鎖住自己夢想和祕密之門的鎖頭和鑰匙。她祈禱命運站在她這邊，有朝一日，她能逃到卡薩布蘭加，重新創造自己的生命。就像那些呼喊要求「自由！獨立！」的男人，她也喊著：「自由！獨立！」但沒人聽得到。

她懇求瑪蒂德帶她到戴高樂廣場。她想要像歐洲區那些少男少女說的那樣「逛大街」。她渴望和他們一樣，活著就是為了展示自我，在共和國大道上來回漫步，或是開車以最慢速度前進，還要打開窗戶，收音機轉到最大聲。她想要像這裡的女孩一樣展現自己，成為節慶的女王，獲選為梅克內斯最漂亮的女孩，在男孩和攝影師面前趾高氣揚地賣弄。她願意付出一切，來親吻男人的頸窩，品嘗他們赤裸的滋味，聽聽他們怎們看她。瑟瑪從沒見證過偉大的愛情，然而她毫不懷疑愛情是世上最美的感情。舊時代和家裡安排好的婚姻一樣，都已經結束。至少瑪蒂德是這麼告訴她的，而且她願意相信。

＊

瑪蒂德接受了小姑的請求，與其說是為了讓瑟瑪高興，更重要的原因是她要去歐洲區買東西。如今瑟瑪幾乎已經是女人了，但她停留在玩具店櫥窗前的時間更久。她戴著手套的手貼在櫥窗玻璃上，店員跑出來喊道：「把妳的手拿開！」路人用多疑的眼光看著身穿歐洲服飾，頭髮低挽在後頸旁的瑟瑪。她不停調整白手套，過度頻繁地拉整裙子，對路人微笑，天真地希望以此糾正所有錯誤，驅走錯誤造成的不安。來到一家咖啡館前面，三個男孩看到瑟瑪吹起口哨，瑟瑪回以微笑，讓瑪蒂德有些尷尬。她只得牽起瑟瑪的手，加快腳步，她怕有人看見她們，怕阿敏得知這個不合宜的舉動。她們快步前往大市集，瑪蒂德說：「我要買晚餐的食材，妳別走遠了。」市集入口處，一群女人坐在地上等人來雇她們當女僕或保母。除了其中一人，她們全罩著面紗。那個女人無牙的嘴巴嚇到了瑟瑪，她心想：「會有誰要她？」瑟瑪走得很慢，穿著黑色平底鞋的腳拖拖拉拉地踏過潮溼的人行道。她好想留在市中心，吃個冰淇淋，欣賞櫥窗裡的衣裙和自己開車的女人。她好想成為一群群年輕人的其中一人，大家一起在星期四下午籌辦驚喜派對，隨著美國音樂起舞。咖啡館的服務生在櫥窗裡放了一具機器黑人胸像，黑人長著扁鼻子厚嘴唇，一面點著頭。瑟瑪站在胸像前，像機器娃娃似地，與胸像一起點頭，這一點就是好幾分鐘。到了肉舖，瑟瑪看到海報上畫的公雞就笑了出來，海報寫了幾個字：「要是這隻公雞會唱歌，我們就讓你賒帳。」她指著海報想叫瑪蒂德看，但瑪蒂德惱了。「妳光想著笑，沒看到我在忙嗎？」瑪蒂德很焦慮。她摸索著口袋深處，皺著眉頭重新點肉販找給她的零錢。他們最近常為了錢而爭執。阿敏怪她不負責任，太過揮霍。瑪蒂德必須要堅持，要自清，甚至有時還得懇求，才拿得到花在學校、車子、女兒的衣服和理髮的錢。他質疑她的說法，指控她買書、買化妝品，買無用的布做全世界都不在乎的衣裙。「是我在賺錢。」他有時這麼喊，還會指著桌上的食物，補充道：「這個、那個，全是我努力工作換來的。」

少女時期的瑪蒂德從來沒想過靠自己得到自由，因為她是女人，因為她沒有受過高深教育，她無法想像自己的命運有可能不與另一個男人的命運互相連結。她太晚才發覺自己的錯誤，如今她有判斷力也累積了一點勇氣，但離開卻成了不可能的選擇。兩個孩子如同她的根，而且儘管不願意，她和這片土地也有了連結。沒有錢，她哪裡也去不了；她受夠了這樣的依賴和服從。這麼多年的時間白白流逝，她還是沒能熬過去，仍然會因此頭暈目眩，依賴與服從讓她挫敗，碾壓著她，連她自己都厭惡。每次阿敏把錢放到她手上，每次她因為貪嘴而非出自需要而為自己買巧克力，她都會自問自己是否值得。她擔心到自己老了的那一天，在這片異國土地上，她會一無所有，一事無成。

一九五三年十二月二十三日晚上，阿敏走進家門，頓時感到驚豔。他躡手躡腳走到瑪蒂德留下幾支燭火的小客廳，燭光照亮她自己編的綠葉花環。餐具櫃上放了一個用繡花茶巾蓋住的蛋糕，四面牆上掛著數個以玻璃球和絨布蝴蝶結裝飾的紅花環。

瑪蒂德成了這片產業的女主人。在農場住了四年後，她證明自己有能力擴大手邊有限的資源：用桌布和野花裝飾餐桌，將孩子打扮成合宜的中產階級模樣，用冒煙的爐具準備餐點。她不再像從前那樣膽怯；現在她可以一腳踩死蟲子，自己動手處理農夫送給她的牲畜。阿敏以她為傲，而且喜歡看著她忙家事時流著汗、紅著臉，把袖子捲到肩頭的模樣。妻子充沛的精力讓他感動，當他親吻她臉頰時，他稱她「我的愛」，「我親愛的」，「我的小士兵」。

如果辦得到，他會為她獻上冬季和雪，如此一來，她會覺得自己回到了故鄉阿爾薩斯。如果有可能，他會在水泥牆上鑿出一個又大又漂亮的煙囪，讓她像在小時候的家中一樣，在火爐前取暖。他不能送她火爐也無法召來雪花，但在那個晚上，他沒有上床睡覺，而是叫醒兩個工人，帶著他們穿過田地。農工沒對老闆提出任何問題。他們順從地走著，一直走到了野地，當黑暗和動物的聲音包圍住他們，這兩人才想到自己也許即將踏入某種陷阱，或是老闆要找他們算帳，又或者要為了某件他們不記得自己曾經犯下的罪過責罰他們。阿敏事先要他們各帶一把斧頭，沿路不停回頭低聲說：「快點，天馬上就亮了。」其中一個叫做阿舒兒的工人拉拉老闆的袖子：「先生，我們已經離開我們的產業，這裡是寡婦的地盤。」阿敏聳聳肩，推了阿舒兒一把：「閉嘴，往前走。」他伸長拿著手電筒的手。「那裡。」阿敏抬起頭，同一個姿勢保持了幾秒鐘，就這麼拉長脖子，眼光定定看著樹梢。他顯得很高興。「就是這棵樹，我們砍下來帶回家。動作快，別發出聲音。」三個男人花了將近一小時砍斷一株樹葉和夜色一樣深藍的小扁柏。隨後，一個人抬著樹頭，另一個抬樹根，第三個抬中間負責平衡。他們就這樣穿過寡婦梅西耶的土地。如果此時有人看見這個景象，一定會以為自己瘋了，因為樹葉遮住了這三個男人的身子，乍看之下，這棵橫倒的樹木彷彿正朝某個不確定的方向自主前進。兩名扛樹工人連眉頭都沒皺一下，但他們不知道這是什麼狀況。阿敏以正直著稱，而他剛剛成了小偷、盜伐者，受害者還是一名女性。但既然要偷，為什麼不對牲畜、農作或機器下手？為什麼要砍一棵小小的樹？

阿敏拉開門，他的工人這輩子第一次走進老闆家中。阿敏在嘴脣前舉起手指，在工人面前脫掉鞋子，兩個工人也照著做。他們把扁柏放在客廳中央，樹太高，樹梢碰到屋頂彎了下來。阿舒兒想拿梯子爬上去鋸斷頂端，但阿敏不愉快了。這個男人來到他家客廳讓他覺得不自在，於是他毫不客氣地要對方出去。

隔天醒來時，睡眠不足和肩膀痠痛讓阿敏依然疲倦，他輕撫妻子的背。瑪蒂德的皮膚溼熱，半開的嘴邊淌著一絲口水，他感覺到自己對她的強烈慾望。他把鼻子埋向年輕女人的頸邊，沒理會她口齒不清時說的話。他像動物似地占有她，不聽也不看，抓著她的胸部，將指甲還藏著汙漬的手指插進她的頭髮。

瑪蒂德看到客廳中央的扁柏，忍著沒喊出來。她轉身看跟在她身後的阿敏，突然理解今天早上他索取的是回報，他要得那樣熱情，是為了慶祝自己的勝利。她繞著扁柏轉圈圈，摘下幾片針葉在手掌上揉搓，深深地聞著熟悉的香味。愛伊莎稍早已經被阿敏鬧出來的聲音吵醒，她看著客廳這一幕，但什麼也沒看懂，只知道她母親很快樂，這讓她很意外。

這天，趁瑪蒂德和塔茉忙著為工人帶來的火雞拔毛時，阿敏去了共和國大道。他走進一名法國老婦人開的商店，兩個店員在一旁竊笑。阿敏垂下雙眼，後悔沒換雙鞋再出門。他的鞋子沾滿昨晚的泥巴，而且他也沒時間燙襯衫。店裡人滿為患，光是抱著大包小包、等在櫃檯前面的就有十來個人，還有好幾個優雅的女人在試戴帽子或試穿鞋子。阿敏慢慢走向釘在牆上，展示各種女用室內拖鞋的玻璃展示架。「你要找什麼？」一個年輕女店員掛著既嘲弄又粗俗的笑容問他。阿敏差點就要說自己搞錯了。他好一會兒沒說話，自問該用哪種態度應對。年輕的女店員睜大眼睛，歪著頭說：「怎麼，穆罕默德，你聽不懂法文嗎？你看不出我們很忙嗎？」

「請問您有我穿的尺寸嗎？」他問道。

店員轉頭看阿敏指的方向，露出困惑的眼神。

「你要這個？」她問道：「要變裝成聖誕老公公？」

阿敏低下頭，像個犯錯的小孩。年輕女店員聳聳肩，說：「在這裡等我。」她穿過店面，走進倉庫。她心想，這個男人看起來不像會被變態老闆強迫穿上這種裝扮好逗孩子開心的人。不，他看起來更像是會在阿拉伯區的咖啡館被逮捕的年輕民族主義分子，她對他產生了遐想。但不管是前者還是後者，她都很難想像他戴上白鬍子和醜帽子的模樣。阿敏在櫃檯前面耐心等候結帳，把袋子夾在胳膊下，感覺自己宛如犯了罪，想到可能會有人在這裡認出他就滿身大汗。他以最快的速度開車回鄉間，一邊想著自己會帶給兩個孩子多大的歡喜。

他在車上穿好道具服，就這麼走進家門，踏上臺階，打開餐廳的門，大聲清了清喉嚨，喊著兩個孩子的名字，聲音低沉熱情。愛伊莎無法置信，她幾次轉頭看著母親，看著哈哈笑的塞林姆。聖誕老人怎麼會來到這麼遠的地方？戴著紅帽的老公公笑著拍自己的肚子，但愛伊莎失望地發現他沒揹袋子。下面的花園裡也沒有雪橇和麋鹿。她垂下雙眼，發現聖誕老人的鞋子和工人穿的好像，是沾滿泥巴的塑膠靴子。阿敏搓著雙手。他不知道接下來該做什麼或該說什麼，瞬間覺得這一切荒謬至極。他轉頭看瑪蒂德，妻子快樂的笑容給了他繼續扮演的勇氣。「怎麼樣啊，孩子們，你們乖嗎？」他用轟隆隆的聲音問道。塞林姆臉色刷白，抓住母親的腿，對瑪蒂德伸出雙手，開始啜泣。「我害怕。」他喊著：「我害怕。」

愛伊莎的禮物是瑪蒂德自己做的布偶娃娃。娃娃的頭髮用的是棕色羊毛，她事先打溼，然後上油、編成辮子。她拿舊枕頭套做布偶的身體與臉，仔細繡上對稱的雙眼、微笑的嘴巴。愛伊莎喜歡這個布偶。母親還費心地在上面噴了自己在用的香水。此外，她還拿到一幅拼圖，幾本書和一小袋糖果。塞林姆拿到一輛小汽車，玩具車頂有個大按鈕，按下除了會亮燈還會發出刺耳的聲音。阿敏送給妻子一雙粉紅色的室內拖鞋，把禮物遞給她時，他臉上掛著不自在的笑容。瑪蒂德則是咬著雙唇撕開包裝紙、穿上拖鞋，因為她怕自己哭出來。她不知道如此難過又憤怒，是拖鞋太醜，尺寸太小，又或者只是禮物平凡至極。她說：「謝謝。」接著躲進浴室，單手抓住拖鞋打著自己的額頭。她想責怪自己的愚蠢，責怪自己對這個阿敏完全不瞭解的節日抱著過高的期待。她恨自己不懂得放棄，恨自己沒有婆婆的克己精神，恨自己如此輕率。她不想吃晚餐了，想躲進被子忘了一切，直接睡到明天。此時，整齣戲只讓她覺得荒謬可笑。她要塔茉換上一身足以登臺演出低俗喜劇的黑白女僕裝。為了準備晚餐，她筋疲力盡；光想到要吃這隻她費盡心血用雙手在肚子裡塞料的火雞，想到她花了那麼多時間做這些看不見又沒人會感激的家務，她就覺得反胃。她像走向絞刑臺似地走向餐桌，對著阿敏睜大了雙眼，忍下眼淚，讓他相信她很快樂。

IV

一九五四年一月的天氣奇冷無比，杏仁樹全凍傷，一窩幼貓死在廚房的門口。學校的修女們同意破例，讓教室裡的暖爐一開就是整天。小女孩上課時穿著大衣，有些還在連身洋裝下穿了兩件褲襪。愛伊莎逐漸習慣了學校單調的節奏，她在瑪麗索朗吉修女送她的筆記本上，寫下快樂與難過的清單。

愛伊莎不喜歡：

她的同學，走廊上的低溫，午餐的食物，太長的課，瑪麗塞西兒修女臉上的疣。

她喜歡：

小教堂裡寧靜的氣氛，某些早晨的鋼琴音樂，還有體育課——她跑得比其他人快，要不，就是在同學才剛拉住繩索時她已經往上爬。

她不喜歡下午，因為她會犯睏；不喜歡早上是因為她會遲到。她喜歡紀律，而且喜歡大家遵守規定。

聽到瑪麗索朗吉修女稱讚她的作業，她會臉紅。祈禱時，愛伊莎會牽住修女粗糙冰冷的手。看到年輕修女臉上勻稱但缺少魅力的線條，還有使用冷水以及品質不佳的香皂而受損的皮膚，她的心中會充滿喜悅。看修女的樣子，或許有人會以為她每天要花好幾個小時清洗雙頰和眼皮，因為她的皮膚幾乎透明，原來應該可以為她增添風采的雀斑彷彿被完全洗掉。也許，她試圖抹除身上所有光彩，所有女性化的特徵和美麗，也就是說：抹滅所有危險。愛伊莎從沒把她這位老師當作女人看，她不覺得修女寬大的衣袍下會有一具像她母親那樣活生生的軀體，能夠叫喊、享受，甚至淚流滿面。有瑪麗索朗吉修女在身邊，愛伊莎等於離開了這個塵世，把人類的卑劣和醜陋留在身後，浮上了天上人間，有耶穌和祂的門徒相伴。

整班學生刷一聲闔上書本，宛如在散戲時同時鼓掌。小女孩嘰嘰喳喳說話，瑪麗索朗吉修女要大家安靜，但沒有成功。「請妳們排成一列。小姐們，沒有紀律就不能出去。」愛伊莎手撐著頭，凝視著操場。她想看向遠處，比那棵掉光葉子的樹更遠，比圍牆更遠，比天氣太冷時，布拉殷能進去休息的崗亭更遠。她不想出去，不想與會偷偷用指甲戳她掌心然後偷笑的小女孩手牽手。她不喜歡城市，而且，想到要和這群外國人一起穿越市中心，她就緊張。

瑪麗索朗吉修女把手搭在愛伊莎背上，告訴她，她們會走在一起，負責帶領全班同學，修女要愛伊莎不必擔心。愛伊莎站起來，揉了揉眼睛，穿上母親縫製的大衣。腋下部分有點緊，讓她走起路來姿勢僵硬，有點奇怪。

這群小女孩在學校柵門口集合。雖然她們努力保持安靜，但小小軍團中，歇斯底里的興奮暗潮仍然橫流，喧鬧隨時可能爆發。這天早上，沒有人聽瑪麗索朗吉修女講課。沒有人聽出修女話中隱藏的警告。她用微弱的聲音說：「上帝愛祂所有的孩子。世界上不存在低級或高級的種族。要知道，儘管每個人[1]各有不同，但所有人在上帝眼中都是平等的。」愛伊莎也不瞭解修女想說什麼，但這些話讓她印象深刻。她學到一件事：上帝只愛男人和孩子。她深信女人被這個宇宙之愛排除在外，此後，她便開始焦慮自己哪天會變成女人。對她而言，這個悲慘的命運殘酷得可怕，她想起被逐出伊甸園的夏娃與亞當。等到她內在女人終於孵化

1 法文中，les hommes 可以解釋為「男人」，也可泛指人類。修女指的是人類，但愛伊莎理解為男人。

的那一天，她勢必得忍受出於聖愛的放逐。

「各位小姐，向前走了！」瑪麗索朗吉修女大動作揮動手臂，要孩子們跟著她走向停在路旁的公車。行駛途中，她為大家上了一堂歷史課。「這個國家，這個我們深愛的國家有千年歷史。各位，看看妳們四周，這片平原，這些高牆，這些門都是輝煌文化的果實。我們講過穆萊·伊斯梅爾蘇丹，他和太陽王[2]約莫在同一個時期。各位，妳們記不記得他的名字？」這群女孩咯咯笑，因為老師為了展現自己的阿拉伯語能力，念出本地國王的名字時特別著重喉音。但是沒人敢說出來，大家都記得吉妮提出問題時，修女的盛怒。吉妮當時問的是：「我們現在要學阿拉伯仔的語言嗎？」所有人都敢發誓，當時瑪麗索朗吉修女是忍住了，才沒有掌摑吉妮。她後來一定是想到吉妮才六歲，她必須證明自己的教學方式和耐心。一天晚上，瑪麗索朗吉修女把內心話告訴了修女校長，後者一邊聽，一邊用粗糙的舌頭舔過嘴脣，再用牙齒咬下一小片嘴脣上乾掉的皮。她告訴校長，某天，她在阿茲魯散步，來到激流邊的一棵雪松樹下時，她看到一個影像，是的，沒錯，那是個明喻。看著一群女人揹著孩子，頭上罩著彩色披巾，看著一群男人拄著木杖引領家庭和牲畜前進，她意識到自己看到的是雅各、撒拉和所羅門。瑪麗索朗吉修女說，這個國家讓她看見舊約聖經裡的版畫，存在著窮困與謙卑。

＊

孩子們來到一棟陰暗的建築前面，她們猜不出這棟建築有什麼作用，也猜不出裡頭住了什麼人。一名身穿深藍色制服的男人在門前等待她們，這所謂的門比較像在牆上挖出來的洞。這名導覽員緊握的雙手就垂在胯前，看見一群小學生走過來，他有些困惑，甚至可說是害怕。他試著讓自己尖銳顫抖的聲音大聲點，好壓過孩子們嗡嗡的話聲，但他最後還是得靠幾位修女的發怒，才終於讓孩子們聽他說話。「我們要下樓去，裡頭很暗，而且階梯會滑。我要請妳們非常小心。」這群女孩進入宛如洞窟的建築裡就安靜下來，恐懼、土牆散發的冰冷陰暗的氛圍讓她們噤若寒蟬。某個女孩——因為光線不足，沒有人知道是誰——模仿起鬼魂的呻吟或狼嚎，發出淒厲的叫聲。「小姐們，請尊重一點。許多基督徒弟兄在這個地方受到可怕的折磨。」她們默默穿過迷宮般的走廊和通道。

瑪麗索朗吉修女讓說話會顫抖的年輕導覽員發言。他很訝異聽眾是這麼年幼的小孩，

2　指法王路易十四。

他不曉得該怎麼與搖擺不定的孩子說話。他試了好幾次想開口，闡述主題，最後總是邊致歉邊用破舊的手帕擦拭額頭。「我們所在的地方，是大家口中『基督徒的監獄』。」他指向牆壁，要大家看幾個世紀前犯人留下來的刻文，孩子們叫出聲來。這時候，他轉身背對這些小女孩，忘了她們的存在，以便順利發揮自己的口才。他敘述著上千人受到的苦難——「十七世紀末，我們計算出將近兩千人」——穆萊．伊斯梅爾蘇丹把他們拘禁在這裡。他強調這位「蘇丹建造者」讓人修築了總共好幾公里長的無數地下通道，讓他的奴隸苟延殘喘地活著，或是死在這裡，在這裡瞎了眼或落入陷阱。「抬頭往上看。」他說話的聲音充滿自信，幾乎帶著權威。所有小女孩靜靜地看向天空。上面的石塊鑿出了一個洞，他說，當年的囚犯與勉強足以為生的食物都從這個洞口扔進來。

愛伊莎緊緊黏在瑪麗索朗吉修女的身邊。她呼吸著修女袍的味道，用指頭抓著權充黑袍腰帶的繩子。導覽員向大家解釋這些地下筒艙的運作方式，詳述犯人如何遭拘禁，甚至造成一些人窒息死亡，這時，愛伊莎感覺到淚水湧上了眼眶。「那些牆啊。」導覽員說，他的語氣隱約帶著嚇唬小朋友的快感：「牆裡其實埋著骷髏。這些基督徒奴隸同時也修築了保護這個城市的高牆，有時會有人過勞而死。迫害者會把他們埋在牆裡。」導覽員用先知般，像是從墳墓裡傳來的聲音說話，讓這群女孩嚇得發抖。在這個輝煌國家的所有高牆裡，在皇城的所有護城牆裡，只要挖開石塊就能找到奴隸、異教徒和邊緣人的屍體。接下來好幾天，愛伊莎滿腦子都是這件事。她覺得到處都看得到蜷縮著的透明骷髏，她拚命祈禱，希望這些可憐的靈魂能夠得到安息。

幾星期後，阿敏發現妻子倒在床尾，臉貼著地，蜷起身子縮成一團。她的牙齒劇烈打顫。他擔心她會咬斷舌頭吞下去，像阿拉伯區那些癲癇患者一樣。瑪蒂德呻吟著，阿敏雙手抱起妻子。他能感覺到她的肌肉在他手掌下抽搐，於是輕輕撫摸妻子的手臂安撫她。他喊來塔茉，看也沒看女僕一眼，就吩咐她看顧瑪蒂德。「我要去工作。妳來照顧她。」

晚上他回到家，瑪蒂德已經神志不清了。她不安地扭動，彷彿困在汗溼床單上的犯人，嘴裡還用阿爾薩斯方言喊著母親。她的體溫過高，以致身子不斷抽動，猶如接受電擊搶救的病患。愛伊莎在床尾哭泣。到了凌晨，阿敏說：「我去找醫生。」他開了車就離開，留下塔茉照顧瑪蒂德。女僕對女主人的病況似乎顯得泰然自若。

一看沒有人在身邊，塔茉便動手工作。她摘下幾種不同的植物，小心翼翼把所有材料放在一起，淋上滾水。在愛伊莎驚訝的目光下，她拌攪著草料，說：「我們要驅邪。」她脫光瑪蒂德的衣服，瑪蒂德沒有反應。接著塔茉把草料塗在瑪蒂德身上——偌大身軀蒼白得讓她吃驚。她大可為了自己能夠如此支配女主人的身體而壞心眼地感到高興；大可藉此報復這個嚴厲又嘴壞的天主教徒，因為瑪蒂德把她當野蠻人對待，說她比聚在橄欖油瓶邊的一堆蟑螂更髒。但是呢，前一晚獨自在房裡哭了許久的塔茉為女主人按摩大腿和太陽穴，並且真誠地祈禱。一小時後，瑪蒂德平靜下來。她的下顎放鬆了，不再咬緊牙關。塔茉坐在牆邊，指頭還有綠色的痕跡，絲毫不覺疲倦地重複同一段禱文。愛伊莎看著塔茉的嘴唇，已經跟得上禱文的旋律。

醫生到時，看到半裸的瑪蒂德身上塗滿綠色的混和物，氣味不斷傳到走廊上。塔茉坐在瑪蒂德的床頭邊，她看到兩個男人進來，立刻拿被單蓋住瑪蒂德的肚子，低著頭走出去。

「這是那個北非女人弄的？」醫生指著床問道。綠色草料沾到了被單、靠枕和床罩，甚至流到瑪蒂德剛到梅克內斯時買的心愛地毯上。塔茉在牆壁和床頭櫃上留下了指痕，把整個房間弄得像畫作，而且出自分不清天分和憂鬱的墮落藝術家。醫生揚起眉毛，閉上雙眼。阿敏覺得醫生閉起眼睛的這兩分鐘似乎永遠沒有結束的時候。他真希望醫生趕緊看病，立刻做出診斷，找到治療方式。但醫生反而開始在床邊繞圈圈，拉拉床單，將書本歸位，各種舉動無用又荒謬。

最後，他終於脫下外套，仔細摺好才放在椅背上。與此同時，他對阿敏投以銳利的眼光，彷彿在教訓他。他俯身看著病人，手放到被單底下聽診，到了這時候，他似乎才想起有個男人在背後看著他。他轉頭說：「請你先離開房間。」阿敏走了出去。

「貝拉吉夫人，您聽得到我的聲音嗎？您現在覺得怎麼樣？」

瑪蒂德把疲憊的臉孔轉向醫生。她好不容易才睜著美麗的綠色眼眸，她好像有些困惑，像個在陌生地方醒來的孩子。醫生以為她想哭，想尋求協助。看到這個高大的金髮女郎，他不禁心軟了。如果這個女人肯費心，如果有人給她機會接受良好的教育，她應該會很迷人。她的雙腳皮膚乾燥又長了繭，指甲又長又厚。他握住瑪蒂德的手臂，謹慎地不讓自己沾到草料，先測量她的脈搏，再把手伸進被單下，觸摸她的腹部。「嘴巴張開，說『啊』。」瑪蒂德照做。

「是瘧疾發作，在這一帶很常見。」他把椅子拉向瑪蒂德的書桌，欣賞起阿爾薩斯藝術家沃爾茲描繪一九一〇年代科爾馬市鎮風光的版畫，接著又看著有關梅克內斯歷史的書籍。書桌上有一張品質低劣的信紙，上頭的草稿被劃掉了。醫生從皮革公事包裡拿出處方單，寫了些字。接著他打開房門，用目光搜尋阿敏。走廊上只有一個一頭亂髮的瘦小女孩。她靠在牆上，拿著一個髒掉的玩偶。阿敏出現後，醫生把處方箋遞給他。

「去藥房找這個。」

「醫生，她怎麼了？她好點了嗎？」

醫生似乎生氣了。

「快去。」

醫生轉身回房間，隨手關上門，走到病患的床頭。他覺得自己該保護她，但為的不是她的病，而是她讓自己置身其中的處境。站在這個赤裸又虛脫的女人前面，醫師想像著她和那脾氣暴烈的阿拉伯人之間的親密關係。剛才在走廊上看到這樁婚姻讓人反胃的果實後，他比較容易想像，但這讓他噁心又反感。當然了，他知道世界已經改變，戰爭破壞了所有的規則和禮教習俗，就好像把人們放進瓶子裡搖晃，讓那些人的身體互相接觸——儘管他覺得這種作法太不恰當。這女人睡在那個頭髮茂密的阿拉伯人懷裡，那個粗魯的鄉巴佬擁有她，對她下令。這一切太不公平，這不是事物該有的秩序，這樣的愛情製造出混亂和不幸。血統混雜宣告了世界末日。

瑪蒂德想要喝水，醫生為她端來一杯清水，把杯子湊到她嘴邊。她說：「謝謝醫生。」然後握緊醫生的手。

醫生受到這個友善態度鼓勵，於是問道：「親愛的夫人，請恕我無禮，但是我很好奇。您怎麼會貿然來到這種鬼地方？」

瑪蒂德太虛弱，沒辦法說話。如果辦得到，她會用指甲抓破他仍然握住她的手。在她腦海深處，有個念頭想要浮現，想讓人聽見。反感在醞釀中，但她沒有力氣具體展現她的感覺。她真希望自己能找到尖刻的話語來反駁這個讓她憤怒的字眼。「貿然來到」，說得彷彿她的生命只是個意外，彷彿她的孩子、這幢房子以及她的存在不過是錯誤，是錯亂。「我得想辦法回答。」她心想：「我應該要以語言築起堅硬的外殼。」

母親臥床的那些夜晚和白天，愛伊莎心神不寧。如果母親死了，她會怎麼樣？在家裡，她一刻也靜不下來，猶如杯子蓋住的蒼蠅。她用眼神詢問大人，但她對那些人一點信心也沒有。塔茉撫抱著她，對她滔滔說著的溫柔話語。她知道孩子就像狗一樣，知道人藏著什麼話沒說，還能感覺到死亡的來臨。阿敏一樣手足無措。少了瑪蒂德的遊戲和她老愛準備的愚蠢笑話，這個家變得很哀傷。瑪蒂德會在門上放一小桶水，會把阿敏外套的袖子從裡側縫起來。他願意不計一切代價，讓瑪蒂德站起來，讓她在花園的樹叢裡玩躲貓貓，讓她抽噎著講著阿爾薩斯的民間故事。

*

瑪蒂德生病時，寡婦梅西耶經常來問候這位鄰居的近況，或借小說給她讀。瑪蒂德無法解釋這來得突然的友誼。從前，她們關係疏遠，只會在野外錯身而過時揮手打招呼，或在豐收時互贈水果——這是怕水果放著會腐爛。瑪蒂德不知道的是，聖誕節那天早上，寡婦梅西耶黎明就醒了，一個人在冰冷的房間裡啃柳橙。她用牙齒撕開果皮，她喜歡橙皮留在味蕾上的苦澀滋味。她推開通往花園的門，雖然冰霜讓所有植物結凍，縱使平原上吹著寒風，但她仍然光著腳走進花園。這雙腳是她的標記；這雙腳踩過炙熱的土地，不必擔心蕁麻叢會帶來刺痛；這雙腳底長了厚厚的繭。她對自己的產業瞭若指掌，知道土地上有多少顆石頭，有多少株盛開的玫瑰，有多少隻兔子挖出棲身的地洞。這天早上，她看向扁柏樹的位置，輕呼了一聲。圍住她產業的美麗扁柏樹籬，經過一夜，竟像極了被人拔掉一顆牙的嘴。她把正在屋裡喝茶的德里斯叫過來。「德里斯，過來，快點過來！」身兼她合夥人、兒子和丈夫替代人的工人跑了過來，手上還端著杯子。她伸出食指，指著缺了一顆樹的方向。德里斯費了一番功夫才想通。她知道他接下來會召喚神靈，會警告她小心厄運，一定有某人對她下了咒語，因為，除了魔法之外，德里斯無法解釋這個不尋常的狀況。這名臉上刻畫著深深皺紋的年長寡婦把握拳的雙手放在消瘦的臂側。她把額頭湊向德里斯的額頭，用灰色的眼眸直視他的雙眼，問他對聖誕節有什麼瞭解。男人聳聳肩，似乎在說：「我不太清楚。」他在這裡看過太多基督徒，有窮困的農夫或富有的地主。他看過這些人翻土、搭蓋棚屋或睡在帳篷裡，但對他們的隱私和信仰一無所知。寡婦拍拍他的肩膀，笑了出來。這個笑聲直率又響亮，銀鈴般的笑聲在寧靜的田野中迴蕩。德里斯用食指尖搔搔腦袋，顯然很困惑。真的，這件事實在沒有道理。一定是神靈對老寡婦復仇，而飛走的樹是咒語的徵兆。他想起有關他家女主人的流言。聽說，她把自己生下的死胎埋在產業上，其中甚至有她乾涸肚子沒辦法懷到足月的肧胎。聽說，某天有隻狗咬著一隻嬰兒手臂去到村落。有人說，晚上有男人來到這裡，在老寡婦乾枯的大腿間尋求安慰，儘管德里斯整天都在這裡，儘管他見證了老寡婦禁慾的生活，他仍然無法克制自己不去聽那些惡意的流言，無法不害怕。她沒有他不知道的祕密。早年，軍方徵召她丈夫從軍，接著他被俘，最後在俘虜營裡染上傷寒過世。那段時間，聽她傾吐沮喪痛苦心情的人是德里斯。他仰慕她的勇氣，也忘不了自己曾經看過這個能夠開曳引機、能照料牲畜、能專制指揮工人做事的女人哭泣。德里斯感激她挺身對抗他們的鄰居羅傑・馬里安尼——馬里安尼在一九三〇年代從阿爾及利亞來到這裡，只比老寡婦和她過世的丈夫喬瑟夫早一點，而馬里安尼對待工人的方式極其嚴苛，唯一的規則就是讓他們汗溼衣襟。

寡婦梅西耶環抱雙臂，就這麼靜靜地站了好幾分鐘。接著，她很快地回頭，用完美的阿拉伯語告訴德里斯：「我們就忘了這件事吧，好嗎？去，去工作。」接下來好幾天，她只要想到缺了的那棵樹，就會笑到消瘦的身子都跟著顫抖。私底下，她對瑪蒂德和她丈夫產生了某種感情。聖誕節假期過後，在一次獨自巡視產業時，她決定去拜訪貝拉吉夫婦，這才發現瑪蒂德生了病。老寡婦詢問她能幫什麼忙，看到瑪蒂德成天躺著的沙發上有好幾本書頁都已經折角的小說，她提議把書借給瑪蒂德看。瑪蒂德目光閃閃發亮，握住老寡婦的手道謝。

瑪蒂德日漸康復，某天，一輛閃亮汽車停在貝拉吉產業的門口，車子由專人駕駛，這名司機還戴著司機帽。阿敏看到一名高大體面的男人下車來到他面前，帶著濃濃口音地問道：「請問我方便見業主嗎？」

「我就是。」阿敏回答。男人顯得很高興。他穿著優雅的漆皮鞋，阿敏忍不住盯著看。「您會弄髒鞋子。」

「請相信我，沒關係的。讓我感興趣的是您這片美麗的產業。您願意帶我參觀嗎？」

德拉剛．帕絡西有許多問題請教阿敏。他問阿敏如何取得這塊地，問他打算發展什麼型態的農業，問他的收入以及對明年的期待。阿敏回答得十分簡短，因為他對這個操著奇怪口音，來到田裡卻打扮過於正式的男人有些戒備。阿敏開始流汗，他用眼角餘光看到訪客的圓臉，看到他用手帕擦拭額頭和頸子。阿敏想著自己連詢問對方名字的時間都沒有。當那男人自我介紹時，阿敏忍不住咧嘴微笑，這位訪客則是大笑出聲。

他說：「德拉剛．帕絡西是匈牙利名字。我在雷恩街有間診所，我是醫生。」

阿敏點點頭。這個解釋並沒有太深入。一個匈牙利醫生來這裡做什麼？對方想套他走進什麼陷阱？德拉剛．帕絡西突然停下腳步，抬起眼睛。他審慎地研究面前一整排柳橙樹。

這些柳橙樹不是老株，但結了許多果子。德拉剛注意到有枝檸檬樹枝幹高過其他樹枝，上頭黃色的果實和碩大的柳橙混在一起。

「真有趣。」這位匈牙利醫生走上前看。

「啊，這個嗎？是啊，我的孩子看了都會笑。這是我和他們之間的遊戲。我女兒稱之為『檸檬柳橙』。我另外還在一株榲桲樹上嫁接了梨子枝，但我們還沒想出名字。」

阿敏沒繼續說話，因為他不想讓醫生把他視為半吊子或瘋子。

「我想和你談一樁買賣。」德拉剛握著阿敏的手臂，將他拉到大樹的陰影下。他說，這幾年來，他一直夢想出口水果到東歐。「柳橙和椰棗。」他解釋道。阿敏完全沒概念，不知道他指的是哪些國家。「我負責把柳橙運到卡薩布蘭加的費用，你工人採收的費用也由我負擔，而且你還會收到土地的租金。成交了嗎？」阿敏和他握手。這天，他去學校載愛伊莎，到家後，他們看到瑪蒂德坐在通往花園的小階梯上。小女孩奔向母親的懷抱，她覺得自己沒有白白祈禱，瑪蒂德會活下去。「萬福瑪利亞。」

*

瑪蒂德能起身之後，最高興的莫過是自己變瘦了。鏡子裡的她臉色蒼白，五官憔悴，雙眼掛著黑眼圈。她養成習慣，在家中玻璃門前的草地上鋪著被單，整個早上光是晒太陽、看兩個孩子玩。春天的來臨令她欣喜。她每天都在觀察樹枝上日漸綻放的花苞，用手指揉碎香氣濃郁的橙花，俯身欣賞嬌貴的紫丁香。她面前，還沒開墾的野地上長滿了血紅色的罌粟花和橘色野花。在這裡，鳥兒可以沒有任何阻礙地飛翔；沒有電線桿，沒有汽車噪音，也沒有可能讓牠們撞破小腦袋的牆。好天氣來臨後，她聽見上百隻鳥的啁啾聲但看不見鳥影，只見到樹枝隨著鳥兒歌聲的回音而震動。農場偏遠又孤立的位置本來讓她恐懼，讓她沉溺在鬱悶的鄉愁當中，但初春的農場讓她驚豔。

一天下午，阿敏加入他們，躺在兒子身邊，他百無聊賴的態度讓愛伊莎很吃驚。「我遇見了一些有趣的人，妳應該會喜歡他們。」他對妻子說。他把德拉剛來訪的狀況，以及他讓人難以置信的提議告訴瑪蒂德，還提到雙方合作後可能得到的利益。瑪蒂德皺起眉頭。她沒有忘記當初布沙伊布怎麼玩弄她丈夫的天真，擔心阿敏再一次受到不實保證的誘惑。

「他為什麼要找你？羅傑·馬里安尼種了好幾公頃的柳橙，在這一帶的名氣比你大。」

妻子不信任的態度傷了他的心，阿敏突然站起來。

「妳自己去問他就好了。他們夫妻邀我們這星期天中午一起用餐。」

星期天，瑪蒂德花了一個早上的時間抱怨自己沒衣服可穿。最後，她穿上退了流行的藍色洋裝，並且責怪阿敏不瞭解她。她夢想的，是讓新區的歐洲人為之瘋狂的迪奧本季新款。

「戰爭末期我就穿過這件洋裝了，裙子的長度早就不流行了。他們看到我會怎麼想？」

「妳乾脆就穿白色厚罩袍，這樣一來，妳就不用擔心時不時尚了。」

阿敏放聲大笑，瑪蒂德好討厭他。這天早上她一醒來心情就不好，而這頓午餐呢，本來該讓她歡喜的，結果卻像個責任。

「這頓午餐的目的是什麼？他們只請了我們兩個嗎，還是有其他客人？你覺得我們是不是要打扮得很講究？」對於妻子的問題，阿敏聳肩以對：「我怎麼知道？」

帕絡西夫婦住在歐洲新區，離泛大西洋旅館不遠，從他們的房子看出去，就是整個城市和各個清真寺的尖塔，風景絕佳。帕絡西夫婦在門階上迎接他們，上方橘白兩色的布質雨篷為他們擋住了熾熱的陽光。阿敏和瑪蒂德下車走向帕絡西家的大門時，這位醫生敞開著雙臂，宛如歡迎孩子回家的一家之主。德拉剛．帕絡西身穿高雅的全套深藍色西裝，打了一個大大的蝴蝶領結。他的漆皮鞋和精心修剪的濃密鬍子一樣亮。他的雙頰飽滿，雙脣豐厚，整個人流露出圓潤、愛好美食和熱愛生命的特質。他揮動雙手，接著捧住瑪蒂德的雙頰，把她當小孩子一樣對待。他的手非常大，手背長滿黑色汗毛，像是殺手或肉販的手，瑪蒂德忍不住開始想像這雙大手將孩子從女人產道拉出來的模樣。她的臉頰感覺到冷冷的戒指，帕絡西把一只寬戒面金質圖章戒指戴在無名指上，緊得壓抑了血液循環。

帕絡西身邊站著一名金髮的女人，瑪蒂德難以辨認她的臉孔或欣賞她身體的曲線，因為她尺寸驚人的巨大胸部完全吸引住瑪蒂德的視線。這位女主人對瑪蒂德露出一抹懶洋洋的笑容，伸出軟綿無力的手。她的髮型是最新流行，身上的洋裝彷彿來自時裝雜誌，然而卻散發出庸俗之氣，缺乏典雅的氣質：比如她的橘色口紅，把手放在後臀的姿態，以及每一句話尾都會彈舌的習慣。基於性別或國籍的基礎，她似乎很想和瑪蒂德建立某種愚蠢的聯盟。蔻琳是法國人，「來自敦克爾克。」她不斷重複，而且特別強調捲舌音。來到帕絡西家的門階時，瑪蒂德端著兩個分別盛著咕咕霍夫[3]和無花果塔的盤子遞給女主人，蔻琳用指尖端過盤子的笨拙模樣像是第一次抱嬰兒的人，瑪蒂德覺得整件事好荒謬。阿敏覺得妻子讓他丟臉，而瑪蒂德能感覺到丈夫的想法。蔻琳不像是會為蛋糕傷神的人，也不可能會把時間、青春和美貌花在過熱的廚房，和僕人及吵鬧的小孩混在一起。德拉剛可能察覺到困窘的氣氛，因為他以讓瑪蒂德感動的熱情和親切向她道謝。他掀開蓋住蛋糕的茶巾，把圓鼻頭湊到離蛋糕幾公分遠的高度，久久深呼吸。「真是太棒了！」他的稱讚讓瑪蒂德為之臉紅。

蔻琳領瑪蒂德走進客廳，安排她坐在扶手椅上，為她準備飲料，然後在她對面坐下來，開始講自己的故事。瑪蒂德心想：「真是個賤人。」她沒把蔻琳的話放在心上，因為她深信一切全是謊言，她不願被騙。外人來到這個偏遠的城市，為的就是欺騙和展開新人生。她被迫聆聽蔻琳與這名富有婦產科醫生相識的過程，但她一點也不相信兩人所謂一見鍾情的故事。瑪蒂德嘴裡喝著開胃酒——她沒注意自己喝了多少頂級波特酒——心裡只想著一件事。她看著宅邸的摩洛哥管家進進出出，看著自己丈夫明亮的笑容，看著婦產科醫生戴在肥胖手指上的圖章戒指，心想：「真是個賤人。」這幾個字在她腦海裡迴蕩，宛如一波波機關槍的掃射。她想像蔻琳身在敦克爾克的妓院，可憐的女孩既羞恥又冷，圓潤的身軀半裸著，只穿著尼龍連身衣和短襪。德拉剛將蔻琳從溝渠中救出來，他也許熱戀上她，產生了騎士精神，但這改變不了什麼。這女人就是讓她不舒服，她讓瑪蒂德反胃卻著迷，既有興趣又想逃離。

3 德奧與阿爾薩斯常見的奶油圓蛋糕。

喝開胃酒時，他們好幾次陷入尷尬的靜默，這時德拉剛會提起他有多喜歡瑪蒂德做的蛋糕，對瑪蒂德露出會意的微笑。他一向和女性相處得比較融洽。小時候，讓他最痛苦的是在寄宿男校的時光，學校是他父母為他註冊的，他在學校裡接受了專制的男性教育。他喜歡女人並非因為他是花花公子，女人是他的朋友、兄弟。成人以後，他有了流亡和周遊列國的經歷，期間女人一直是他的同盟。她們瞭解縈繞在他心中的憂鬱，她們知道性別到最後只剩反覆無常的特性——一如提到宗教只談及其荒謬處——是什麼感覺。他從女人身上學到了如何順從又保有鬥志，他明白，對於想否定你的人而言，喜悅是一種報復。

帕絡西家裝潢得很細緻，阿敏和瑪蒂德難免驚訝。光看這對夫婦，實在很難想像他們的家具、窗簾掛毯和顏色搭配會如此講究。他們坐在一間迷人的接待客廳，透過外凸的大窗看出去是維持得宜的美麗花園。遠處牆上爬著九重葛，花園裡的紫藤花開得正盛。蔻琳在一株藍花楹下擺了一套桌椅。「可是在外頭用餐太熱了，是吧？」

蔻琳講話或笑的時候，胸部都會往上提，就像要從洋裝領口迸出來展開，乳頭宛如春天的花苞綻放。阿敏的目光沒離開過蔻琳，笑容中帶著慾望，整個人比任何時候都俊美。長年在戶外工作，風和陽光在他臉上雕鑿出痕跡，他目光深遠，皮膚吸收了美好的氣味。瑪蒂德不是不知道他對女人的吸引力。她自問，丈夫是為了讓她開心才接受這次邀請，還是他們來到這裡是因為這個女人的曲線和性魅力。

「您夫人真優雅。」阿敏來到門階時就那麼說了，而且還深情地親吻蔻琳的手。「這些蛋糕看起來太誘人了。」德拉剛回答：「您夫人廚藝精湛。」晚餐時聽他又說起蛋糕，瑪蒂德想就地消失。她用雙手將垂到太陽穴邊的頭髮往後撥。她的額頭淌著汗水，藍色洋裝的腋下和乳溝處一片汗溼。瑪蒂德在廚房忙了一個早上，還得餵小孩、指點塔茱。他們的車子在距離農場十公里處拋錨，下來推車的人是她，因為阿敏說她不知道怎麼駕駛的。她叉起一塊過於紮實的肝醬慕斯往嘴裡送，心想丈夫實在虛偽，只因為他不想弄髒身上那件週末穿的正式外套，才會強迫她下來推老爺車。是他害她又累又狼狽，穿著汗溼的皺洋裝，腿上都是蚊蟲叮咬的痕跡。她一邊稱讚蔻琳準備的前菜，一邊伸手到桌下抓發癢的小腿。

她想問：「戰爭期間，你們都在做什麼？」因為這似乎是認識他人的唯一方式。但喝了白葡萄酒後，阿敏變得多言，與德拉剛談起摩洛哥的政治，於是兩個女人只能靜靜互相微笑。蔻琳把菸灰彈到地上，沒熄透的丁點餘燼燒到了地毯的流蘇邊。喝了酒之後她雙眼朦朧，懶洋洋地邀瑪蒂德陪她到花園走走。瑪蒂德心不甘情不願地答應。「讓她一個人說話就好。」她固執又壞心地一再告訴自己。蔻琳從一張臨時小桌的抽屜裡拿出一包菸，問瑪蒂德要不要。「下次你們應該帶孩子過來。我會讓人準備甜點，而且我們家後面的房間裡還有一些舊玩具，是從前的屋主留下來的。」她解釋道，聲音因為哀傷而顯得空洞。蔻琳坐在通往花園的階梯上。「您什麼時候到摩洛哥來的？」她問道。瑪蒂德把自己的故事告訴她，她思索該怎麼說時，突然想到這是第一次有人帶著興趣和善意聽她說話。蔻琳自己在戰爭一開始沒多久，就來到了卡薩布蘭加。德拉剛從匈牙利逃出來，途經德國和法國，聽一個俄國朋友說摩洛哥是個重新開始的理想國度。他在大西洋岸卡薩布蘭加的一家著名診所找到了工作，賺了不少錢，但到了最後，診所主人的名聲和他在動的手術把他給嚇跑了。他決定來到生活舒適、農產豐富的梅克內斯。

「是什麼樣的手術？」瑪蒂德問道。蔻琳神祕的語氣引起她的興趣。

蔻琳回頭看，然後移動身子，坐到瑪蒂德身邊，低聲說：「我會說那是非常特殊的手術。您不知道全歐洲都有人過來接受這種手術嗎？那位醫生究竟是天才還是瘋子都沒關係，但聽說他可以把男人變成女人！」

學期末，修女們要求和愛伊莎的父母見面。阿敏和瑪蒂德提早十五分鐘來到校門口，瑪麗索朗吉修女將他們帶到修女校長的辦公室。他們沿著鋪著碎石的長長小徑往前走，經過小教堂時，阿敏回頭去看。這個神為他保留了什麼？瑪麗索朗吉修女讓他們坐在長長的松木辦公桌前，桌上疊著幾份文件。辦公室裡，火爐上方掛著一個十字架。校長踏入辦公室時，兩個人都站了起來，阿敏已經有了心理準備。關於校方對他們的責難，他和瑪蒂德討論了整個晚上：經常遲到，愛伊莎的舉止和她神祕的古怪表現。他們兩人起了爭執。「別再對她說那些讓她難過的故事了。」阿敏威脅瑪蒂德。「我們買輛車。」瑪蒂德反駁。但是面對校長，這對夫婦站在同一陣線。不管她說什麼，他們都會為自己的女兒辯護。

校長請他們坐下。她注意到阿敏和妻子的身高差異，這似乎讓她覺得很有趣。她一定認為只有謙虛或鍾愛妻子的男人，才可能接受自己的身高只及妻子的肩膀。校長坐在自己的椅子上，她想打開某個抽屜，但是沒有鑰匙。

「是這樣的，瑪麗索朗吉修女和我想告訴你們，我們對愛伊莎很滿意。」

瑪蒂德的雙腿開始發抖。她等著聽壞消息。「她是個靦腆卻又不馴的孩子，確實很難教化。但是她的成績好極了。」

校長把成功從抽屜裡拿出來的一本評分簿推過去。校長細瘦的指頭撫過頁面，她的指甲蒼白，修剪完美，與孩子的一樣細緻。

「愛伊莎所有科目的成績都高於平均分數。我們之所以想要見您們，是因為我們認為您們的孩子可以往上跳一級。兩位贊成嗎？」

辦公室裡的兩名修女看著貝拉吉夫婦，臉上掛著燦爛的笑容。她們等著這對父母的答覆，看到他們不是太興奮，兩位修女似乎有些失望。阿敏和瑪蒂德一動也不動。他們看著評分簿，兩人彷彿在進行一場無聲的對話似地眨著眼睛、皺眉頭和咬嘴唇。阿敏高中沒有畢業，而他對學校的記憶只有老師在他什麼都沒做前就賞來的耳光。而瑪蒂德呢，她記憶最深刻的是冷，在學校裡冷到連握筆都學不好。最後，開口的人是瑪蒂德。

「如果您覺得這樣對她比較好就可以。」她差點加上一句：「您們比我們更認識她。」

隨後，夫婦倆與到路邊等待的愛伊莎會合，他們用奇特的眼光看著女兒，像是第一次見到她。他們心想，這孩子對他們來說好陌生，她年紀雖小，卻有著靈魂和祕密，有他們無法瞭解或掌握的超凡之處。這個嬌弱、膝蓋外翻、臉色疲憊的小女孩，這個一頭濃密亂髮的小女孩竟然如此聰明。她在家裡不怎麼說話，每天晚上都在玩藍色大地毯的流蘇邊，又因為灰塵而噴嚏打個不停。她從來不提學校的事，把痛苦、喜悅和友誼都埋藏心裡。如果有陌生人來到家裡，她會像是有蟲在追似地飛快逃走，躲進自己的房間，或跑到田地，消失蹤影。她無論到哪裡都是用跑的，細長的雙腿彷彿與身軀不成一體。她的雙腳踩在軀幹和雙臂前面，愛伊莎臉色脹紅全身出汗，為的似乎是要追上因咒語而脫離身軀的細瘦雙腿。她好像什麼都不懂，什麼都不知道。她寫功課從來不需要協助，如果瑪蒂德俯身去看她的筆記，只能欣賞女兒工整的字跡、游刃有餘的能力和努力的堅持。

愛伊莎沒問校長找她父母有什麼事。阿敏和瑪蒂德表示校方對她很滿意，所以要一起去歐洲區的餐廳吃午餐慶祝。她握住瑪蒂德伸過來的手，跟著母親走。瑪蒂德遞給她一疊書時，是她唯一開心的時刻。「妳值得這些禮物。」貝拉吉一家人坐在露天座位，紅色的大遮陽篷上有厚厚的灰塵。阿敏拿起愛伊莎的小杯子，倒了一點啤酒。他告訴女兒，這是有點特殊的一天，她可以配水喝一小口酒。愛伊莎把鼻子湊向杯口。啤酒沒什麼氣味，於是她端起杯子喝下苦澀的液體。她母親用手套為她擦拭沾到臉頰上的泡沫。她很喜歡這種感覺，冰涼的液體滑過喉嚨來到她的胃，讓她覺得好清涼。她沒開口再要也沒有撒嬌，但是她把杯子朝桌子中間推了一下，沒真的以為父親會為她再添。阿敏依然震驚。他的女兒看似笨拙，然而她懂得拉丁文，數學也比班上所有的法國女孩強。瑪麗索朗吉修女說她有「獨特的天賦」。

阿敏和瑪蒂德開始微醺。他們點了炸物，邊笑邊用手拿著吃。愛伊莎不怎麼說話。她的神智有些茫然，覺得自己的身體從沒這麼輕盈，幾乎感覺不到自己的手臂。她的思緒和感覺彷彿有奇怪的時差，時間的落差困擾著她。她感覺到自己對父母強烈的愛，但幾秒鐘後，這感覺變得陌生起來，她想到自己學過但忘了最後一句的某首詩。她的注意力沒辦法集中，看到一群男孩到咖啡館前面表演把戲娛樂客人，她也沒笑。她好睏，眼睛幾乎張不開。她父母站起來與一對亞美尼亞雜貨商夫婦打招呼，對方是他們的客戶，向他們買水果和杏仁。愛伊莎聽到有人提到她的名字。她父親大聲說話，把手搭在女兒瘦弱的肩膀上。她咧嘴笑著，看著父親黝黑的手，把臉頰貼上去。雜貨商夫婦問：「妳幾歲？」「妳喜歡上學嗎？」她沒有回答。她忘了某些事——這是她趴在餐桌上睡著前的最後一個念頭。

愛伊莎醒過來，母親吻得她滿臉口水。他們走向共和大道和帝國戲院，戲院入口讓人想起希臘劇院。阿敏和瑪蒂德買冰淇淋給她，她在人行道上吃了起來，她吃得太慢，讓阿敏覺得猥褻，最後從女兒手中搶過甜筒，直接丟進垃圾桶。「妳會弄髒衣服。」這是他的說法。

戲院上映的是《日正當中》[4]，廳裡一群青少年嘻嘻鬧鬧，穿正式服裝的男人高聲批評，然後走了出去。一名年輕女人進來賣巧克力和香菸。愛伊莎太矮小，阿敏不得不將她抱在腿上，她才看得到銀幕。光線暗下，剛才領他們到座位上的老摩洛哥帶位員朝那群青少年大吼：「閉嘴，安靜！」愛伊莎靠在阿敏身上，父親皮膚的溫度讓她精神開始渙散。她把臉埋向父親的脖子，無論銀幕上演了什麼，或是帶位員用手電筒的光線朝一個點燃香菸的年輕人身上晃，小女孩都漠不關心。電影放映時，瑪蒂德把手穿進愛伊莎的頭髮中，輕輕拉女兒的每條髮辮，愛伊莎舒服到從頭頂到腳底都打起了輕顫。三人走出戲院時，她的頭髮比平時更蓬更鬈，她覺得在街上被人看到這個模樣簡直太丟臉。

回家的路途上，車裡的氣氛變得凝重。不只是因為陰暗又風雨欲來的天色或捲風帶起的片片塵埃。阿敏忘了修女告訴他的好消息，滿心只有他下午草率的開支。瑪蒂德額頭貼著車窗自言自語。愛伊莎不懂母親對這部電影為什麼有這麼多話好說。她聽著瑪蒂德尖細的聲音，母親回頭問她：「葛麗絲・凱莉好漂亮，對不對？」她也不忘點頭。瑪蒂德愛電影，她

4 *High Noon*，一九五二年出品的美國黑白西部片，由葛麗絲・凱莉和賈利・古柏主演，贏得當年奧斯卡金像獎四項獎座。

對電影的熱情足以讓自己受苦。她平時看電影時會幾乎忘記呼吸，身體緊繃地往前靠向銀幕上彩色的臉孔。這麼過了兩小時，離開漆黑的影廳後，喧鬧的大街對她來說簡直是衝擊。虛假又不合時宜的是這個城市，現實對她而言宛如平凡的故事，像是謊言。看電影時，她享受了生活在他方的幸福，碰觸到極度的熱情，但與此同時，她心中卻有種憤怒又苦澀的情緒正在醞釀。她多麼希望能進到銀幕，去體驗那種實質、濃烈的感覺。她多麼希望自己尊貴的人格能得到他人的認同。

一九五四年夏天，瑪蒂德經常寫信給伊蓮，但一直沒有收到回信。她認為國內的種種問題是信件往來失衡的原因，所以姊姊沒有回應並不會讓她擔心。法蘭西斯・拉寇斯特接替了紀堯姆將軍，成為新任法國駐摩洛哥總督，他在一九五四年五月抵達摩洛哥，承諾將打擊讓當地法國人聞之色變的暴亂與暗殺風潮。他威脅將嚴懲民族主義分子。阿敏的弟弟歐瑪爾對他有諸多惡言。一天，歐瑪爾找上瑪蒂德，並且出言侮辱嫂嫂。原來，他得知一直奮戰的穆罕默德・塞克圖尼[5]死在獄中，這讓他怒不可遏。「現在只有靠武力才能解放這個國家了。他們將會看到民族主義分子為他們準備了什麼。」瑪蒂德試圖安撫他。「並不是所有歐洲人都那樣，你清楚得很。」她舉了好幾個法國人為例，這些人清楚聲明支持摩洛哥獨立，而且甚至曾經因為私下提供祕密社團援助而被捕。但歐瑪爾聳聳肩，對地上淬了一口。

八月中，在將近罷黜蘇丹週年時，他們來到慕拉拉家中。慕拉拉以無數次祈禱來迎接長子回家，感謝真主提供他周全的保護。他們關在房間裡談錢和生意，而瑪蒂德則在另一個房間裡幫愛伊莎綁頭髮。塞林姆在家裡到處跑，差點從石階上跌下去。一向疼愛這個小男孩

5 Muhammad Zarqtuni，摩洛哥民族主義分子，被視作摩洛哥反法國殖民主義的的象徵。

的歐瑪爾抱起孩子，讓孩子坐在他肩上。「我帶他去公園跑跑。」他說完就出去了，無視於瑪蒂德的意見。到了下午五點，歐瑪爾還沒有回家，瑪蒂德焦急地去找丈夫。阿敏把身子探出窗外，大聲喊弟弟，回答他的是叫喊和侮辱。示威者召喚大家聚集，要大家聞聲起義，要他們加入穆斯林信徒的陣容，要大家證明自己的驕傲和尊嚴，在侵略者面前抬起頭來。阿敏大聲喊道：「快下樓去找塞林姆。」他們連向慕拉拉好好再會的時間都沒有。慕拉拉發抖著把一隻手放在兒子額頭上祝福他。阿敏把妻女推向樓梯。「妳瘋了嗎，」他說：「妳怎麼會讓他出門，難道妳不知道每天都有示威活動嗎？」

他們必須以最快的速度離開阿拉伯老城區。狹窄巷弄宛如陷阱，他們擔心會在這裡遭到伏擊，讓家人受到示威者擺布。沸騰的人聲愈來愈近，在阿拉伯區的牆上敲出回音。他們看到人群從前後夾擊而來，速度快得驚人。包圍上來的人愈來愈多。阿敏抱著女兒，邁開雙腿朝阿拉伯區的入口跑過去。

他們來到車邊連忙擠進去。愛伊莎哭了出來。她要母親抱，問弟弟是不是會死，阿敏和瑪蒂德同時要她住嘴。暴動的群眾追了上來，阿敏沒辦法倒車。外頭的人把臉貼在車窗上。有個年輕男人的下巴在車窗上留下一道長長的油漬。外頭那些陌生人的眼睛打量著這個奇特的家庭，看著這個不知該列在哪個陣營的孩子。一個少年開始喊叫，高舉著雙手。群眾受到了刺激。那個少年不超過十五歲，蓄著青少年稀疏的鬍子。他低沉又充滿恨意的聲音與帶著柔情的目光形成了鮮明的對比。愛伊莎盯著他看，她知道這張臉孔會一輩子烙印在她的記憶裡。他讓她害怕，但她覺得穿著法藍絨長褲、讓她想起美國飛行員的短版外套的少年很英俊。「國王萬歲！」少年喊道。所有人跟著喊：「穆罕默德五世萬歲！」呼聲那麼響亮，愛伊莎覺得車子都跟著搖晃。有些男孩開始用棍子拍打車頂，他們的呼喊像交響樂團似地有了節奏，喧囂聲愈來愈高昂，幾乎成了旋律。他們開始砸東西，砸車窗，砸路燈的燈泡，玻璃碎屑散落在人行道上。穿著劣質鞋子的示威者踩在上面，沒有注意到腳上流著血。

「趴下來！」阿敏喊道。愛伊莎把臉貼著車地板，瑪蒂德用雙手護著她的臉，不停說：「沒事，會沒事的。」她想到戰爭，想到她為了躲避飛機的機槍掃射而跳進溝渠的那一天。當時，她的指甲戳進泥裡，好一會兒沒有呼吸，接著她夾緊雙腿，差點就高潮。而現在呢，她好想和阿敏分享這個回憶，要不就乾脆親吻阿敏的嘴，讓恐懼在慾望中消失。接著，群眾突然散開，彷彿有個手榴彈在人群中爆炸，把示威者炸得四散紛飛。車身猛烈搖晃，瑪蒂德看見一雙女人的眼睛，對方用指尖敲打車窗，指著顫抖的愛伊莎。瑪蒂德不知道為什麼本能地信任她。她搖下車窗，結果女人在逃走前丟了兩顆大洋蔥給瑪蒂德。「是催淚彈！」阿敏喊道。不到幾秒鐘，車裡便充斥著刺激的氣味，他們開始咳嗽。

阿敏發動汽車，非常緩慢地穿過催淚彈造成的煙霧。來到公園柵門口時，他衝出車外，讓車門大開。他看到弟弟和兒子在遠處玩。距離他們才幾公尺的暴動彷彿發生在另一個國家。蘇丹公園裡既平和又安寧。有個男人坐在板凳上，腳邊有個生鏽的大籠子。阿敏走過去看，發現裡頭有一隻灰色皮毛的瘦皮猴，手腳就踩在自己的糞便上。他蹲下來想看清楚這隻轉頭看他、對他齜牙咧嘴的動物。猴子發出噓聲，又淬又吐，阿敏不知道這猴子究竟在笑還是在恐嚇他。

阿敏喊了兒子的名字，兒子跑進他的懷抱。他不想和弟弟說話，他沒時間解釋也沒時間責備。阿敏抱著孩子就上車，讓歐瑪爾一個人站在草坪中央。警察在回農場的路上設置了路障。愛伊莎看到地上的釘索，想像車輪壓上去時爆胎的聲音。一名警察打手勢要阿敏停車。他慢慢走向車子，拿高太陽眼鏡看車裡的乘客。愛伊莎好奇地看著警察，她的目光讓他分散了注意力。他似乎看不懂眼前這個回望著他、卻什麼也不說的家庭是怎麼一回事。瑪蒂德揣測這警察會怎麼想。是把阿敏當司機呢？還是把瑪蒂德當成某個富有殖民地墾拓者的妻子，而阿敏是陪伴他們的僕人？但這名警察似乎對大人不感興趣，反而盯著兩個孩子。他看到愛伊莎用雙手抱著弟弟，像是要保護他。瑪蒂德慢慢搖下車窗，對年輕警察露出微笑。

「我們要宣布宵禁了，回家去，走吧。」警察拍了拍車蓋。阿敏發動汽車離開。

七月十四日[6]的宴會上，蔻琳穿了紅洋裝搭配皮革編織的高跟鞋。花園裡裝置了彩色燈籠，她只與丈夫共舞，婉拒其他賓客的邀舞。她以為這樣做可以避免嫉妒，確保與在場所有妻子保持友誼，殊不知正好相反，她們覺得她既瞧不起人又沒有教養。「我們的丈夫。」她們交頭接耳地說：「配不上她是嗎？」在這樣的情況下，蔻琳相當小心。她戒慎恐懼地面對酒精和熱情，因為她知道隔天早上的痛苦。她擔心的，是說太多話、太想取悅他人而自覺低人一等。午夜前，有人來找靠著吧檯、正在喝酒的德拉剛。有個女人馬上要生了，這是她第三個小孩，所以動作得快。蔻琳拒絕留下來。「如果你不在，我就不跳舞。」於是他在到醫院前先送她回家。第二天早上她醒來時，發現丈夫還沒回家。她繼續躺在拉上百葉窗的房間裡，聽風扇轉動的聲音，汗溼了身上的睡衣。她最後還是決定起床，走到窗邊。街上已經冒著熱氣，她看到一個男人拿棕櫚葉片在打掃人行道。對面屋子的鄰居正忙。幾個孩子坐在門階上，母親從一間房間跑到另一間拉上百葉窗，責罵女僕還沒把行李裝滿。這家人的父親坐在車子的駕駛座上開著門抽煙，即將來臨的長途旅行似乎已經把他累壞了。他們要回法國，蔻琳知道，再過不久，歐洲新區會成為空城。幾天前，她的鋼琴老師表示要去巴斯克地區。

「多好啊，能離開幾個星期，躲避酷暑和恨意。」

蔻琳離開陽臺，心想，自己無處可去。沒有思念的老地方，也沒有充滿回憶的兒時老家。想到敦克爾克陰暗的街道和窺視她的鄰居，她反胃地打顫。她又看到她們站在自家門廊上，兩手抓著披在肩膀上的大圍巾，骯髒的頭髮往後紮成辮子。她們不信任蔻琳，蔻琳當年才十五歲，身材便突然發育起來，還是小女孩的肩膀必須支撐豐滿的胸部，嬌弱的小腳得撐住圓潤的臀部。她的軀體是個誘餌，是個困住她的陷阱。用餐時，她父親不敢再正視她；她母親傻傻地重複：「這小女孩啊，知道怎麼打扮自己。」士兵的視線在她身上流連，女人覺得她淫蕩。「這樣的身材會讓人想入非非！」他們想像她是個貪慾放蕩的女人。人們認為這樣的女人生來就是要享樂。前仆後繼的男人脫她衣服的樣子，就像拆禮物包裝著急又粗魯。他們目瞪口呆地看著那對從胸罩中解放出來、宛如柔軟奶油的乳房。他們撲到她的胸口，大口品嘗，好像這美味甜點取之不竭，永遠不會有消失的一天，這樣的想法令他們瘋狂。

蔻琳拉上百葉窗，一整個上午就這麼躺在陰暗的房間裡抽菸，直到菸蒂燙到她的嘴唇。她的童年和德拉剛一樣，除了一堆堆石塊、轟炸成了廢墟的房舍與埋在荒僻墓園的屍體外，

6 法國國慶日。

什麼都沒有。他們都度過了失敗的童年，但當她來到梅克內斯時，她覺得自己也許可以在這裡重生。她能想像陽光、潔淨的空氣還有平靜的生活，能夠保護她的身子，她終於可以為德拉剛生個孩子。但幾個月過去了，接著是一年又一年。這個家裡只有風扇哀傷的轟隆聲，從沒出現過孩子的歡笑。

丈夫在午餐前回到家，一見到他，她提出了上千個對自己十分殘酷的問題。她自我折磨地問：「嬰兒多重？」「他有沒有哭？」「親愛的，告訴我，那寶寶漂亮嗎？」雙眼浮腫的德拉剛回答時，將摯愛的妻子攬到自己身邊。

這天下午，他打算再次拜訪貝拉吉夫婦的農場。蔻琳主動要陪他去。她很喜歡年輕的瑪蒂德，喜歡她的活力和她的笨拙。瑪蒂德曾經把自己的故事告訴她，這讓她很感動。瑪蒂德說：「除了孤獨，我沒有別的選擇。以我的立場，我們怎麼可能有社交生活？您無法想像，在這樣一個城市，與本地人結婚是什麼感覺。」蔻琳差點脫口而出，說嫁給一個猶太人、異鄉人、沒有國家的人，而且身為沒有孩子的母親，也不是件易事。但瑪蒂德還年輕，蔻琳覺得她不會瞭解。

到了農場後，蔻琳看到瑪蒂德躺在柳樹下，兩個孩子就睡在她身邊。她不想吵醒小孩，於是靜靜走近。瑪蒂德打個手勢，請她在鋪在草地上的床單坐下。樹蔭下，孩子甜美的呼聲宛若搖籃曲，她凝望下方的樹，看到枝頭長著各種色彩各異的水果。

這年夏天，蔻琳幾乎天天到坡地上的農場來。她很喜歡與塞林姆玩，這孩子的俊美讓她著迷，她會輕輕咬他的雙頰和大腿。有時，瑪蒂德會打開收音機，讓家門敞開，音樂會流洩到花園，兩個女人各拉著一個小孩，帶著他們轉圈跳舞。好幾次，瑪蒂德留她共進晚餐，兩個男人會在夜色落下時加入，大家一起在阿敏親手搭蓋、以紫藤藤蔓為頂的涼亭裡用餐。

城市的新聞到了農場便不再相同，被謠言所扭曲。農場外的世界有任何事，瑪蒂德都不想知道。新聞本身帶著太多烏煙瘴氣、太多不幸。但是，當蔻琳垮著臉來找她的那一天，她沒有勇氣請蔻琳住嘴。蔻琳手上報紙的大標題寫著〈摩洛哥的悲劇怒火〉。蔻琳輕聲說著，她不想讓孩子聽到八月二號發生在博帝尚的可怕事件。「他們殺了猶太人。」接著，她像個認真的學生，開始敘述屠殺事件。有十一個孩子的人父被剖成兩截，屍體被裝進袋子裡，暴徒接著又放火焚毀房子。蔻琳說，猶太人慘遭蹂躪的屍體被載到梅克內斯安葬，接著她又轉述猶太教堂裡所有猶太祭司說的話。「上帝不會忘記。我們要為死者復仇。」

V

愛伊莎在九月回到學校，此時開始，她認為必須為她遲到負責的，是那些病人。拉碧雅發生意外後，謠言便傳開了，大家說瑪蒂德有治療師的天分，說她認識藥名，也知道如何用藥，還說她冷靜又慷慨。總之，這是為什麼從那天開始，每天早上都有工人到貝拉吉家門口的原因。第一次，阿敏去開門，用懷疑的語氣問：「妳來這裡做什麼？」

「早安，老闆。我來找夫人。」

每天早上，找瑪蒂德的病人隊伍愈排愈長。收穫季節，來到門口的女工更多。有些是被壁蝨叮，有些是因為靜脈炎，也有的是沒有足夠的母乳哺餵小孩。阿敏不喜歡這些女人在他家門階上排隊。想到她們走進他家，窺探他的私生活，到村裡宣傳她們在老闆的屋內看到什麼東西，他就生氣。他警告妻子小心巫術、流言，以及沉睡在每個人心中的嫉妒。

瑪蒂德知道怎麼處理傷口，會用乙醚迷昏壁蝨，或教女人消毒奶瓶、幫嬰兒洗澡。她對農人說話的方式有些嚴厲。每當她們開著玩笑，開著黃腔解釋某個女人新近懷孕時，她不會跟著笑。每當有人一次又一次地告訴她惡靈的故事、說哪個嬰兒在母親的肚子裡睡覺，或是從來沒被男人碰過的女人懷孕，她總是翻著白眼。農人以真主為重的宿命論讓她憤怒，她無法瞭解這些人對命運的屈從。她不斷重複在衛生上的建議。「妳好髒！」她喊道：「妳的傷口感染了。學著點，把自己清潔乾淨。」甚至，她曾經拒絕過一名遠來的工人，女工的光腳踩著乾掉的糞便，而且她懷疑對方身上有跳蚤。此後，每天早晨家裡都迴蕩著附近孩子的哭聲。通常是孩子餓得大哭，原因是女人得下田工作或再度懷孕，突然就給孩子斷奶。原本喝母奶的孩子，食物一下換成泡了茶的麵包，於是日漸消瘦。瑪蒂德抱起這些雙眼凹陷、臉頰枯槁的孩子，有時，只因為無法撫慰他們，她自己也會跟著紅了眼眶。

沒多久，眾多的需求便讓瑪蒂德壓力過大，荒謬的是，在這臨時診療間，她只有酒精、紅藥水、乾淨的毛巾。一天，有個女人抱著她的小孩過來。小孩被用一條髒毯子裹住。瑪蒂德走近一看，發現孩子的臉頰發黑，而且像放在木炭上烤過的青椒一樣脫著皮。當地人家的女人在地上做飯，一不小心就會燙到孩子的臉，有時孩子也會被老鼠咬到嘴巴或耳朵。

「我們不能袖手旁觀。」瑪蒂德說了好幾次，她決定為診療間添購材料。「我不會向你要錢，我會自己想辦法。」她發誓。

阿敏揚起眉毛，笑了出來。

他說：「行善是穆斯林的責任。」

「同時也是天主教徒的責任。」

「這麼說，我們達成共識了。不必再說了。」

*

愛伊莎養成在診療間裡寫作業的習慣，這地方充滿樟腦丸和香皂的氣味。她抬起原本看著筆記的雙眼，看著農夫們拎著兔耳朵，把兔子帶來當作謝禮。「他們把自己的東西省下來給我，可是如果我拒絕，我知道他們會難過。」瑪蒂德為女兒解釋。愛伊莎對著咳得全身打顫的孩子微笑，那些孩子的眼睛周圍停滿了蒼蠅。母親的柏柏語愈說愈好，還會斥責一看到血就哭的塔茉，這都讓愛伊莎欽佩。瑪蒂德偶爾會笑，會坐在草地上，光著腳去碰觸其他女人的腳丫。她會親吻老女人消瘦的臉頰，碰到撒嬌討糖吃的孩子也會退讓。她會要她們講些老故事，那些女人用舌頭彈碰無牙的牙齦，用手遮著臉笑。她們用柏柏語說起私密的回憶，忘了瑪蒂德不但是她們的女主人，還是個外國人。

「生在和平年代的人，不該這樣活著。」瑪蒂德說道，苦難讓她難過。她和丈夫有相同的理念，想讓這些人生活更有品質：少點飢餓，少點痛苦。他們對現代化各持著熱情，一個熱烈盼望機器能帶來更好的收穫，另一個希望醫療發達能治病。然而，阿敏經常試著阻止妻子。他為她的健康擔心，也害怕外人帶來的細菌會傳染給他的兩個孩子。一天晚上，一名女工帶著發燒了好幾天的孩子過來。瑪蒂德建議把孩子的衣服脫掉，用涼毛巾包著他，讓他睡覺。第二天凌晨，女人又回來了。孩子發著高燒，而且晚上還幾次抽搐。瑪蒂德要女工上車，讓對方的兒子坐在愛伊莎旁邊。「我先載我女兒去學校，然後我們去醫院，聽懂了嗎？」到了專看本地人的醫院，他們在候診室裡等了很久，最後才有一名紅髮醫生為孩子看診。當瑪蒂德下午接愛伊莎下課時，她臉色蒼白，下巴顫抖。愛伊莎以為出了什麼事。「那個小男孩死了嗎？」她問道。瑪蒂德抱住女兒，輕捏孩子的大腿和手臂。她哭了出來，淚水流到女兒的臉上。「我的小寶貝，小天使，妳還好嗎？親愛的，看著我，妳還好嗎？」這個晚上瑪蒂德失眠了，就這麼一次，她向主祈禱。她覺得自己是為了虛榮受到懲罰。她自以為可以治療他人，但她什麼都不懂。除了讓孩子冒著受到傳染的危險之外，她一事無成，說不定明天她會發現愛伊莎發起高燒，而醫生會和今天早上說一樣的話：「是小兒麻痺，夫人，請小心，這種病很容易傳染。」

鄰居間也開始非議起貝拉吉家的診療間。有些男工過來向阿敏抱怨。瑪蒂德建議他們的妻子減少夫妻間行房的義務，她試圖洗腦她們。這個天主教徒、這個外國人無權插手這些事，引發家庭不合。一天，羅傑・馬里安尼來到貝拉吉家的門口。這是他們這位富有鄰居首度穿越分隔兩片產業的小路。通常，瑪蒂德看到馬里安尼時，他都是在自己的土地上騎著馬，帽子低壓在額頭上。他走進女工抱著孩子席地而坐的房間。瑪蒂德正在幫一個燙傷的小男孩裹塗了油膏的紗布，而女工們一看到他，有些連向瑪蒂德道再會都來不及就跑了出去。他嘴裡嚼著一根麥桿，舌頭發出的聲音惹惱了瑪蒂德，害她不能專心。她回頭看馬里安尼，他對她微笑。「請繼續。」他拉來一張椅子坐下，等瑪蒂德先叮囑小男孩最好待在有遮蔭的地方好好休息後才讓他離開。

房間裡剩下他們兩人時，馬里安尼站了起來。瑪蒂德高大的身材以及看不出對他有所恐懼的綠色眼眸讓他有些不安。他這輩子，女人見到他就害怕，聽到他的大嗓門會驚得跳起來，被他攔腰抱住或扯著頭髮時會試圖逃跑，被他強拉進穀倉或到樹叢後面時會低聲哭泣。「這種熱愛生命的本能會回頭變成您的麻煩。」他對瑪蒂德說。他漫不經心地拿起一瓶酒精，再拿起桌上的剪刀，用刀尖撬開瓶口。「您以為怎麼樣？以為他們會把您當聖人看待嗎？以為您在蓋寺院，像那些北非的隱士一樣？這些女人啊。」他指著在外面工作的工人低聲說：「她們經得起折磨。不要教她們怎麼為自己難過，您聽懂我的意思了嗎？」

*

然而，沒有任何事可以削弱瑪蒂德的意志力。九月初的某個星期六，她來到帕絡西醫生的診所。診所位在雷恩街一棟單調建築的三樓。候診室裡坐著四名歐洲女人，其中一名孕婦看到瑪蒂德，立刻用手護著肚子，像是要保護胚胎免於這次災難相遇的傷害。幾個女人在過熱又安靜的候診室裡等了很久。其中一人右手撐著臉睡著了。瑪蒂德試著讀自己帶來的小說，但酷熱讓她無法思考，她的神智渙散，東想西想，就是無法集中精神。

最後，德拉剛．帕絡西終於走出診間，瑪蒂德看到他時不禁放心地嘆了一口氣。德拉剛頭髮往後梳，穿上白袍顯得很英俊。他和瑪蒂德第一次見到的快樂男人非常不一樣，帶著黑眼圈的雙眼似乎有些哀傷。他臉上的疲憊對好醫生來說十分合適。我們會在好醫生的臉上看到病人宛如透明的痛苦，我們猜想，是病人吐露的病情壓垮了這些好醫生的肩膀，而這種壓力和無能為力讓他們的動作和說話的速度都慢了下來。

德拉剛走向瑪蒂德，猶豫了一下，才禮貌地親吻她的雙頰。他注意到她臉紅了，於是，為了化解尷尬，他看向她手上那本書的封面。

「《伊凡．伊里奇之死》。」他輕聲念出來，聲音低沉又有信心，讓人感覺到這具身軀、這顆心充滿了獨特的故事。「您喜歡托爾斯泰？」

瑪蒂德點點頭，這時他陪她走進他專屬的診間，告訴她一件趣事。「我一九三九年來到摩洛哥時，我先到拉巴特，住在一名逃離大革命的俄國朋友家。一天晚上，他邀請朋友共進晚餐。我們喝酒又打牌，其中有個叫做密歇爾．勒渥維奇的客人在客廳躺椅上睡著了。他大聲打呼，大家全笑了，主人對我說：『想想看，他是大文豪托爾斯泰的兒子！』」

瑪蒂德睜大了雙眼。德拉剛繼續說著。

「沒錯，是那位天才的兒子。」他邊說邊要瑪蒂德在一張黑色皮椅坐下來。「他在戰爭結束後過世，我再也沒見到他。」

兩個人都安靜下來，不合時宜的氣氛讓德拉剛有些尷尬。瑪蒂德轉頭看讓病人在後面更衣的水綠色屏風。

「老實說，我不是來找您看病，而是想請您幫忙。」她開口說。

德拉剛用雙手支著臉。這種情況，他遇過了多少次？「婦產科醫生應該隨時準備好。」他在布達佩斯醫學院的一位教授說過這句話。他們隨時等待著女人的懇求。等待那些為了生育而準備面對最糟實驗的女人；為了墮胎而準備面對最慘痛苦的女人；那些透過讓人羞愧的症狀，而絕望地發現丈夫在外頭偷情的女人。或者是太晚才察覺手臂下方的腫瘤或下腹疼痛的女人。對這些女人，他會說：「您一定受了很多苦，為什麼不早點來？」

德拉剛看著瑪蒂德漂亮的臉孔，她漲紅了臉，看她的樣子，不像遇到這類問題的人。她想從他身上得到什麼？要向他借錢嗎？還是為了她丈夫而來？

「請說，我在聽。」

瑪蒂德開了口便愈說愈快，話語中的熱切差點讓這位婦產科醫生失去鎮定。她說到拉碧雅，女孩的肚子和大腿上有奇怪的斑疹，而且會吐。她提到吉蜜雅，這個十八個月的孩子還沒辦法站立。她向德拉剛承認她覺得自己的知識過時，不足以面對白喉、百日咳、沙眼。她雖然能夠辨認出這些症狀，卻不知道如何治療。德拉剛目瞪口呆地看著她。瑪蒂德對每一項病狀的認真描述讓他印象深刻，他拿起一本筆記和一支筆，開始記錄她說的話。他偶爾會打斷她，提出一些問題：「這些斑疹會流膿還是乾的？」「您有沒有為傷口消毒？」眼前這個女人對於醫療的熱情、對於她想要認識奇妙人體機制的渴望讓他感動。

「通常，如果我沒有親自看過病人，我不會給建議也不會給藥。但這些女人絕對不會讓男人看診，更何況還是外國人。」他告訴瑪蒂德，有一次，在菲斯，一名富商請他出診去檢查富商大出血的妻子。穿著破爛的門僮帶他進入大宅，而他只能隔著一面不透明的布簾問診。富商的妻子隔天就因為失血過多而過世。

德拉剛站起來，拿出書架上兩本厚厚的書。「很抱歉，解剖圖是匈牙利文版。我會試著幫您找到法文版，但與此同時，您可以先熟悉一下人體構造。」另一本書是關於殖民地的疾病醫療，附有黑白照片。回家路上，她翻閱厚厚的書，最後停在一張標註著「一九四四年，摩洛哥，斑疹傷寒流性病之控制」的照片上。兩名身穿吉拉巴的男人一前一後地站著，周遭籠罩著雲朵般的黑色粉末，攝影師成功捕捉到兩個男人臉上混和著恐懼和驚異的表情。

瑪蒂德把車子停在郵局前面。她打開車門，伸長雙腿踩在人行道上。她從來沒遇過這麼熱的九月。她從皮包裡拿出紙筆，寫完這天早上開始寫的信。第一段她就寫了，報紙的報導不可盡信，博帝尚的屠殺確實駭人聽聞，但事件比報導更複雜。

「我親愛的伊蓮，妳去度假了嗎？我猜妳應該在孚日地區，就在我們小時候一起游泳的湖附近，不過我也可能猜錯。我舌尖還嘗得到藍莓塔的滋味，記得端藍莓塔的高大女人臉上長了好多疣。每當我難過時，就會回想這個完美保存在我記憶中的味道來安慰自己。」

她穿好鞋子，爬上通往郵局的階梯。她在面帶微笑的辦事員櫃檯前排隊。「米魯斯，法國。」瑪蒂德告訴辦事員。接著，她走向設置數百個郵政信箱的中央大廳。大廳裡兩側的高牆排列著銅質小門，小門上方標有數字，她停在第二十五號郵箱前面。這個數字是她的出生年分，她曾經向阿敏提過這類枝微末節的巧合。她拿出口袋裡的小鑰匙插進鎖孔，但轉不動。她拔出鑰匙重插，但什麼作用也沒有，郵箱還是打不開。這下子，瑪蒂德的姿勢更誇張了，她用力地重複同一個動作，其他來開郵箱的人注意到她的惱怒。說不定她想偷拿情婦寄給她丈夫的信？又或者這個信箱是她情人的，而她想報復？一名郵局員工慢慢走過來，像個負責把老虎獅子抓回籠裡的動物園管理員。這個孱斗的年輕人有一頭紅髮。瑪蒂德覺得對方長了一雙大腳，對她說話又十分嚴肅，顯得又醜又荒謬。她心想，他不過是個孩子，卻嚴厲地看著她問：「發生什麼事了，夫人？我能幫忙嗎？」她急匆匆地抽出鑰匙，由於這個年輕男人矮她許多，因此她的手肘差點撞上他的眼睛。「郵箱打不開。」她生氣地說。

年輕員工拿起瑪蒂德手上的鑰匙，他必須踮腳才搆得到鎖孔，慢吞吞的速度惹惱了瑪蒂德。最後，鑰匙在鎖孔裡折斷，瑪蒂德不得不等他請上司過來。這會耽擱她接下來的工作；她答應阿敏提前登錄工人的薪資，如果她遲了，來不及為他準備午餐，他一定會生氣。一會兒之後，年輕員工終於再次出現，他拿著凳子和螺絲起子，嚴肅地拆下郵箱的鉸鍊。他語帶絕望地表示自己從來沒遇過「這種狀況」，讓瑪蒂德好想抽掉他腳下的凳子。郵箱的小門終於拆了下來，年輕人把鑰匙遞給瑪蒂德。「誰來告訴我這支鑰匙對不對？因為，如果是您弄錯，修繕的費用就得由您負責。」瑪蒂德推開他，抓起郵箱裡的信件，連再會都沒說，就朝出口走去。

在高溫籠罩著她，在她感覺到熾熱陽光直射她腦門的那一刻，她得知了父親的死訊。伊蓮昨晚給她發來一封語氣冷漠的電報。她翻到背面重新看信封上的地址，瞪著電報上的字，彷彿這封電報只可能是個惡作劇。在此刻，遠在千里外、被秋日染成金色的家鄉，她父親的葬禮是不是可能正在舉行？在剛才那個紅髮年輕人向上司解釋二十五號信箱的慘劇時，扶棺人是不是正抬著喬治的棺木送進米魯斯的墓園？瑪蒂德緊繃又無法置信地開車回農場，她自問，那些寄生蟲要花多久時間才會進到她父親的大肚腩，塞住那個巨人的鼻孔，吞噬掉整具屍體？

*

阿敏得知岳父的死訊時，他說：「妳知道我一直很喜歡他。」這話說得不假。初見面，他立刻感覺到這位直爽歡樂的男人展現出熱烈的友誼。喬治在家裡接待他，絲毫沒有偏見也沒有端出一家之主的架子。喬治在阿爾薩斯的小村莊出生，而瑪蒂德和阿敏就在村莊裡的教堂結婚。在梅克內斯，沒有人知道這件事，而妻子也答應阿敏會保守祕密。「這是嚴重的罪行。他們不會懂的。」從來沒有人看過他們走出教堂時拍的照片。當時，在階梯上，攝影師要瑪蒂德往下站兩階，以便和夫婿齊頭。「否則，會有點荒謬。」攝影師解釋。在婚宴的安排上，喬治對任性的女兒有求必應，有時還瞞著伊蓮塞幾張鈔票給小女兒，那種非必要的開支會讓伊蓮驚恐。但喬治呢，他瞭解人需要娛樂，需要裝扮，他不會批判女兒的不夠踏實。

阿敏從來沒見過像那天晚上那麼醉的人。喬治不是走路而是搖晃，他掛在女人的肩膀上，以跳舞來掩飾暈眩。將近午夜，他撲向女婿，用前臂勒住阿敏的脖子，像個準備大幹一場的小孩。喬治不知道自己的力道，而阿敏覺得岳父可能會要他的命，以過剩的熱情勒斷他的脖子。他摟著阿敏走進過熱的大廳深處，有幾對男女在一串串燈籠下翩翩起舞。他們雙肘撐在木質吧檯上，喬治沒注意到阿敏搖頭拒絕，點了兩杯啤酒。阿敏自覺已經喝得太醉，而且不得不掩飾幾分鐘前才躲到穀倉後面嘔吐。喬治要他喝，好測知他的酒量，好讓他說話。他要阿敏喝酒，因為這是據他所知，唯一能加強友誼和建立互信的方法。就像孩子在手上劃一刀來歃血為盟一樣，喬治想透過一杯又一杯的啤酒強調對女婿的疼愛。阿敏有些作嘔，想要打嗝。他四處看，想找瑪蒂德，但這位新娘子似乎失去了蹤影。喬治抓住他的肩膀，開始說起醉話。他用濃濃的阿爾薩斯口音喃喃說著：「上帝知道我對非洲人沒有任何反感，對你的宗教也一樣。何況，如果你想知道我就告訴你，我對非洲什麼認識也沒有。」在酒精的催化下，四周的男人跟著傻笑，酒溼的嘴角上揚。非洲，這個大陸的名字繼續在他們的腦袋裡迴蕩，他們想到的是裸著胸部的女人，圍著腰布的男人，以熱帶植被隔開、一望無際的農園。

他們聽到非洲，便開始想像自己當主人的世界，前提是得先熬過沼氣和流行病的傷害。隨著非洲這兩個字而來的是混亂的影像，與其說是非洲大陸本身，不如說是他們空洞的幻想。「我不知道你們那裡怎麼對待女人，但我這小女兒啊，她不好應付，懂嗎？」喬治說。他用手肘輕撞倒在他身邊的老人，像是要他證實瑪蒂德的莽撞無禮。老人用渾濁的雙眼看著阿敏，什麼也沒說。「我太放縱她。」喬治接著說，他說起話來像是大舌頭般，無法清晰咬字。「我的小女兒沒了母親，所以你能怎麼辦呢？我心都軟了。我放任她在萊茵河邊跑來跑去，有人拎著她的脖子把她帶回來，因為她偷摘了櫻桃，要不就是跑去裸泳。」喬治沒注意到阿敏紅了臉，開始失去耐性。「你知道嗎，我從來沒有勇氣揍她。伊蓮不是沒念過我，但我就是辦不到。但是你啊，你不能讓她為所欲為。瑪蒂德應該要知道是誰負責下令。聽懂了嗎，小子？」喬治繼續說話，忘了聽他說話的人是他的女婿。這時，兩人已經建立起堅不可破的友誼。喬治覺得可以談論在自己每次幻滅時，安慰他的女人胸部和屁股。他一拳打在吧檯上，露出猥褻的表情，提議到妓院走一遭。旁人笑了出來，喬治才想起那晚是阿敏的新婚夜，要講屁股，也是他女兒的屁股。

喬治生性風流又愛喝酒，個性無賴又狡猾。但是阿敏喜歡這個巨人；這名年輕軍人駐紮在村莊裡的頭幾個夜晚，喬治在客廳深處，坐在他的扶手椅上抽著菸斗。他沒說話，光是看著女兒與這個非洲年輕軍人對彼此萌生愛意。女兒小時候，喬治便教她別相信童話裡寫的傻事。「黑人是不會吃壞孩子的。」

*

接連數天，瑪蒂德傷心欲絕。愛伊莎從來沒看過母親這個樣子。瑪蒂德會在用餐時突然哭泣，要不，就是氣伊蓮沒把父親的狀況告訴她。「他病了好幾個月。如果她早點告訴我，我可以照顧他，可以好好和他道別。」慕拉拉來農場向她致哀。「他現在解脫了，既然我們還活著，就應該繼續過生活。」

幾天後，阿敏失去了耐性，指責妻子疏忽了農場工作和孩子。「在這裡，我們不會鬱悶消沉這麼多天。我們與死者道別，然後繼續過日子。」一天早上，愛伊莎正在喝她加了糖的熱牛奶，瑪蒂德宣布了：「我必須離開，否則會發瘋。我必須到我父親墳前去一趟，等我回來之後，一切都會好轉。」

妻子出發的幾天之前——阿敏同意妻子回鄉，也願意負擔這趟旅程的費用——阿敏把一直在煩惱的問題說出來。「喬治過世時我就想到了。我們在教堂舉行的婚禮在這裡不合法。這個國家馬上就會贏得獨立，而我不希望哪天我死了以後，妳落得連對孩子和農場都沒有權力。妳回來以後，我們得辦好這件事。」

兩星期後，一九五四年九月中，阿敏心情大好地醒過來，提議愛伊莎陪在他身邊，與他一起巡視產業。他告訴女兒：「農人沒有星期天。」他先是被女兒的耐力嚇了一跳，她跑在他面前，然後跑到一排排的杏仁樹之間，消失在樹叢裡。她似乎認識每棵樹，小腳敏捷地避開蕁麻叢和小泥巴坑——昨晚下了一陣有利農作的雨。有時，愛伊莎會轉過頭來，彷彿等他等到厭煩似地，睜著又圓又大的眼睛看著他。他突然有個念頭，他想了一秒鐘、一分鐘，隨後又改變了主意。他自言自語著：「女人不可能管理像這樣的農場。」他對女兒有其他野心，讓她當個都市人，受過教育的女人、醫生，或者有何不可，擔任律師。他沿著田邊往前走，農夫們看到愛伊莎便大聲叫喊。他們揮舞雙手，擔心曳引機勾到孩子，這種事不是沒發生過，但他們不能看著老闆的女兒冒這種險。阿敏與工人們站在一起討論事情，愛伊莎覺得他們的討論永遠沒有結束的時候。她在潮溼的地上躺下來，看到布滿厚重雲朵的天上有一群鳥組成奇怪的陣形。她猜想，說不定這些鳥是來自阿爾薩斯的信差，通知她母親即將回來。

從農場開耕第一天就跟著她父親的阿舒兒騎著一匹馬過來，這匹馬穿著變灰的馬衣，沾了泥巴的尾巴打了結。阿敏對女兒打個手勢，對她說：「過來這裡。」工人關掉曳引機。愛伊莎害怕地走向這群男人。阿敏騎上馬，面帶微笑說：「來！」愛伊莎用尖細的聲音拒絕，推託說自己喜歡跑步，她會跟在他身邊，但阿敏不肯聽。他以為女兒想玩，就像他小時候那樣玩粗暴的遊戲，例如打仗、設陷阱，或是故意說反話。他用後腳跟踢了馬後臀，馬兒往前衝，而他趴在馬背上，臉貼在馬脖子邊，馬兒的鼻孔噴張。他疾速繞著女兒轉圈圈，揚起了灰塵，遮蔽了陽光。他把自己當成蘇丹、族長、十字軍，而且即將贏得勝利，他要抱起沒比一頭羔羊重的女兒。他伸出手，穩穩攔腰抱住愛伊莎，像瑪蒂德拎著貓脖子那麼輕鬆。他讓女兒坐在自己身前的馬鞍上，像印地安牛仔那樣呼喊，問題是他覺得有趣的呼聲卻嚇著了女兒。她哭了出來，消瘦的身子隨著啜泣聲顫抖。阿敏連忙緊緊抱住她。他輕撫女兒的頭，說：「別怕，鎮定一點。」但孩子發狂地緊抓著馬鬃，她低頭往下看，這個高度讓她懼怕。這時，阿敏感覺到一股熱流沿著他的大腿往下流。他猛然抱起尖叫個不停的孩子，發現她的褲底溼了。「不會吧！」他喊道，他把小孩抱得遠遠的，像是覺得她噁心，彷彿親生女兒的尿臊味和怯懦讓他不知所措。他拉住馬銜讓馬停下腳步，然後跳下馬來。這對父女面對著面，眼睛都往下看。馬兒用蹄刨著泥土，愛伊莎嚇壞了，撲上前抱住父親的腿。「不需要這麼害怕。」他抓住小女孩的手臂，然後看著從馬鞍上往下淌的尿水。

拉開距離的父女走向家門時，阿敏心想，愛伊莎不適合這裡，而且他也不知道該拿她怎麼辦。自從瑪蒂德回歐洲，他試著把時間花在女兒身上，當個慈愛又稱職的父親。但是他既笨拙又緊張，這個七歲的小女孩讓他全身不自在。他女兒需要女人陪伴，需要有個懂她的人，而不是又笨又髒的塔茉所付出的溫柔。他曾經在廚房裡看到塔茉拿著燒水的茶壺，直接對著壺嘴喝水，他差點賞她一巴掌。他必須讓女兒遠離這些不良行為，再說，他也沒辦法繼續獨自接送女兒上學。

這天晚上，他走進愛伊莎的房間，坐在小床上看著書桌前的女兒。

「妳在畫什麼？」他沒動，坐在床上問她。愛伊莎沒有抬眼看父親，只說：「我畫畫給媽媽。」阿敏對著女兒笑，幾次想說話，但最後還是放棄。他站起來，打開女兒衣櫥的抽屜，瑪蒂德把女兒的衣服放在裡面。他拿出一條妻子織的羊毛內褲，他覺得尺寸小得驚人。他整理出一疊衣服塞進一個棕色大袋子。「妳要去貝立馬區的祖母家住幾天。這樣對妳比較好，而且上學也方便。」愛伊莎把剛剛畫的圖對摺，慢慢拿起床上的布偶。她跟著父親來到走廊。弟弟正靠在塔茉腰邊睡覺，愛伊莎在他額頭上印個吻。

這是父女倆第一次獨自在夜裡相處，親密的感覺讓他們都很緊張。阿敏在車裡偶爾會轉頭看女兒，對她微笑，像在說「不會有事的」，「妳不必擔心」。愛伊莎也回以微笑，接著，安靜的夜晚讓她冒失地對父親說：「說些戰爭的事給我聽。」說這話時，她的聲音像個大人，較自信也較嚴肅。阿敏很驚訝。他目光直視著道路，說：「妳有沒有注意到這道傷痕？」他指著自己的右耳後，指頭慢慢滑向肩膀。車裡太暗，愛伊莎看不清楚凸起的棕色疤痕，但她對父親皮膚上古怪的圖案清楚得很。她點點頭，異常興奮，因為這個謎底終於要揭曉。「戰爭期間，在我遇見妳媽媽前不久，」這時愛伊莎咯咯地笑，「我們因為被俘，在德國的俘虜營中待了幾個月。俘虜營裡有很多和我一樣的士兵，都是殖民地軍團的摩洛哥人。對戰俘而言，我們的待遇還算不錯，只是食物不好吃，分量又不夠，我瘦了不少。但是我們沒有挨打，德國人也沒有強迫我們工作。事實上，那段期間最糟糕的，是日子太無聊。一天，一名德國軍官召集所有俘虜，問我們當中有沒有理髮師，我沒有思考——到今天我還是不知道為什麼——就快速穿過人群站在軍官前面，說：『我，先生，我曾經是我村裡的理髮師。』其他認識我的人都笑了出來，他們告訴我：『你這是自找苦吃。』但德國軍官相信我的話，叫人在俘虜營中央擺了一張小桌子和一張椅子，然後給我一把舊推刀、一把剪刀和德國軍官很愛用來固定髮型的髮膠。」阿敏用手順著頭髮，模仿德國軍官的動作。「我的第一個顧客坐在椅子上，女兒啊，麻煩開始了。我完全沒概念，不知道怎麼使用推刀，而且，在我把推刀放到那個德國人的後頸時，我手滑了。他腦袋中間出現一個大洞。我滿身大汗，心想，最好把他的頭髮剃光，可是天知道為什麼，那把該死的推刀就是不聽我使喚。過了一會兒，德國人動了起來，他伸手摸腦袋，顯得很緊張。他說著德文，我完全聽不懂他在講什麼。他最後用力把我推開，抓起桌子上的小鏡子看。他看到鏡子裡的自己就吼了出來，我雖然什麼都聽不懂，但我知道他一定是用盡各種髒話罵我。他找來當初讓我當理髮師的德國人，後者要我解釋。妳知道我怎麼回答他嗎？我高舉著雙手，面帶微笑說：『先生，這是非洲髮型！』」

阿敏大笑，拍著方向盤表達自己高昂的情緒，但愛伊莎沒跟著笑。她沒聽懂故事的笑點在哪裡。「那這道傷痕呢？」阿敏心想，他不能對女兒說出真相。他是在對一個小女孩說話，不是寢室裡的同袍。他要怎麼描述自己逃出俘虜營的故事？當時帶刺的鐵絲網勾到他的脖子，劃開他的血肉，但是他沒有感覺到皮肉的撕裂，因為恐懼勝過了身體上的痛苦。他決定先保留這個故事。「嗯，就是這樣。」他只說了這幾個字，愛伊莎從來沒聽過父親用這麼溫和的語氣說話。城市的燈火已經出現在眼前，她已經能看見父親的臉孔和他脖子上凸起的傷痕。「逃出俘虜營後，我在黑森林裡走了很久。森林裡很冷，我一個活人都沒看見。一天晚上，我睡著後聽到聲音，像是凶猛動物的吼聲。我張開眼睛就看到一頭孟加拉虎站在我面前。牠朝我撲過來，爪子撕裂了我的脖子。」愛伊莎興奮地小聲尖叫。「還好我帶了槍，順利解決掉牠。」愛伊莎露出微笑，好想觸摸那道從父親髮根延伸到鎖骨的長長疤痕。她差點忘了這趟夜間旅行的原因，當阿敏在距離慕拉拉家幾公尺遠的地方停車時，她還吃了一驚。阿敏一手提著棕色袋子，一手牽著愛伊莎的手腕。進到屋裡，孩子哭叫出來，求爸爸別把她留在這裡。家裡的女人把阿敏推到門外，安撫起孩子。最後慕拉拉受夠了愛伊莎的胡鬧——這孩子在地上打滾，把靠枕扔到地上，生氣地推開旁人遞給她的一盤蛋糕。慕拉拉下了結論：「這個小法國人太易怒了。」

他們讓孩子睡在和瑟瑪相連的房間裡，這第一夜，雅斯敏同意睡在愛伊莎床尾的地板上。雖然女僕陪著她，雖然雅斯敏的呼吸聲應該能讓她安心，但愛伊莎仍然睡不著。她覺得這棟房子像是小豬執意用稻草蓋成的小屋，大野狼只要吹口氣，就能把房子吹翻。

第二天，在教室裡，瑪麗索朗吉修女在黑板上寫著數字。愛伊莎心想：「我媽媽在哪裡，她什麼時候才會回來？」她自問大家是不是在玩弄她，媽媽這趟旅行是不是那種一去不回的旅行，就像寡婦梅西耶的丈夫那樣。與她同桌的莫妮特湊到她耳邊說話，老師發現後，用棍子敲打書桌的邊緣。莫妮特活潑又愛說話，身高讓所有小學生都望塵莫及。她對愛伊莎有種莫名的好感，對此，愛伊莎不知該如何解釋。莫妮特話說個不停，不管是坐在小教堂的長椅上，在操場上，在學校餐廳裡，甚或在教室裡考試時也一樣。她惹得大人不高興，有一天，校長忍不住吼道：「該死的！」結果她滿是皺紋的雙頰因羞恥而脹紅。愛伊莎不確定莫妮特說的話有哪些是真話，哪些純屬想像。莫妮特真的有個演員姊姊在法國嗎？她真的去過美國、在巴黎動物園看過斑馬、親吻表兄弟的嘴？她父親埃密．巴特真的是飛行員？莫妮特的描述詳盡而且充滿熱情，最後，愛伊莎真的相信梅克內斯的飛行俱樂部真的有這樣一位奇才。莫妮特為她解釋美軍 T-33 教練機、草蜢式軍用觀察機和英國皇家空軍的吸血鬼戰鬥機的差別，還詳細解說她父親掌握了飛機哪些最危險的特點。「妳看著好了，我總有一天會帶妳去。」莫妮特這個承諾成了愛伊莎的執念。她腦子裡只有兩個念頭：在飛行俱樂部度過一個下午，以及母親回家的日子。她想像莫妮特的爸爸能夠開他的某架飛機去找瑪蒂德。如果她好好請求，苦苦懇求，莫妮特的爸爸一定不會拒絕幫這點小忙。

莫妮特設計自己的祈禱書。她在聖人與天使臉上畫上濃密的黑鬍子。她總是能逗愛伊莎笑，在她們剛建立起友誼的前幾個月，愛伊莎無法相信可以有人這麼不害怕權威。愛伊莎經常目瞪口呆，充滿仰慕之意地看著她這個朋友搞怪。修女們幾次要愛伊莎檢舉莫妮特，但是愛伊莎從來不說，她覺得自己很忠誠。一天，莫妮特拉她到學校的廁所去。天氣太冷，多數的小女孩寧願忍好幾個小時，也不想牙齒打顫地脫下衣服蹲廁所。莫妮特四處看。「看著門。」她命令愛伊莎。愛伊莎的心跳加速，差點要爆開，她說：「妳快一點」「妳快好了嗎？」「妳到底在幹什麼，我們會惹上麻煩！」高個兒莫妮特從襯衫下掏出一個玻璃瓶。她撈起羊毛裙子，用牙齒咬住裙擺，脫下內褲，嚇壞的愛伊莎看到朋友光溜溜的陰部。莫妮特把玻璃瓶貼上去，尿在裡面。熱呼呼的液體沿著瓶口流向瓶底。既驚恐又興奮的愛伊莎開始發抖。接著，她發現自己雙腿發軟。她差點就要往後退，準備逃跑，因為她以為自己可能落入陷阱，莫妮特可能會要她喝尿。當然了，她太天真，等會兒莫妮特會叫來班上其他女孩，自己撲向愛伊莎，把瓶口靠在她的牙齒上，大家會一起喊：「喝下去！喝下去！」然而，和她的想像不同，莫妮特穿上內褲，整理好裙子，用溼溼的手牽住愛伊莎，說：「跟我來。」然後跑向通往小教堂的碎石小路。愛伊莎負責在門口把風，但她每隔一分鐘就會回頭看莫妮特在教堂裡搞什麼鬼。也因此，她才會看到她的朋友把瓶子裡的尿倒進盛水缽。從那天開始，愛伊莎只要看到有人——不管老少——用手指沾水在胸前畫十字，她就忍不住要發抖。

「一個月是多久？」愛伊莎問抱著她消瘦身子的慕拉拉。「媽媽會回來的。」老婦人發誓。愛伊莎不喜歡祖母的味道，不喜歡從她頭巾下冒出來那一綹綹橘色頭髮，還有她用來染腳底的指甲花染劑。她也不喜歡祖母多繭又粗糙的雙手，任誰都不想被那雙手撫慰。那雙手長期泡在清洗、打掃的水中，指甲有所磨損，皮膚布滿了努力做家事而留下來的細小疤痕。這裡有個燙傷痕跡，那裡有某個節日在儲藏室裡割傷留下來的疤痕。但不喜歡歸不喜歡，愛伊莎害怕時，仍然會躲到老婦人的房間裡。孫女的個性讓慕拉拉覺得好笑，而且把這種窮緊張的特性歸諸於她的歐洲血統。聽到城市裡十來個清真寺的喇叭聲響起，小女孩會發抖。召喚祈禱的最後，報告禱告時刻的宣禮員會吹起巨大的喇叭，隆隆聲響嚇壞了孩子。學校裡，某位修女給她們看的一本書裡，大天使加百列手上拿著圓形的金色樂器，喚醒死者接受最後的審判。

一天晚上，與瑟瑪在寫功課時，愛伊莎聽到敲門聲，歐瑪爾在大喊大叫。兩個女孩丟下作業，趴在陽臺的欄杆上看向天井。慕拉拉站在香蕉樹下，以愛伊莎沒聽過的嚴厲語氣低聲說話，她威脅兒子，要他小心遭到報復。她走到門邊。她的兒子懇求道：「我現在不能把他們留在外面！這攸關國家的未來，母親。」他擁抱母親的肩膀，強行握住她拒絕的手，向母親道謝。

老婦人走上樓，嘴裡滿是咒罵和酸澀的話。她的兒子們總有一天會害死她！她對阿拉做了什麼事，犯了什麼罪，才會讓這兩個兒子生在她家？賈里惡魔附身，歐瑪爾老是讓她煩心。戰前，歐瑪爾曾經在歐洲新區的中學就讀，那是卡度透過一名歐洲友人的關係，才成功幫兒子註冊。父親過世，長兄上戰場以後，歐瑪爾不必為自己的行為向任何人報告。好幾次，他臉上帶著血、嘴脣腫著回到貝立馬。他喜歡打架，口袋裡總是藏著一把刀。慕拉拉心想，沒有父親的兒子是公共危險。他被中學退學，瞞了母親好幾個星期，最後她還是透過鄰居才知道。原因是歐瑪爾夾著一份報紙到班上，用勝利的語氣大喊：「巴黎落到德國人手上了！這個希特勒真厲害！」那段期間，慕拉拉發誓，當阿敏下戰場回家時，她一定要告訴他。

歐瑪爾和哥哥一樣英俊，但是他的外貌奇特，消瘦的臉上顴骨很高，嘴脣很薄，一頭濃密的棕髮。他比阿敏高出許多，表情陰沉又凶惡，旁人常以為他比實際年齡大。十二歲以後，他便戴上眼鏡，鏡片雖厚但效果不彰，近視的目光讓人以為他彷彿迷失了，隨時會伸手祈求協助。這樣的張力讓愛伊莎害怕，像是和一頭飢餓或剛被打敗的野獸打交道。

歐瑪爾絕對不會公開承認，但在戰爭的那幾年間，長兄的缺席讓他受益良多。他經常夢到阿敏屍骨不全，被炸彈碎片炸開，在戰壕深處腐爛。有關戰爭，他知道的只有父親講過的話，例如催淚彈、滿是泥巴和老鼠的防空洞。他不知道戰爭的方式已經改變。阿敏熬了過來。更糟的，是他以戰爭英雄的身分回來，身上掛著沉沉的勳章，滿嘴都是讓人難以置信的故事。一九四〇年，阿敏被俘，他不得不假裝焦慮和絕望。一九四三年，阿敏歸來，歐瑪爾發揮演技，裝出放下一顆心的模樣，在哥哥決定自願回到前線時還得表現出仰慕之情。聽到哥哥的英雄事蹟——逃離俘虜營，在冰凍的荒野中逃亡，在那裡遇到一個可憐的農夫，讓阿敏假裝是他的工人——歐瑪爾是不是在忍受這些故事？有多少次，阿敏重現那段在運煤車裡的行程，說自己在巴黎遇到一個藏匿他的妓女時，歐瑪爾必須裝笑？歐瑪爾面帶微笑看著哥哥表演，拍哥哥的肩膀，說：「果然是貝拉吉家的人，如假包換！」但是看到女孩們撇著嘴，吐出舌尖，咯咯傻笑，夢想投入戰爭英雄的懷抱，他感到深惡痛絕。

歐瑪爾厭惡哥哥，就如同他厭惡法國。戰爭是他的復仇，是充滿恩典的時刻。他對這場戰爭有許多期待，而且覺得在戰後，自己能夠得到雙重的好處：哥哥陣亡，法國戰敗。一九四〇年法國投降後，歐瑪爾對所有在法國人面前稍有奉承的人，都開心地投以蔑視的眼光。他開心地碰撞那些人，在商店排隊的隊伍裡推擠那些人，或是在女士的鞋子上吐口水。

在歐洲新區，他出言侮辱那些低著頭出示工作證給法國警察看的僕人、門房和園丁：「你工作結束後就滾，懂嗎？」他發起抗爭，對建築物樓下禁止本地人搭電梯或進游泳池的告示豎起指頭抗議。

歐瑪爾詛咒這個城市、這個令人作嘔墨守成規的社會；他詛咒這些殖民者與士兵、這些農夫，還有自以為活在天堂的中學生。歐瑪爾的心中，對生活的飢渴與對摧毀的欲望息息相關：拆穿謊言，破除假象，把那些花言巧語、骯髒內在去除殆盡，以建立新秩序，而他會是新秩序的一名領袖。一九四二年，在一切都要以配給票兌換的那一年，歐瑪爾必須設法解決短缺和分配的問題。當時阿敏是戰俘，歐瑪爾卻被局限在如此瑣碎的戰鬥當中。他知道法國人有權領得比摩洛哥人多兩倍的配給。他聽說，不發給本地人巧克力的原因，是以巧克力不是摩洛哥的傳統糧食為藉口。他聯絡上一些黑市買賣的人，提議替他們銷貨。慕拉拉沒多問歐瑪爾丟在肉砧上的雞從哪裡來，同樣的也沒問糖和咖啡的來處。她搖著頭，有時甚至會露出讓兒子為之氣結的惱怒表情。這種不知感激的態度讓他光火。這些東西對她來說不夠好嗎？她就不能說聲謝謝，感激他養活他妹妹、他瘋癲的弟弟和那個吃太好的奴僕？不，他母親的一切都是為了阿敏和那個蠢蛋瑟瑪。無論他為國家、為家庭做了什麼事，他都覺得沒有人真正瞭解。

戰爭結束後，他在反對法國占領的祕密組織中有不少朋友。一開始，對於是否要交付他責任，他的上級很猶豫。他們對這個男孩懷抱戒心，他個性衝動、沒有耐心聽倡導平等或解放婦女的演講，只會用沙啞的聲音呼籲武裝抗爭。「立刻！現在！」歐瑪爾不耐煩地一把推開上級建議他讀的書和報紙。一次，他和一名西班牙人起了衝突；對方滿臉傷疤，曾經參戰對抗獨裁者佛朗哥，並自稱是共產黨人。這個呼籲廣大無產階級起義的男人支持所有民族的獨立。歐瑪爾辱罵他，視他為異教徒，嘲笑他精美的演說。歐瑪爾說——如同他總是強調的——起身行動勝過千言萬語。

堅定不移的忠誠與身體力行的勇氣補償了他的缺點，組織單位的上級終究還是接受了他。他愈來愈常離家，一走就是好幾天，甚至一個星期。慕拉拉沒有告訴他，但在他離家期間，她都焦慮得要命。聽到大門嘎吱聲響，她會立刻從床上跳起來，她會責怪倒楣的雅斯敏，最後哭倒在後者懷裡——雖說她的黑皮膚讓她感到抗拒。她會徹夜祈禱，想像自己的兒子被拘禁在牢裡，或是為哪個女孩或什麼政治問題送了命。但他總是會回家，同樣怒不可遏，想法堅定，目光陰沉。

這天晚上，歐瑪爾在母親家中召開一場會議，而且要她發誓不得告訴阿敏。慕拉拉先是拒絕；她不願兒子在家生事，拒絕讓他們把武器藏在卡度．貝拉吉親手砌起的牆裡。她不肯聽歐瑪爾有關民族主義的長篇大論。歐瑪爾差點就要淬口水，告訴她：「當妳兒子為法國打仗時，妳還高興得很。」但他忍住脾氣，反過來懇求她，上前親吻她粗皺的雙手——儘管這樣講讓他羞恥。「我不能丟臉。我們是穆斯林！我們是民族主義分子。穆罕默德五世萬歲！」

慕拉拉誓言效忠蘇丹。穆罕默德五世住在她的心裡，尤其是他被流放到海外的這個時候。她和其他女人一樣，會在夜裡登上露臺，在月光裡尋找這位君主的臉。在她因為蘇丹被放逐到加斯加夫人[1]家而哭泣時，看到瑪蒂德笑出來，她心裡很不高興。她曾經向媳婦形容蘇丹到達那個奇怪的島嶼時，島上的黑人、大象和老虎向遭流放的蘇丹和家人鞠躬，瑪蒂德並不相信。穆罕默德，願真主保佑他，飛往那處被詛咒的地方時，他在飛機上製造了奇蹟。他和家人差點因為油料不足而墜機，但蘇丹把手帕放在機艙裡，因此全家人安全抵達目的地。想到穆罕默德與先知，慕拉拉才同意兒子的要求。她匆忙跑上樓梯，以免見到走進她家門的男人。歐瑪爾跟著上去時看見愛伊莎坐在樓梯上，用力推了她一下。

「一邊去，走開，我還以為是一袋小麥粉。妳這個小法國人聽得懂阿拉伯文嗎？不要被我抓到妳在偷聽，懂嗎？」

他舉起手臂露出掌心，愛伊莎覺得他可能會揮掌把她打扁在牆壁上，就像瑟瑪用指頭壓扁綠蒼蠅那樣。愛伊莎跳起來跑進房間關上門，額頭上都是汗水。

1 Madame Gascar，戲謔地指蘇丹被流放到馬達加斯加 Madagascar。

一九五四年十月三日，瑪蒂德搭機飛往巴黎勒布爾熱機場，接著她再登上一架破舊的飛機前往米魯斯。她覺得旅程似乎沒有結束的一刻，她等不及要把所有的怒氣發到伊蓮身上，好好算帳。她的姊姊怎敢不讓她知道父親將死？她把喬治當作人質，把心愛的爸爸占為己有，在他的額頭上印滿虛偽的吻。在飛機上，瑪蒂德哭著想，父親生前說不定想見她，而伊蓮一定說了謊。她想像一旦兩人面對面，姊姊會怎麼說，會怎麼做。她回想著，小時候她在伊蓮面前大發脾氣，結果聽到伊蓮笑著說：「爸爸，快來看小妹，她好像惡魔附身！」

飛機在米魯斯降落，清風吹拂她的臉頰，所有的怒氣隨之消失。瑪蒂德環顧四周，這種感覺，就像在夢裡看著圍繞身邊的風景，哪怕是一個手勢或一句話，自己就會跌出夢境之外。她把護照遞給海關人員，想告訴他，她是這裡土生土長的孩子，如今回到故鄉。她覺得他的阿爾薩斯口音好迷人，好想親吻他的雙頰。消瘦又蒼白的伊蓮穿著優雅的喪服等著她。她輕輕揮著戴了黑色手套的手，瑪蒂德朝她走過去。姊姊老了。她現在戴著大大的眼鏡，讓她顯得嚴厲又有男子氣概。她右邊鼻孔下的痣上長了幾根又白又粗的毛。她以瑪蒂德從未見過的溫柔擁抱她。瑪蒂德心想：「我們現在是孤兒了。」這個念頭讓她流下眼淚。

回家的車程上，瑪蒂德沒有說話。歸鄉的情緒太強烈，她不想再強調她的感受，以免喚起姊姊的冷嘲熱諷。她離開後，家鄉沒有她卻也有了新的建設，她過去認識的人沒有她也過得很好。她的虛榮心有點受傷，因為她的離開並沒有讓紫丁香停止綻放，或讓廣場因而荒蕪。伊蓮把車停在她們老家前面的小巷裡。瑪蒂德站在人行道上，凝視她童年總愛在裡頭玩的花園，接著抬起頭，望向她經常看到父親壯碩身影的書房窗戶。瑪蒂德一顆心往下沉，臉色蒼白，她不曉得是因為這個地方帶來的熟悉感，亦或是正好相反，因為陌生而沮喪。回老家似乎不只是空間的轉變，而是一趟時間旅行，她先回到了過去。

回家的頭幾天，許多人來找她，她下午都在喝茶、吃蛋糕，一星期後，就把生病時掉的體重全補了回來。她從前的同班同學有的帶孩子來，有的懷孕，但大多變成了專橫的妻子，抱怨丈夫耽溺於杯中物或迷戀輕佻的女人。她們品嘗浸在烈酒裡的櫻桃，沒忘了也給孩子吃，孩子們嘴角沾了紅漬，最後沉沉睡在前廳的沙發上。她最要好的同學約瑟芬喝多了烈酒，說她在某個本該去探望父母的日子裡，意外逮到丈夫和另一個女人在一起。「他們就在我的床上做！」這些朋友想看生命是否為瑪蒂德保留了給她們一樣多的失望。她們迫切想知道她是否也經歷了各種折磨，例如生活瑣事、強迫的靜默、分娩的痛苦和少了溫柔的性生活。

一天午後下起了大雷雨，幾個年輕女人靠到火爐邊。伊蓮對這些無止息的拜訪和妹妹的賣弄感到厭倦。但之前，瑪蒂德似乎無盡哀傷地跪在父親墓前，於是她沒有拒絕這些無害的消遣。「說說非洲是什麼樣子！妳這個幸運的壞女孩！我們從來沒離開過這個地方。」

「呃，不如大家想像的那麼具有異國風情。」瑪蒂德假笑著說：「當然了，一開始感覺像是降落在另一個星球，但很快地，就要開始忙著到處都一樣的日常雜務了。」

瑪蒂德容許大家懇求她多說一點，看這些外貌比她老許多的家庭主婦對她投來期待的眼神，她很享受。瑪蒂德滿口謊言。關於他們的生活、她丈夫的性格全是謊話，她捏造了與事實不合的話題，點綴以刺耳的笑聲。她不停說丈夫是個現代人，是個農業天才，以鐵腕管理偌大的產業。她說起「他們的」病患，描述讓她妙手回春的診療間，只差沒承認自己專業知識和資源都不足。

隔天，伊蓮把她叫到父親的書房，遞了個信封給她。「這是歸妳的一部分。」瑪蒂德不敢打開信封，但她掂了掂分量，強忍喜悅。「妳也知道，爸爸不是太謹慎的商人。我看了他的帳簿，查到一些異常出入。過幾天我們去找公證人，他會釐清帳目，然後妳可以沒有罣礙地回去。」瑪蒂德回到阿爾薩斯將近三星期了，伊蓮愈來愈頻繁地提到她的離開。她問瑪蒂德是否訂了機票，有沒有收到丈夫的信，她猜，阿敏應該急著想要她回去了。但瑪蒂德不想聽，而且成功地與這些想法——她在另一個地方有個人生，有人等她回去——保持距離。

她拿著信封走出去，告訴姊姊她要進城裡一趟。「回去之前，我要買點東西。」她像投入男人懷抱那樣，一頭栽進購物街。她興奮地發抖，不得不先深呼吸兩次才有辦法踏進一家高雅的商店，老闆的名字是奧古斯特。她試了兩件洋裝，一件黑的，一件淺紫色，她猶豫了很久，不知該選哪件。最後她買了淺紫色，但走出商店時心情不是太好，她氣自己不得不選擇，而且也開始後悔沒選穿了顯瘦的黑色。回家的路上，她一路甩著手上的袋子，像個幻想把筆記本丟到水溝的小學生。她在鬧區最漂亮的帽店櫥窗裡看到一頂以紅緞帶裝飾的義大利草編寬邊帽。瑪蒂德踏上通往店鋪的幾級階梯，店員為她開門。店員是個語氣浮誇的年長男人，瑪蒂德心想，他應該是位同志。走進帽店，她覺得裡頭無趣又讓人失望。

「小姐，您想看看什麼呢？」

瑪蒂德沒說話，光是指著那頂草帽。

「沒問題。」

男人腳步靈活地走過木地板，拿下櫥窗裡的帽子。瑪蒂德試戴，照鏡子時竟嚇了一跳。她看起來像個女人，真正的女人，像個世故優雅的巴黎女人，像個中產階級。她想起姊姊說過，惡魔站在驕傲的後方，對著鏡子欣賞自己是不好的行為。店員心不在焉地稱讚瑪蒂德，他似乎有些不耐煩了，因為瑪蒂德不停調整帽子，一下往右傾一下往左斜。她凝視著價錢的吊牌，彷彿迷失在複雜又高深的思慮當中。有個顧客走進來。惱怒的店員伸手想拿回瑪蒂德試戴的帽子。

顧客走向瑪蒂德，說：「很迷人。」

她脹紅了臉，拿下帽子後慢慢地把帽子滑到胸口，她不曉得這個姿勢有多麼引人遐思。

「您啊，小姐，您不是這裡人。我敢打包票，您一定是藝術家。沒錯吧？」

「當然了。」她回答：「我在劇院工作。我剛簽下這一季的合約。」

她走向櫃檯，從皮包裡拿出裝錢的信封。店員極其緩慢地包裝帽子時，瑪蒂德回答年輕顧客的問題。他穿著高雅的大衣，卡其色的毛氈帽略略遮住他的目光。她既羞愧又興奮，謊言愈說愈多。店員穿過店面，走到玻璃門前，把包裝好的帽子遞給瑪蒂德。穿著大衣的年輕顧客提議與她再次見面，她回答：「很可惜，我忙著排演。但是您可以找一天晚上來看我的演出。」

回到家門口，她開始為自己手上提的包裹感到不好意思。她加快腳步穿過客廳，關在房間裡，既快樂又臉紅。她先泡個澡，然後把父親書房裡的留聲機搬到自己床邊。這天晚上，有人邀她參加晚宴，她邊打扮邊聽喬治生前喜愛的一首德國老歌。

她走到接待處時，賓客紛紛稱讚她那身淺紫色洋裝，男人則面帶微笑看著她光滑的絲褲襪。她喝的是完全不甜的氣泡酒，約莫一小時後，她嘴變得好乾，愈喝愈多才能夠繼續說話。大家問的都是有關她在非洲的生活，問阿爾及利亞的狀況——因為他們老是分不清摩洛哥和阿爾及利亞這兩個國家。「所以，您會說阿拉伯語囉？」有個迷人的男人問道。她一口飲盡旁人遞給她的一杯紅酒，在如雷的掌聲中說了一句阿拉伯語。

她獨自回家，品嘗在沒有監護人也沒有旁人的情況下走在街上的感覺。她腳步有些不穩，哼著一曲連自己也覺得好笑的低俗小調。她踮著腳上樓，沒脫掉洋裝和絲襪就躺到床上。微醺和孤獨讓她愉快，能夠編造出一個生命而且沒有人反駁也讓她開心。她突然有些反胃，於是轉過身，把臉埋向枕頭。一聲啜泣冒了出來，這聲啜泣是方才那股喜悅之情的果實。沒有他們在身邊，讓她喜極而泣。她閉著眼睛，鼻子埋在枕頭裡，放任某個祕密的念頭奔騰，這個可恥的想法已經出現好幾天了，在她心裡紮了根。這個想法一定讓伊蓮很驚訝，而這也是伊蓮會如此焦慮的原因。這天晚上，瑪蒂德聽著風吹過白楊樹葉的聲音，她心想：「我要留下來。」是的，她認為自己可以不要回去，她可以——即使這些話不可能說出口——拋棄她兩個孩子。這個粗暴的念頭讓她想尖叫，她不得不咬住床單。但問題是，這個想法不肯消失。相反的，那樣的場景在她的腦海裡愈來愈具體。新生活是可能的，她衡量著所有好處。當然了，她必須考慮到愛伊莎和塞林姆，考慮到阿敏的膚色和新家園無盡的藍天。但是有了時間和距離，痛苦會逐漸減輕。她兩個孩子在恨過、痛苦過之後，也許可以忘了她，而他們會和她一樣快樂，只不過中間隔著一片海洋。甚至，或許有那麼一天，他們會覺得自己與母親從不曾相遇，彷彿他們的命運從來就不同，彼此只是陌生人。天下沒有無法從中恢復的悲劇，瑪蒂德心想，沒有不能重建的廢墟。

當然了，大家會評斷她，會把她當初對摩洛哥生活的褒揚扔回她臉上。「如果妳那麼快樂，為什麼不回去？」她也清楚感覺鄰居們愈來愈不耐煩：該是她回家的時候了，該是日常生活回到正軌、重享寧靜時光的時候了。瑪蒂德氣自己，氣命運，氣全世界，她告訴自己她要走得更遠，她要去史特拉斯堡，甚至要去巴黎，在那些地方沒有人認識她。她可以重拾學業，將來成為醫生或甚至能為病人動起手術。為不可能的生命搭建場景讓她連肚子都痛了。

她有權為自己著想，努力拯救自己。她暈眩地、微醺地坐在床中央。她太陽穴邊的血液在跳動，讓她無法思考。她瘋了嗎？她是那種大自然沒有賦予本能的女人嗎？她閉上雙眼，躺了下來。紊亂的畫面陪著她慢慢入睡。這個晚上，她夢到了梅克內斯和農場外的廣袤田野。她夢到哀傷雙眼、瘦骨嶙峋的牛，有些漂亮的白鳥會停在這些牛身上吃寄生蟲。她的夢轉變成夢魘，她聽見讓人心碎的牛叫聲。母牛低頭吃著不衛生的草，而和牛一樣瘦的農人用棍子打著牛脖子。農夫們蹲下來，拿起一捆捆繩子綁住牲畜的後腿，以防牠們逃走。

隔天早上，她穿著洋裝醒來，但絲襪已經褪到了踝邊。她頭痛到在早餐時幾乎睜不開眼睛。伊蓮慢慢喝茶，咬了一口塗滿果醬的麵包，一邊小心地不沾髒報紙。自從妹妹離開法國以後，伊蓮便特別關心殖民地的消息。瑪蒂德走進餐廳時，她正要剪下有關在鄉間發生的衝突，以及蘇丹和當地總督協商的報導。瑪蒂德聳聳肩。「也許吧，我不知道。」她沒心情交談。膽汁不時湧上她的喉頭，她必須深呼吸，才不至於吐出來。

自從她回家後，她沒有和伊蓮起任何衝突。剛開始幾天，她過得很焦慮，擔心多說一句就會毀了一切，擔心所有歧見會浮出水面。然而伊蓮和她之間產生了新的共識。小時候，由於競爭父母的愛，姊妹從未溫柔相待。而現在，世上只有她們兩個人，而且更重要的，她們還是唯一擁有對死者記憶的人。距離與年歲將一切關係帶回本質，抹除了惡意。

瑪蒂德躺在客廳的沙發上，從早餐過後便開始昏睡。伊蓮留在她身邊，幫她赤裸的雙腳蓋上被子，趕走太黏人的訪客。瑪蒂德醒來時，天已經黑了。火爐裡生著暖和的火，伊蓮在打毛線。瑪蒂德感覺哀傷又笨重。她回想自己昨晚在宴會的言行舉止，覺得很荒唐。伊蓮心裡一定認為她不過是個孩子。瑪蒂德站起來，走向火爐。她再次感覺到有必要說話。這裡是她的庇護所，她會得到安慰。客廳裡只聽得見伊蓮打毛線和爐火的聲音，她開口說起丈夫的個性，他脾氣爆發的樣子。她沒說得太詳細，沒說任何會讓人以為是謊言或誇大的言語。她只說了該說的，而她知道伊蓮聽得懂。她提到農場偏僻的地理環境，以及，在那些只有豺狼叫聲打破沉默的黑夜裡，恐懼如何啃噬著她。她試著讓姊姊明白活在一個沒有自己地位的世界、一個由不公正又令人驚訝的規則所管理的世界是什麼感覺，在那個世界裡，男人永遠不會有錯，而她無權為了任何傷人的話語而流淚。瑪蒂德開始啜泣，說起漫長且極度孤單的白日，說她想家，想念自己的童年。當初，她沒想到離開會是流放。瑪蒂德盤起雙腿，轉頭面對姊姊，而伊蓮卻是定定地凝視爐火。瑪蒂德不害怕，因為她認為自己的誠懇可以解決一切。她雙頰布滿淚水，說起話來毫無條理，但她不覺得羞恥。當下，她不在乎是否要扮演哪個角色，她願意展現真面貌：一個因為失敗和失望而老去的女人，一個沒有自尊的女人。她繼續說話，在她停下後，再次看著動也不動的伊蓮。

「妳既然做了選擇，就得承擔。每個人的人生都很艱難，妳知道的。」

瑪蒂德低下頭。像她嬰兒時夢想爭取愛憐的眼光一樣。她覺得如此丟臉，因為她本以為——至少在某個瞬間——姊姊有可能瞭解並安慰她。面對這樣的冷漠，瑪蒂德不知該作何反應。她寧願姊姊嘲笑她、大發脾氣，甚或說：「我早就告訴妳了。」她原本認為伊蓮為阿拉伯人，為穆斯林，為那些任瑪蒂德不幸的男人負責是理所當然的事。她本來確信姊姊早已準備好經過深思熟慮的回答，急著找機會讓她難看。再小的一句話，都可以讓她不必再離家。都可以讓她放棄去當個異鄉人，到別人的土地上生活、忍受極度的孤寂。伊蓮站起來，完全沒看向妹妹。她沒有伸出手。瑪蒂德眼看就要溺斃。伊蓮走到樓梯口時對她說：「該睡覺了。明天早上，我們和公證人有約。」

姊妹倆用過早餐便出門。上車時，伊蓮的嘴脣上還沾了一點麵包屑。她們提早來到公證人辦公室，位在一幢豪華建築的二樓。一名年輕女人為她們開門，帶她們走進一間冰冷的辦公室。她們沒脫下外套，姊妹間也沒有交談。她們再次成為陌生人。辦公室的門拉開時，她們轉頭去看，瑪蒂德忍不住驚呼一聲。來到她面前的是店裡的年輕男人，帽店裡欣賞她帽子的男人。她對他伸出汗溼的手，投以懇求的眼神。伊蓮什麼都沒注意到地往前走。

「先生，早安。」他讓兩位女士先起身，請她們坐在面對他巨大木頭辦公桌的兩張椅子上。瑪蒂德認識的老公證人因為酒醉過世，這名年輕人接下了這個位置。他露出微笑，像個面對無助受害者的敲詐犯。

「嗯，夫人，您在摩洛哥過得好嗎？」他問瑪蒂德。

「很好，感謝您。」

「令姐告訴過我，您住在梅克內斯。」

她點點頭，避開男人的目光。這男人俯身在辦公桌前，宛如準備撲向獵物的貓。他翻找文件，抽出其中一份，再次看著瑪蒂德：「說說看，您住的城市有劇院嗎？」

「那當然。」她冷冰冰地回答：「但是我丈夫和我忙著工作。比起娛樂，我還有更多其他事要做。」

VI

十一月二日，瑪蒂德返抵家門。這天，愛伊莎獲准請假一天，她坐在路邊的木條板箱上面等媽媽。看到爸爸的車子，她立刻站起來揮舞雙手。她早上摘下的花全凋謝了，所以她不打算送給媽媽。阿敏在距離大門幾公尺外停下車，瑪蒂德下車來。她穿著嶄新的外套，高雅的紅棕色皮鞋，還戴著一頂不適合這個季節的草帽。愛伊莎看著媽媽，心裡的愛都要溢出來了。她母親是從前線回來的士兵，是個打勝仗卻受了傷的士兵，把祕密藏在勳章底下。瑪蒂德抱住女兒，把鼻子埋到孩子的脖子邊，用指頭梳理愛伊莎的一頭鬈髮。她覺得女兒好輕，好脆弱，她擔心這麼抱緊愛伊莎，會壓斷孩子的肋骨。

母女倆手牽著手走到家門口，這時塔茉抱著塞林姆出現了。在這一個月期間，塞林姆變了很多，瑪蒂德覺得他胖了，原因是她準備的食物營養過剩又太油。但這天沒有任何事會讓她惱怒或生氣。她既鎮定又平靜，因為她決定向命運低頭、屈膝，在這個命運裡耕耘。走進家門，她穿過沐浴在冬陽下的客廳，指揮塔茉把她的行李箱搬進臥室，她想，懷疑是有害的，選擇會帶來痛苦、會啃噬靈魂。如今她做了決定，沒有任何退路，她覺得自己很堅強。夠堅強，不需要自由。她——可悲的騙子，在假想的劇場當演員——想起在學校學到《安朵瑪克》[1]的幾句話：「我盲目地屈從於拖著我前進的命運。」

兩個孩子黏了她一整天。他們抱著她的腿，她邊玩邊往前走，無視於掛在腿上的重量。她態度莊嚴，像打開寶藏盒似地打開行李箱，拿出絨毛玩偶、童書、裹了糖粉的覆盆子糖果。在阿爾薩斯，她放棄了自己的童年，她將童年綁起來滅了音，收入抽屜深處。此刻開始，她的童年，她純真的夢想，她的嬌縱任性不再是重點。她把兩個孩子往上拉到自己身邊，一手抱起一個，與他們一起滾到床上。她熱情親吻女兒和兒子，印在他們雙頰的吻不只是她強烈的愛，還有濃烈的後悔。就因為她為他們放棄了一切，所以她更愛他們。她放棄了幸福、熱情和自由。她心想：「我恨自己受到這樣的束縛。我恨自己把你們放在第一位。」她把愛伊莎抱在腿上，讀故事給她聽。「再說一個！」孩子不停要求，瑪蒂德只好繼續。她帶了一整個行李箱的書，愛伊莎在翻開書本前，先虔誠地輕撫封面。當中，一本《蓬頭彼特》[2]吸引了她的注意，但主人翁糾結蓬亂的頭髮和長長的指甲讓她害怕。塞林姆說：「他好像妳。」

這句話讓愛伊莎哭了出來。

*

一九五四年十一月十六日是愛伊莎的七歲生日。瑪蒂德決定在農場裡幫女兒辦慶生會。她自製可愛的邀請卡，還放進一張讓家長確認小朋友是否出席的回條。她每天晚上都會問愛伊莎有沒有同學的回覆。「珍妮佛不來。她爸媽不准她到鄉下。他們說她一定會被跳蚤叮還會肚子痛。」瑪蒂德聳聳肩。「珍妮佛是個笨蛋，她爸媽沒腦袋。少了他們沒關係，別擔心。」

整個星期，瑪蒂德嘴裡只有慶生會。早上在車裡，她說她要去城裡最時髦的糕餅店訂蛋糕，說她要用皺紋紙剪花環，說要教大家玩她小時候玩的遊戲，說大家一定會玩得很開心。看母親如此興高采烈，愛伊莎實在不忍心說出實情。她的同學不停嘲笑她。二年級的學生中，她年紀最小，其他小女孩會扯她的頭髮，在樓梯上推擠她。讓大家更討厭她的原因則是她是

1 法國劇作家拉辛著作的五幕悲劇。
2 德國精神學家霍夫曼著作的童書，誇釋兒童的不當行為及其後果。

班上的第一名，還贏得拉丁文、數學和拼字的獎項。「還好妳聰明，否則妳這麼醜，永遠不會有人要和妳結婚。」在小教堂裡，愛伊莎跪在莫妮特旁邊，沉浸在邪惡和充滿恨意的祈禱中。她想要那些小女孩死。她想像她們窒息、染上無可救藥的疾病，或是從樹上摔下來跌斷雙腿。「赦免我們的罪，因為我們也饒恕所有虧負我們的人。」[3]但是她很克制，不讓自己做傻事，沒有執行她幻想中的復仇。這其中包括她對塞林姆的嫉妒，如果她想捏弟弟的背，她便會捏緊拳頭；媽媽看著小男孩的溫柔眼神讓她受傷。自從瑪蒂德回家後，她幾次聽到爸爸抱怨她們在家裡和學校之間來來去去。「這對健康不好。兩個孩子也累。」他說。愛伊莎表現得更低調，盡可能變得透明，因為她害怕爸媽會把她送去寄宿，這麼一來，她只有星期六和星期天才看得到媽媽，與寄宿學校的其他女孩一樣。

*

慶生會還在星期天，天氣陰沉又下著雨。愛伊莎一醒過來，就站到床上看向窗外，外頭的杏仁樹枝被風吹得不停顫抖。天空又哀傷又皺，像是經歷過一夜噩夢蹂躪的床單。有個穿著深棕色吉拉巴的男人經過，他拉上了帽兜。她聽到他鞋子踩過泥巴的聲音。到了中午，風小了下來，雨也停了，但天空依然罩著一層灰雲，空氣中有種壓迫感。「太不公平了。」瑪蒂德心想：「在這個天氣永遠晴朗的國家，為什麼太陽要躲開我們？」

阿敏得去糕餅店拿蛋糕，然後到學校去；有三個沒有回家度週末的女孩接受了愛伊莎的邀請。阿敏遲了。他兩度把車停在路邊等雨停，因為他的雨刷運作不良，什麼都看不見。到了糕餅店，店員要他等。有人搞錯，把他的蛋糕給了另一名顧客。「沒有草莓蛋糕了。」店員解釋道。阿敏聳聳肩。「沒關係，只要有蛋糕就好。」

瑪蒂德在農場裡忙來忙去。她裝飾了客廳，把繪有阿爾薩斯日常生活的盤子放在餐桌上。她在家裡走來走去，緊張又煩躁，在腦裡想像著最可怕的場景。愛伊莎動也不動。她把鼻子貼在凸窗的玻璃上凝視天空，彷彿想驅散雲層，彷彿想透過念力召喚大太陽。她們關在這個滿是灰塵的房子裡要做什麼？四牆之內能玩什麼遊戲？她們必須能在田野中奔跑，讓她們去看樹林中的藏身處，讓她帶她們看畜棚裡那頭老到不能工作的驢子和瑪蒂德馴養的那

3 出自《路加福音》第十一章第四節。

群貓。「求主賜我力量，祢充滿了愛。」

阿敏終於回到家，他全身溼透，雙手捧著沾滿奶油的蛋糕盒。莫妮特和三個女孩眼神驚恐地站在他背後。

「愛伊莎，過來和妳的小朋友打招呼。」瑪蒂德推推女兒的後背。

愛伊莎只想消失。她甘願放棄一切，讓人把這些小女孩帶回她們家，讓她沒有絲毫危險地獨處。但瑪蒂德像著了魔似地開始唱歌，塞林姆拍手附和。幾個女孩跟著唱，唱錯了歌詞便笑出來。有人蒙住愛伊莎的雙眼，瑪蒂德要她自己轉圈圈。她盲目地往前走，聽著同學用手捂住嘴的笑聲，伸長雙手往前走。到了下午五點，天色暗了下來，瑪蒂德大聲說：「我想，時間到了。」她走進廚房，消失在裡面，把客廳讓給彼此無話可聊的幾個孩子。她打開蛋糕盒時差點哭出來。盒子裡不是她訂的蛋糕。她用氣得發抖的雙手把蛋糕放在盤子上，然後愛伊莎聽到媽媽唱：「祝妳生日快樂……祝妳生日快樂……」愛伊莎跪在椅子上，俯身向蠟燭，正準備吹時，瑪蒂德要她等等。「妳要先許一個願望，不要說出來。」

燈打開了。老是流鼻涕的吉妮哭了出來。她好怕這裡，她想回去。瑪蒂德彎腰安撫她，但瑪蒂德真正想做的是抓著這笨拙小孩的肩膀搖晃她，叫她不要那麼自私。沒看到今天的主角不是她嗎？其他幾個孩子——莫妮特除外——全變了臉。

「我們也要回去。叫妳的司機送我們回去。」

「司機？」瑪蒂德回想起阿敏陰沉的臉色，他把蛋糕盒丟到廚房桌上的方式。這些孩子把他當成司機，而他沒有反駁。

瑪蒂德笑了出來，就在她準備澄清事實的時候，愛伊莎忽然說：「媽媽，司機可以載她們回去嗎？」

愛伊莎盯著媽媽看，目光陰沉，和她受到處罰，覺得自己恨全世界時一樣。瑪蒂德心一抽，慢慢地點頭。幾個女孩像小鴨跟著母鴨似地跟著她來到阿敏的書房門口。他關在自己的書房一整個下午，藉著抽菸、剪貼雜誌上的文章，平息吞噬他的怒火。幾個同學向愛伊莎道再會，爬上汽車後座。

阿敏車開得很慢，因為天又開始下雨。女孩們睡倒在一起，吉妮還打呼。阿敏心想：「她們不過是小孩子罷了。要原諒她們。」

*

接下來的星期四，瑪蒂德帶兩個孩子到拉法葉街上的照相館。攝影師要他們坐在一張凳子上，背景是巴黎聖母院大教堂。塞林姆不肯乖乖坐好，瑪蒂德大發脾氣。在攝影師準備好之前，她先理好愛伊莎的頭髮，撫平孩子白洋裝的領子。「好了，就這樣，千萬別動。」瑪蒂德在照片背面寫下日期和地點。她把照片放進信封，另外寫了封信給伊蓮。「愛伊莎是班上第一名。塞林姆學得很快。昨天愛伊莎剛滿七歲。他們是我的幸福和喜悅。他們替我向羞辱我們的人復仇。」

一天晚上，在他們晚餐後，有個男人來到貝拉吉家門口。在陰暗的門廊裡，阿敏沒立刻認出他從前的軍中同袍。穆拉德被雨淋得一身都是，穿著溼衣服打著哆嗦。他一手抓著大衣的前襟，另一手拎著正在滴水的帽子。穆拉德掉了幾顆牙齒，說起話來牙齦咬著雙頰內側，像個老頭。阿敏將他拉進屋裡然後抱住他，他抱得好緊，緊到能感覺到前戰友的每根肋骨。他開懷大笑，完全不在乎自己的衣服被弄溼。「瑪蒂德！瑪蒂德！」他邊喊邊拉著穆拉德走進客廳。瑪蒂德驚呼一聲。她清楚記得丈夫的這名副官，她對這個靦腆敏感的人懷抱著友誼，只是沒機會對他說出口。「他得換身衣服，他溼到骨子裡了。瑪蒂德，去幫他找衣服。」穆拉德強烈反對，他把雙手舉到面前緊張地揮動。不，他不能穿指揮官的襯衫，他不會向他借襪子更別說是汗衫。他絕對不會做這種事，這太不成體統了。「別荒唐了。」阿敏說：「戰爭已經結束。」這句話讓穆拉德一愣。這話在他腦袋嘶嘶作響，不但讓他困擾，更讓他覺得阿敏這麼說是為了傷害他。

穆拉德進浴室脫下衣服，浴室的牆壁貼著藍色磁磚。他避開視線，不去看大鏡子裡自己骨瘦如柴的身影。何必去看這具被悲慘童年、戰爭和流落他鄉的歲月所摧殘的身體？瑪蒂德在洗手臺的邊緣放了一條乾淨毛巾、一個貝殼形的香皂。他清洗胳肢窩、脖子和手肘以下的部位。他脫下鞋子，腳泡到冷水水盆裡，接著才心不甘情不願地套上指揮官的衣服。

藉由說話聲的引導，他穿過這幢陌生房屋的走廊。有個小孩的聲音在問：「這個人是誰？」還有「再說些戰爭的事！」瑪蒂德的聲音懇求開個窗，因為廚房裡的煙太大。最後是阿敏不耐煩的聲音：「他到底在幹什麼？妳覺得我該去確認一切是不是都好？」在走進貝拉吉家全員到齊的廚房之前，穆拉德停在半開的門口觀察這個小家庭。他的身體逐漸暖和起來。他閉上雙眼，聞著熱咖啡的香味。一股溫暖的感覺攫住他，讓他暈眩，宛如不可能克制的啜泣。他捂住喉嚨睜大雙眼，好讓衝向口中的鹹味退下去。穆拉德心想，他好幾個世紀沒見到這樣的景象了：女人忙碌的動作，孩童的舉止，一波波的溫情。穆拉德告訴自己，也許他的旅程終於結束。也許他來到正確的門口，在這裡，在這四牆內，噩夢終將遠離。

他走進廚房，兩個大人說：「啊！」小女孩則是盯著他看。貝拉吉一家四口坐在桌邊，桌上鋪著瑪蒂德自己繡的桌布。穆拉德慢慢喝咖啡，一口接一口，雙手緊緊握著琺瑯杯。阿敏沒問他打哪裡來，也沒問他到這裡做什麼。他光是對穆拉德微笑，伸手搭著對方的肩膀，一再地說：「真讓人驚喜！」「我太高興了！」他們一整個晚上聊的都是回憶，愛伊莎聽得入迷，懇求爸媽別叫她去睡覺。他們說起當年的旅程，一九四四年九月，他們搭船航向崇尚戰爭的文明人。到了法國馬賽修達港，他們大聲唱歌壯膽。「你怎麼唱的，爸爸？你們唱什麼歌？」

阿敏笑他的副官，當年的二等兵穆拉德看到什麼都驚訝，還會拉著阿敏的袖子低聲問問題。「這裡有窮人嗎？」他驚訝地看到白人婦女在法國南部的田裡工作，在他的祖國，像這樣的女人非必要不會和他說話。穆拉德老愛說他是為了法國才參軍，為了捍衛法國這個他一無所知的國家。雖然他自己也不曉得為什麼，但他的命運就寄託在這個國家。「法國是我的母親，是我的父親。」真相是他沒有選擇。當法國人在他的村莊——距離梅克內斯八十公里遠——登陸時，他們聚集了除了老弱和兒童以外的男人。法國人指著卡車的車斗，對這些男人說：「看是要打仗還是坐牢。」於是穆拉德只能上戰場。他從未想過，比起雪國的戰場，監獄的牢房會是更舒服也更安全的避難所。何況讓他從軍的不是這個威脅，不是入監或丟臉，也不是他寄給家人、讓他母親感激萬分的參軍獎金和薪水。那是到了後來，在他加入阿敏身為一等兵的法國輕騎兵團後，他才知道自己做了正確的決定。某個重大事件剛要生成，而且會為他的人生——他可悲的農夫人生——帶來他不敢期待的分量，帶來他甚至不配得到的豐盛。有時，他不再清楚自己隨時準備奉上性命究竟是為了阿敏還是法國。

回想著戰爭，讓穆拉德驚訝的是回憶中的寂靜。炸彈、機槍與叫喊聲消失了，他的腦海中只剩下無聲的歲月，以及男人間簡短的交談。阿敏說過，要他垂下雙眼，不要引起別人的注意。他們要做的是奮戰、得勝然後返鄉；不能發出任何聲音，不能提出任何問題。他們從修達港往東北行，當地人把他們當解放者一樣歡迎。男人藉他們之名開好酒，女人揮舞小旗幟。「法國萬歲！法國萬歲！」一天，有個小孩指著阿敏，說：「黑鬼。」

一九四四年秋天，當阿敏初見到瑪蒂德那天，穆拉德也在。他們的軍團駐紮在距離米魯斯短短幾公里外的小村莊。到達當天，瑪蒂德便邀請他們到家裡共進晚餐。她先致歉，解釋道：「食物是配給來的。」士兵們接受了邀請。到了晚上，他們走進全是人的客廳。客廳裡有村民，有其他士兵，有看來已然喝醉的老先生。他們坐在一張木頭長桌邊，瑪蒂德坐在阿敏對面，用飢渴的眼神看著他。這名軍官似乎是老天爺送過來給她的。他回應了她的祈禱，與其說這女孩詛咒戰爭，不如說她更怨恨缺少冒險的機會。四年了，在她住的這片土地上，她沒有漂亮衣服可穿，沒有新書可讀。當年她十九歲，對什麼都飢渴，而戰爭奪取了一切。

瑪蒂德的父親哼著一曲不入流的小調走進客廳，大家全跟著唱起來，只有阿敏和穆拉德沒出聲。他們看著他巨大的肚子、黑檀木一樣黝黑的鬍子——雖說他有了年紀。大家各就各位準備用餐。有人擠著穆拉德，他離阿敏更近了。有個男人往鋼琴前面一坐，賓客們也一同唱起了歌。客人開口要吃晚餐。幾個女人喝了酒，臉色泛紅，她們端上大盤大盤的肉品和花椰菜。有人拿來啤酒杯，瑪蒂德的父親高喊要人送上烈酒。瑪蒂德把盤子推到阿敏面前。畢竟他們是解放法國的軍人，應該最先用餐。阿敏用叉子叉住一條香腸，說了「謝謝」就開始吃。

坐在阿敏身邊的穆拉德忍不住發抖。他臉色蒼白，脖子上全是汗水。這個聲音，這些女人，這種不恰當的歌唱方式讓他不自在，還讓他想起法國士兵有天帶他去逛的卡薩布蘭加紅燈區[4]。在那之後，那些男人的笑聲和他們粗暴的舉止就在他腦海裡縈繞不去。他們把手指插入一個女孩的陰道，而那女孩的年紀和他妹妹差不多。他們拉扯妓女的頭髮，吸吮妓女的胸部，但那模樣不帶任何情慾，而是像想要吸奶的動物。那些女孩的身子布滿紫般，有吻痕也有抓痕。

穆拉德緊貼著他的指揮官。他輕拉阿敏的袖子，這惹惱了後者。「你究竟怎麼了？」

4 Bousbir，作者注：摩洛哥仍是法國保護國時，位於卡薩布蘭加的妓女保留區。

他用阿拉伯文問：「沒看到我在說話嗎？」但穆拉德很堅持。他用狂亂的眼神看著阿敏。他指著盤子上的肉品說：「這個，不是豬肉嗎？還有這個。」他對著杯子揚起眉頭。「是酒，對不對？」阿敏看著他，冷冷地對他說：「吃就對了，閉嘴。」

「就算做了又怎麼樣？」兩個人走在村裡陰暗的街上準備回營睡覺時，阿敏問了。「你在怕什麼？怕下地獄？我們早就去過，而且安然回來。」

一九四〇年五月，在奧爾涅戰敗後，當他們被俘，跟在德國親衛隊背後行進時，難道他們沒有夢想著溫暖的房間，滿滿的餐盤和年輕女人的笑容？他們走了幾小時、幾天，穆拉德堅持要背阿敏的裝備。他們和這一切有什麼關係？他們要的，不過是在遙遠的山坡上開發一個小小的農場罷了。他們沒有叫不出名字的敵人。而在奧爾涅，面對一大群軍人、一群說著他們聽不懂語言的男人，他們放下武器，排成一列。一天晚上，他們停在一片田地旁邊，在無比黑暗的夜裡，他們摳開結冰的泥土。靜默中，他們挖出剛長出來的馬鈴薯，小心翼翼地咀嚼，以免發出任何聲音。那天晚上，所有人都吐了，還有人拉肚子。當太陽升起、該上路時，他們看了那片田地最後一眼。那塊田地上有一道道細細的溝，看起來像是被長了利爪的小野獸刨過。後來他們搭上火車，被運到多特蒙德附近的俘虜營。「講俘虜營的故事給我聽！」愛伊莎說道，她的眼皮快閉上了。「俘虜營的故事以後再說。」阿敏答應她。這些回憶讓他筋疲力盡。

阿敏帶穆拉德來到走廊盡頭，拉開通往一個小房間的門，房裡的牆壁貼著花朵壁布。穆拉德不敢進去，這房間很細緻，像女生的房間，讓他很不自在。床頭桌上放了一個玻璃瓶，瓶身畫了一束紫羅蘭。瑪蒂德掛上自己縫了褶邊的窗簾，還在床上擺了好幾個彩色抱枕。穆拉德原來準備睡長凳，甚至在廚房打地鋪，這下子真的嚇了一跳。「你想在這裡住多久都沒問題。你來了，真好。」阿敏向他保證。

穆拉德脫下衣服，躺到乾淨的床單上。一切是那麼平靜，他卻睡不著。他打開窗戶，把床單放到地上，但做什麼都沒辦法減輕他的焦慮。他驚慌到想要起床，穿上溼大衣趁夜離開。這樣的善意，這種明亮，這番人性的熱情不適合他。他心想，他沒有權利把自己的罪孽帶到這裡來，不能讓自己的祕密遮蔽這家人的命運。穆拉德躺在床上，因為自己沒有全盤托出而感到羞恥。他想著，阿敏如果發現真相，一定會把他趕出去，會侮辱他，會指控他利用他的一片好心。

穆拉德很想把手放在阿敏手上，如果他敢，他也想把頭靠在指揮官的肩膀上，聞他的味道。他多麼希望方才在門口的擁抱永遠不要結束。稍早，他對瑪蒂德和兩個孩子表現了虛假的喜悅，因為他寧願他們不在這裡，寧願他和指揮官之間沒有別人存在。剛剛，他貪婪地穿上阿敏的汗衫和襯衫，但現在他開始自責。多麼羞恥啊。他的淚水湧上眼眶，因為他感覺到自己陰莖發熱，小腹因慾望而脹痛。他試圖驅開腦海裡的影像。他咬住自己的手，宛如一名被痛苦壓垮的病人。他不該想這些，正如同不該想到屍體、在泥坑裡腐爛的破碎屍塊，不該想到讓在印度支那[5]同袍為之瘋狂的雨季，不該想到那些寧願自殺也不願回戰場的人和他們的血。他不該想到戰爭，也不該想到為了自己經歷的錯亂、熾熱需求，來尋求阿敏的溫情。

這裡是他的目的地，眼前他不甘心就這麼離開這幢房屋。事實上，他的出走只有一個目的，只為了一件事。在那些躲在運牲畜的車廂、躲在穀倉或洞穴的夜裡；在他累到精神恍惚、忘了害怕而在車站大廳呼呼大睡的白晝，是阿敏的臉孔指引著他。他想著指揮官的微笑，那抹斜向一側的微笑只露出他半口白牙。為了那抹微笑，他願意再次穿越大陸。其他士兵心裡只有裸腿女郎的艷照、只想著妓女或所謂未婚妻的白嫩乳房時，穆拉德誓言要找到他的指揮官。

隔天早上，阿敏在廚房裡等著他。瑪蒂德坐著，愛伊莎跪著，母女都入迷地研究腎臟功能的解剖圖板。散發著尿臊味的塞林姆在地上玩空的平底鍋。「啊，你來了！」阿敏喊著：「我想了一整個晚上，想向你提議一件事。來，我們邊走邊談。」瑪蒂德遞給穆拉德一杯咖啡，他一口就喝掉。阿敏拿起外套和太陽眼鏡，在瑪蒂德的肩膀上親吻一下，用指尖拂過妻子的臀部。「好啦，快出去了。」她笑著說。

兩個男人走向畜棚。「我要讓你看看，短短五年之間我做了什麼。幾個月前，我聘僱了一名工頭，他是個年輕的法國人，我鄰居寡婦梅西耶推薦給我的。他是個好孩子，正直又勤勞，但他沒做幾個月就回法國去了。這裡工作多，也有很多待辦事項。我想請你來幫忙。如果你可以留下來，我想請你擔任工頭。」穆拉德沉默地走著，調整自己的步伐配合他的指揮官。他對農業一竅不通，但他在田野中長大，況且，只要是出自阿敏之口，他覺得沒有不可能完成的任務。阿敏帶他去參觀目前已經覆蓋了這片產業大部分面積的果樹種植區。阿敏提到自己對橄欖樹的熱情，他花了許多時間為這珍貴的作物進行實驗。「我想蓋一座溫室來

5　指法屬印度支那，法蘭西帝國在東南亞的殖民地。

培植自己的果樹，還要改良收成率。我們需要建苗圃、架構暖氣和灑水系統。」阿敏興奮得臉色發紅，他緊緊握住穆拉德的手。「我在農業公會有個約，等我回來再繼續談，好嗎？」

當天晚上，穆拉德便接受了阿敏的提議，而且搬進大棕櫚樹下的小屋，離房子只有幾公尺遠。棕櫚樹粗大的樹幹上攀滿了長春藤。到了晚上，他聽得見老鼠順著長春藤往上爬的聲音。他的生活不需要太多東西：一張行軍床，一條他每天早上仔細摺好的被子，一個便當盒和一個用來簡單盥洗的大水壺。阿敏大可要他去農田裡上廁所，如果是這樣，他一點也不會驚訝。但他可以用屋外的廁所，這個安置在廚房後院的廁所是女僕塔茉用的，因為她不能用瑪蒂德的廁所。穆拉德對工人採取嚴格的軍事化管理，不到三週，村落裡的人就恨死他了。「紀律，是贏家的祕密。」他重申。他比某些會把怠惰工人關到儲藏室或痛加鞭笞的法國人更糟。農工們抱怨，這傢伙比外國人還惡劣；他是叛徒，是變節的人，是那種把自己的帝國建立在人民身上的奴隸販子。

某天，穆拉德和阿舒兒路過馬里安尼的農場，這名工人大聲清喉嚨，還淬了一口。「去他的。」他看著鄰居產業的圍牆叫喊。「這些來到殖民地的人拿到的都是最好的土地。他們搶走我們的水，我們的樹。」穆拉德打斷他的話，嚴肅地問他：「在他之前，你以為這些地是誰的？鑿井的人是他們，種樹的也是他們。難道他們從前不是活得很辛苦，不是住在泥巴屋裡或鐵皮下？走了！我們在這裡不談政治，我們耕作。」穆拉德決定每天早上點名，而且還責怪阿敏，說他從來沒想到要管控工人的工作時間。「沒有權威就沒有秩序。如果你讓他們隨心所欲，你的農場要怎麼蓬勃發展？」

穆拉德從早到晚都坐在機具上，中午也不會離開田地去用餐。工人不願意和他一起吃飯，於是他獨自一人坐在樹蔭下，閉著眼睛嚼麵包，免得和嘲笑他的團隊有眼神的交會。

從阿敏僱用他的那日起，他一連幾天都在處理水的問題。他用一臺老舊的龐帝克引擎架起抽水站，聘了幾個人來鑿井。看到水噴出來，工人們高興地大叫。他們伸出粗糙的手去捧水，清洗被風刮傷的臉，感謝真主的慷慨。但穆拉德沒有阿拉那麼大方。當天晚上，他編排了「護水隊」來看顧這口井。他讓兩名自己信任的工人輪流扛槍守著井水。他們生起火來驅趕豺狼和野狗，一邊抵抗睡意一邊等待換班時間來臨。

穆拉德希望阿敏幸福快樂，希望他驕傲。他不在乎工人仇視他，他唯一放在心上的事，是滿足他的指揮官。日子一天天過去，阿敏逐漸把重擔交付給穆拉德，自己則是專注在農作實驗或是與銀行會面。他經常不在農場，這讓穆拉德很失望。當他接受這個工作時，他想像他們可以重拾當年在戰時的關係，以為他們可以重新找回喜悅，找回廣闊天空下的生活，一起走好幾個小時，共同面對危險然後大笑——男人間的笑，為那些沒有意義的笑話而笑。他以為從前的默契可以再生，而儘管僱傭關係仍然存在，他們仍然可以重新建立把瑪蒂德、工人甚至孩子們排除在外的友誼。

十二月中，聽到阿敏要他幫忙修理收割打穀機，穆拉德的心中充滿喜悅。他們花了三個下午的時間關在穀倉裡。他的熱切讓阿敏十分意外，穆拉德爬上巨大的引擎時快樂地吹起口哨。戰時，負責修理戰車的一向是穆拉德。一天晚上，阿敏滿臉油汙，累得雙手發抖，拿起工具就往牆上摔，憤怒地覺得自己花了太多時間和金錢在這部機器上。他們缺少部分零件，而這個地區沒有任何一名技師有辦法提供。「算了。我要回去了。」但穆拉德拉住他，用有力又逗趣的聲音敦促阿敏要勇敢、樂觀。他要自己製作缺少的零件，他告訴阿敏，如果他砍斷手腳對機器有用，他絕對會那麼做。這逗得阿敏笑了出來，要知道，他在這段時間不常露出笑容。

阿敏對這位新工頭的效率十分滿意，但對軍事化管理帶來的沉重氣氛則感到憂心。工人經常向阿敏抱怨。穆拉德反對民族主義，而且經常有人看到他與情資組長小指勾著小指在大馬路上走。穆拉德吹噓自己是秩序和繁榮的代言人。阿敏注意到農場裡的打鬥事件愈來愈頻繁，並告訴穆拉德，他早晚都看到工人陰沉的臉色，心裡很是遺憾。穆拉德向他保證：「現在不是軟弱的時候。國家裡到處都有年輕人在搧風點火引發混亂。我們的態度必須堅定。」

「他讓我有壓迫感。」一天，瑪蒂德向阿敏承認。她再也受不了阿敏要穆拉德與家人一起用餐，即使在星期日也一樣。她覺得穆拉德下垂的寬肩、鳥嘴一樣的鷹勾鼻，食腐動物般的獨來獨往，讓他好像一隻禿鷹，而阿敏難得一次不想反駁。穆拉德說話時經常以戰爭為比喻，這讓阿敏不得不制止他。「不要在孩子面前講這種話，沒看到他們害怕嗎？」對穆拉德而言，所有事情都關乎榮譽或責任，他所講的故事都與戰爭有關。阿敏為他的副官難過，他困在往事當中，一如凝固在琥珀裡，永遠抱著懸念的昆蟲一樣。他看得出在穆拉德傲慢面具背後的笨拙。一天晚上，當他們一起從田裡回家時，他告訴穆拉德：「你聖誕節過來和我們一起吃晚餐。那天晚上是節日，對瑪蒂德來說很重要。」他很想補充一句：「我們不提法國也不說戰爭。」但是他不敢。

＊

瑪蒂德邀請了帕絡西夫婦來農場共進聖誕節晚餐，蔻琳開心地接受。「沒有小孩的聖誕節太哀傷，你不覺得嗎？」她這麼告訴丈夫，德拉剛的心為之一緊。蔻琳以為他不瞭解當母親的感覺。在她想像中，這種哀傷無法傷害到他，她覺得一般來說，男人不會注意到這類私密的痛苦。但蔻琳錯了。德拉剛小時候——當時他還住在布達佩斯，某天，他穿上了妹妹塔瑪拉的洋裝。小女孩笑了，興奮地差點尿在褲子裡，還不停說：「你好漂亮！你好漂亮！」德拉剛的父親知道後怒不可遏，處罰了兒子。他警告兒子不能玩這種變態遊戲，別養成這樣的傾向。回想起來，德拉剛覺得這就是他為什麼迷戀女人的原因。他從來不想擁有她們，不是的。讓他感動的，是女人擁有的神奇力量，像她母親那樣能夠隆起的肚皮。他沒告訴父親，當他醫學系的教授斜睨著他，問他為什麼選擇婦產科時，他同樣沒說。他只簡單地回了一句：「因為女人永遠會生小孩。」

德拉剛喜歡小孩，孩子讓他有好心情。愛伊莎喜歡這個醫生，他會把薄荷糖或甘草糖塞到她手心，會意地眨個眼。與其說她對醫生的感激之情來自糖果，不如說是來自兩人分享的祕密，因為她覺得自己對醫生來說很重要。同時，她對他的口音以及他經常提起的「鐵幕」感到有趣，他想把橘子寄到「鐵幕」後面，說不定哪天還可以寄杏子。瑪蒂德說過，醫生的妹妹，也就是住在鐵幕後的塔瑪拉，聖誕節時也會陪著他來。愛伊莎想像這個女人站在一面金屬遮板後面——像那種雜貨店老闆叟西為了保護商店，在晚上拉下來的金屬遮板。「多奇怪啊，為什麼有人會那樣過日子？」她想。

*

聖誕夜當晚，帕絡西一家人最晚到。愛伊莎躲在媽媽的雙腿後面盯著他們看。塔瑪拉出現了，她的臉色發黃，稀疏的頭髮在側面挽了一個像是在一九三〇年代流行過的髮髻。她凸出的雙眼上有轉白的睫毛，這雙眼睛占掉了她大半張臉，愛伊莎覺得她眼底彷彿存著影像和哀傷的回憶，讓她無法停止思考。她像個困在旋轉木馬裡的老孩子。驚恐的塞林姆不願意在她靠近時，讓她用薄脣親吻他的臉頰。她穿著過時的洋裝，領邊和袖口有經常修補的痕跡。但她配戴在脖子和耳垂上的奢華珠寶深深吸引著瑪蒂德的目光。這些傳承許久的珠寶來自消逝的時代，讓她嚮往，也讓她把塔瑪拉視為貴客。

他們的來到帶來歡樂，屋子裡充滿笑聲和驚嘆。大家異口同聲稱讚蔻琳的裝扮，那襲纖腰大擺的洋裝不只襯托出她的腳踝，開低的領口也讓在場的男士為之著迷。甚至連寡婦梅西耶——她扭傷了腳踝，坐在客廳的窗邊——都稱讚蔻琳優雅。這天晚上，德拉剛當起了聖誕老人。他請塔茉和阿敏幫他搬下汽車後車廂的禮物，當三個人抱著包裝好的禮物走進客廳時，瑪蒂德急忙上前迎接。愛伊莎看到媽媽坐到地上，心想：「她也是小孩。」「謝謝，謝謝！」瑪蒂德不停地說。她首先看到一瓶德拉剛找出來的匈牙利托凱葡萄酒。這名醫生站在客廳中央開了酒瓶。「您看著好了，這會讓您想起阿爾薩斯的晚摘甜葡萄酒。」他將金黃色的液體倒在玻璃杯裡，深具儀式感地品香。「打開這個紙箱！」瑪蒂德撕開紙箱，看到整組藥品、材料與醫學書籍。她拿起一本書抱在胸前。「這本書是法文的！」德拉剛說，接著舉杯為孩子們和愉快的聚會致敬。

晚餐前，塔瑪拉應主人的邀請高歌。她年輕時曾是小有名氣的歌手，在布拉格、維也納和德國某個湖邊城市——她忘了城市的名字——登臺演出。她站在客廳的大窗前，一手放在小腹上，伸長另一隻手指向地平線。她纖瘦的軀幹裡湧出充滿力量的聲音，她頸子上的寶石似乎都跟著震動。這首曲子充滿了無盡的哀傷，宛如人魚的控訴，或某種遭放逐的奇珍異獸，想透過絕望的高呼來找回自己的土地。塔茉從未聽過這樣的歌聲，快步跑進客廳。塔茉穿著瑪蒂德硬是要她穿戴的黑白女僕裝和蓬鬆頭巾。她身上有汗味，而且她不顧瑪蒂德之前說了好幾次「圍裙不是抹布」，還是拿身上的圍裙擦手，弄髒了抓皺的漂亮圍裙。塔茉驚愕地看著女歌手，瑪蒂德趁塔茉笑出來或高聲評論前，衝過去將她攆回廚房。愛伊莎緊貼著父親。塔瑪拉的歌聲很美，甚至可以說這歌聲中帶著某種魔法，但是某種可怕的尷尬，遮蔽、扼殺了阿敏的所有情緒。這場演出讓他感到羞愧，他卻不曉得原因何在。

晚餐後，幾個男人出去外面的門階上抽菸。夜色清朗，紫色的天空下，扁柏窈窕的樹影依稀可辨。阿敏有些醉了，站在自家門階上，在他家、他的賓客面前，他覺得很幸福。他心想：「我是男人，是人父。我擁有財產。」他放任自己的心神迷失在奇特又輕盈的夢想中。他透過玻璃看見妻子和子女映在客廳鏡子上的影像。他轉頭看向花園，感覺到自己對身邊這幾個男人的深切友誼，感覺如此鮮活，讓他傻傻地想要抱緊他們，向他們表達自己的情誼。德拉剛預期春天可以採收他的第一批柳橙，他告訴大家，他找到了一個代銷商，合約的簽訂指日可待。阿敏喝了酒後開始恍神，他的思緒離他而去，猶如風中的蒲公英白絨毛。他沒有注意到穆拉德也醉了，而且連站都站不穩。穆拉德抓著歐瑪爾，和他用阿拉伯語交談。「他是個軟弱的人。」他指的是德拉剛，他咯咯笑，口水從缺牙處噴出來。他嫉妒那名風度翩翩的匈牙利醫生，嫉妒阿敏的目光在他身上。他覺得自己身上的舊襯衫、瑪蒂德給他的外套很荒謬，瑪蒂德給他這件外套與其說是慷慨大方，不如說是她不想在這些外國賓客面前丟臉。

歐瑪爾討厭這個早已離開戰場的士兵。他擦拭噴在他脖子上的口水，在穆拉德又開始說起他永遠說不完的戰爭故事時翻起了白眼。所有男人都低下頭。在場的不管是猶太人、穆斯林，或是任何經歷過這幾年的羞辱和背叛的人，都不願意讓穆拉德的故事毀了這個夜晚。穆拉德目光閃爍，提起他在印度支那的那幾年，還有奠邊府的戰役。「共產黨豬玀！」他大喊大叫。德拉剛看向屋裡，尋找妻子會意的眼光。歐瑪爾突然抽開身，這個動作使得穆拉德失去平衡，摔倒在地。

「奠邊府[6]！奠邊府！」歐瑪爾重複地說，他著魔似地跳腳，嘴角因憤怒而扭曲。接著他彎下腰，拉住穆拉德的的領口，在對方臉上淬了口水。「賣國賊！可悲的士兵，你被法國人剝削。你背叛了伊斯蘭，背叛你的國家。」德拉剛蹲下來檢查穆拉德跌倒時額頭撞到的傷口。阿敏此時清醒了過來，他走向弟弟，還來不及開口講理，歐瑪爾近視的雙眼便瞪得他呆若木雞。「我要走了。這裡都是墮落的人，你們在讚美一個甚至不是我的神，我真不知道自己來這裡做什麼。你在孩子和工人的面前該感到羞恥。你該為鄙視自己的同胞感到羞恥。你最好小心點。當我們搶回自己的國家後，叛國者就有得受了。」歐瑪爾轉頭離開，消失在黑暗當中，他模糊的背影愈來愈小，像是被田野吞噬入肚。

幾個女人聽到外頭的大呼小叫，驚恐地看到穆拉德倒在地上。蔻琳朝他們跑過來，阿敏雖然又氣又難過，但看到蔻琳竟忍不住笑出來。蔻琳的胸部太大，跑起來姿勢怪異，像隻挺直背、下巴往前凸的小山羊。德拉剛拍拍這位宴會主人的背，用匈牙利文說了幾句像是「別浪費這個節日，喝吧！」的話。

6 指一九五四年，法越戰爭在奠邊府的最後一場戰役。此役法國因輕敵大敗，自此結束對越南的殖民統治。

VII

歐瑪爾沒有再出現。一個星期過去，接著是一個月，沒人知道他是生是死。

一天早上，雅斯敏在鑲銅釘的大門前發現兩個裝滿食物的籃子。籃子很重，她只能一路拖到廚房，她高聲喊慕拉拉。「兩隻雞、一些雞蛋和豆子。您看看這些番茄，還有這小袋番紅花！」慕拉拉衝上前甩了雅斯敏一巴掌。「全都收好！妳聽到了嗎，去收好！」她飽經風霜的臉上布滿了淚水，全身發抖。慕拉拉知道民族主義分子會給殉道者或坐牢的同志發送食物籃，有時候還會有錢。「傻瓜！笨蛋！妳不懂我兒子出事了嗎？」

阿敏來探望慕拉拉時，老婦人坐在天井。這是他第一次看到母親沒包頭巾，她灰硬的頭髮長及後背。她憤怒地站起來，目光帶著恨意。

「他在哪？他一個月沒回家了！願先知保佑他！別瞞我，阿敏。如果你知道什麼，如果我兒子出了什麼事，求求你告訴我。」慕拉拉好幾天沒睡覺，臉色憔悴，整個人都瘦了。

「我什麼都沒瞞著妳。妳為什麼指控我？歐瑪爾和一群激進分子來往好幾個月了，是他危害了我們家的安全。妳為什麼要怪在我頭上？」

慕拉拉哭了出來。這是她和阿敏首次起爭執。

「找到他，兒子，去找你弟弟。帶他回家。」阿敏親吻母親的前額，他握住母親的雙手摩挲，答應了慕拉拉。

「沒事的。我會帶他回來。我相信一切會有合理的解釋。」

事實上，歐瑪爾的失蹤讓他備受折磨。這幾個星期，阿敏走訪了鄰居、家族友人，以及他在軍隊裡的熟人。他去弟弟常出現的咖啡館，花整個下午時間坐在公車站前看那些前往坦吉爾、卡薩布蘭加的公車。一看到體型或走路姿勢讓他想起弟弟的人，他就會跳起來追上去拍對方的肩膀，發現回頭的是陌生人，阿敏才說：「先生，對不起，我弄錯了。」

他記得歐瑪爾經常說起他的高中同學奧特曼，奧特曼的老家在菲斯，阿敏決定去一趟。他過午抵達聖城菲斯，接著便走進阿拉伯老城區潮溼蜿蜒的街道。這是個蕭瑟冰冷的二月天，陰鬱的光線撒落在綠色的田野、皇城裡一座座華麗的清真寺上。阿敏向行色匆匆又瑟瑟發抖的路人問路，但每個人指點的方向都不同，兜了兩小時圈子後，他開始驚慌。為了讓路給驢子或拖車，他不得不隨時貼向牆壁。「讓路，讓路！」的呼喊讓他跳了起來，儘管冷風颼颼地吹，他仍然汗溼了襯衫。有個皮膚長著白斑的老人朝他走過來，他說話的聲音溫和，捲舌音明顯，老人提議陪他過去。他們默默地走，老人態度雍容，四處都有人與他打招呼。「就是這裡。」陌生老人指著一扇門，阿敏還來不及道謝，他便消失在一條小通道裡。

一名看起來不滿十五歲的女僕為阿敏開門，帶他到一樓的客廳。他在這個安靜無人的室內花園客廳等了許久。幾次他站起來，小心地繞著天井走動。他看向幾扇半開的門，故意踩著拼貼的馬賽克磁磚地板，希望能吵醒這個時間或許在午休的主人。這個室內花園規模不小，裝飾得很有品味。噴泉對面是一間偌大的房間，裡頭擺了一張桃花心木書桌，旁邊兩張沙發上鋪著珍貴的織品。天井有一株芬芳的茉莉花，還有一株一路攀到二樓陽臺欄杆上的紫藤花。前門右側的摩洛哥沙龍壁面裝飾著石膏雕刻，杉木天花板漆了各種顏色的圖案。

正當阿敏打算離開時，有扇門打了開來，一個男人走進來。他身穿條紋吉拉巴，頭戴圓氈帽，臉上的鬍子經過仔細修剪，胳膊下夾著一個塞滿文件的紅色皮革文件夾。男人看到家裡有陌生人嚇了一跳，皺起眉頭。

「先生，您好！不好意思打擾到您。有人帶我進來這裡。」

屋主默默看著他。

「我叫阿敏．貝拉吉。再次請您原諒我的打擾。我在找我弟弟歐瑪爾．貝拉吉。我知道您的兒子和他是朋友，我以為或許能在這裡找到他。我到處找他，我母親急得要命。」

「歐瑪爾啊，沒錯，我現在看得出你們相像的地方了。您四〇年上了前線對不對？很抱歉，您的弟弟不在這裡。我兒子奧特曼被退學，目前在艾茲魯讀書。您知道，他很久沒與您的弟弟見面了。」

阿敏掩不住失望的神情。他將雙手放進口袋，默不作聲。「請坐。」屋主請他入座。這時方才的年輕女僕走進來，把茶壺放在銅桌上。

哈吉．卡林姆是個富商，掌管一家公司，為客戶提供房地產買賣和投資諮詢服務。他有一名員工，一臺打字機，附近的鄰居——或住更遠的人——都信任他。在菲斯與相鄰的整個地區，大家都尋求這名顯要人士的保護，他深具影響力，與民族主義黨關係密切，但也有許多歐洲友人。每兩年，他會到法國的沙泰吉翁去治療氣喘和溼疹。他喜歡葡萄酒，會聽德國音樂，還向一位前英國大使買來十九世紀的家具，這讓他的室內花園有種獨特的風格。他是個難以捉摸的人，不時被指控為法國情報單位的人或摩洛哥民族主義黨最糟的支持者之一。

「在一九三〇年代，我為法國人工作。」他開始說：「我負責撰寫合約，也翻譯一點法律方面的文件資料。我是個誠實的員工，沒有任何可以責備之處，感謝主。後來，我在一九四四年支持獨立示威，參加許多運動。於是法國人解聘了我，我就在那時候開了自己的公司，專精摩洛哥的法律，擔任合格的辯護律師。誰說我們需要他們，對吧？」哈吉・卡林姆沉下臉。「別人的運氣沒我這麼好。我有些朋友被放逐到塔費拉列特綠洲，有些人受盡折磨。那些真正的瘋子不是把香菸按在他們背上捻熄，就是想盡辦法逼瘋他們。我能怎麼做？我試著幫助我的兄弟。我發起募捐來資助政治犯的辯護。一天，我到法院去，希望能幫助某個年輕的被告，或單純去支持某個因殘酷判決而身心交瘁的父親也好。在法院大樓前面，我看到有個人坐在地上，嘴裡喊著我聽不懂的話。我靠過去，看到地上一塊布上有他仔細擺放的三、四條領帶。那小販以為客戶上門，堅持要賣我一條，但我說我沒興趣，接著我走向法院。法院入口處擠了一大堆人。男人在祈禱，女人抓自己的臉，嘴裡喊著先知的名字。相信我，貝拉吉先生，我記得他們每一個人。那些父親因為自己的無能為力而羞愧，伸長手想把他們無法閱讀的文件遞給我。他們以懇求的眼神看著我，要他們的妻子退到一邊閉上嘴，但那些滿臉是淚的母親誰的話也聽不進去。最後我終於走進法院入口處，我自我介紹，提出我辯護律師的資格證明，但門口警衛直接了當拒絕我。沒打領帶就不准進到大廳。我幾乎不能相信。我既受傷又丟臉地回去找外頭那名穿西裝坐在地上的小販，隨便抓起一條藍色領帶。我什麼也沒說便付了錢，把領帶繫在我的吉拉巴上。如果不是在通往旁聽席的階梯上看到好些焦慮的父親拉下吉拉巴的帽兜，脖子上套著領帶，我一定會覺得很可笑。」卡林姆喝了一口茶。阿敏慢慢點頭。「我和那些父親一樣，貝拉吉先生。我兒子是民族主義分子，我以他為傲。我以所有反對占領、懲罰叛徒，為結束不公正占領的人子為傲。但是我們需要多少次暗殺事件？要多少人被槍決才能達成我們的目標？奧特曼在艾茲魯，遠離這一切。他必須好好用功，日後才能在獨立後領導這個國家。去找你弟弟吧，到處找。如果他在拉巴特，在卡薩布蘭加，把他帶回家。我欽佩那些懷抱著誠摯心情，接受自己心愛的人成為殉道者的人。但我更瞭解那些不計一切想拯救他們的人。」

僕人點亮了天井的大燭臺，夜幕降下，這時的天色已暗。阿敏看到有座漂亮的法國風木作時鐘，金色的指針在黑暗中閃閃發亮。哈吉．卡林姆堅持陪阿敏走到他停車的老城區門口。兩人分手前，卡林姆答應替阿敏打聽，如果有歐瑪爾的消息會告訴他。「我有朋友。您別急，最後一定會有人說出來。」

回農場的路上，阿敏不停回想卡林姆告訴他的話。這時他才想到，他住的地方也許真的太偏遠，那種孤立於世的處境讓他多少得負點責任，也讓他盲目。他是個懦夫，而正如最膽怯的懦夫，他挖了一個洞躲起來，希望沒有人能找到他，沒有人能看到他。阿敏出生在這些人、在這個民族當中，但他從未因此感到驕傲。相反地，他經常想安撫他見到的歐洲人。他嘗試說服那些人，保證他不同於殖民者經常掛在嘴上的，那些愛欺騙、相信宿命又懶惰的摩洛哥人。法國人對他有既定印象，他真心依照那個形象過日子。在他青少年時期，他學會低著頭慢慢走路。他知道自己深色的皮膚、矮壯的體格和寬大的肩膀會引發旁人的戒心。於是他把雙手藏在腋下，像個誓言不打架的人。現在回想，他當時似乎活在一個只有敵人的世界裡。

他羨慕弟弟的狂熱，羨慕他有歸屬的能力。如果來得及，他寧願不去相信現代化，不怕死亡。在那些危險時刻，他心裡想的是妻子和母親。他一向強迫自己生存下去。在德國的戰俘營裡，與他同時被俘的同袍提議一起逃跑。他們仔細研究了眼前所有的可能性。他們偷來大剪好剪開帶刺鐵絲網，甚至準備好存糧。那幾個星期間，阿敏找盡了藉口推託。「夜色還太黑。」他說：「等到滿月吧。」「天氣太冷，我們不可能在凍死人的森林裡存活。等天氣好一點再說。」大夥兒信任他，又或者是在這些謹慎的建議中聽到了自己的恐懼。兩個季節就這樣過去，兩個充滿拖延和良心苛責的季節，兩個假裝急著想逃跑的季節。當然了，他嚮往自由，自由深植在他的夢想中，但是他不甘心任自己背後中彈，或像隻掛在鐵絲網上的狗那樣死去。

對瑟瑪而言，歐瑪爾的失蹤開啟了一個喜悅又自由的年代。哥哥失蹤後，再也沒有人監看她，沒有人會為她的缺席或謊言焦急。在她整個青春期，她總是帶著惡意的驕傲，來展現自己布滿瘀青的小腿、浮腫的雙頰和張不開的雙眼。對那些不願意跟著她惡作劇的朋友，她會說：「為什麼要剝奪自己的樂趣？反正我們不管怎麼做都會挨耳光。」如果去電影院，她會穿上包頭包臉的傳統厚重白袍，免得被人認出來，但一進到黑暗的影廳，她會讓男人撫摸她光裸的腿，心想：「這是別人無法從我身上奪走的快樂。」歐瑪爾經常在天井等她，當著慕拉拉的面，把她打到流血。瑟瑪還不滿十五歲時，有天下課回家晚了，當她回到貝立馬區敲家門時，歐瑪爾不願開門。當時是冬季，天黑得很早。她發誓自己是因為功課才耽誤了時間，她沒做壞事，甚至以阿拉之名祈求原諒。瑟瑪聽到雅斯敏在鑲銅釘大門的後面哭求年輕的歐瑪爾表現一點和善。但歐瑪爾鐵了心。又怕又冷的瑟瑪只能在小花園裡等待，躺在潮溼的樹下。

她厭惡這個哥哥。他禁止她做任何事，把她當妓女看待，甚至幾次朝她臉上吐口水。不知多少次，她希望歐瑪爾死去，她咒罵上天害她不得不活在這個殘忍男人的管制下。瑟瑪渴求得到自由，歐瑪爾嘲笑她的妄想。如果瑟瑪請求他允許她去拜訪女性鄰居，他便會用刺耳的聲音重複地說「我那些女性朋友，我那些女性朋友」。「妳心裡就只想著玩？」他將她雙腳離地抓起來，把臉貼近發抖的妹妹，不是把她摔向牆壁就是把她扔向樓梯。

如今歐瑪爾失蹤，忙著經營農場的阿敏沒那麼常回家，這讓瑟瑪十分雀躍。她過去活得像個走鋼索的人，心裡知道這只是片刻的自由，再過不久，她會和她同齡的大部分鄰居一樣連露臺都不能上去，因為她們肚子大了，因為丈夫會吃醋。在澡堂裡，女人會看她的身體，有些會撫摸她的臀部。有一次，澡堂的按摩師絲毫不溫柔地把手探進她的雙腿之間。「妳未來的丈夫不管是誰，運氣還真好。」一沾滿精油的手、經常按摩她身軀的黑色手指碰到她，讓瑟瑪的心緒動蕩。她瞭解到自己有某種不得滿足、某種貪得無厭的慾望，明白有個缺口尚待填補。單獨在自己房裡時，她會重複那個女人同樣的動作，她雖不覺得羞恥但也無法滿足自己。歐瑪爾不在的期間，有些男人會過來提親。他們坐在客廳裡，她坐在樓梯上，用焦急的眼神觀察這些挺著大肚腩的父親，他們喝茶會發出聲音，還會模仿吐痰聲驅趕四處流連的貓。慕拉拉會焦躁不安地接待這些男人，聆聽他們的請求，一旦瞭解他們的來訪與她兒子無關，發現他們不知道歐瑪爾的下落，慕拉拉會起身離開，留下男人在客廳裡呆站幾分鐘，接著才離開這個瘋人家庭，再也不回來。於是，瑟瑪認為大家都忘了她。這個家裡再也沒有人記得她的存在，而她因此感到快樂。

她開始逃課，在街上遊蕩。她扔掉課本和筆記，剪短裙擺，一名西班牙朋友幫忙她修眉毛、剪出最新流行的髮型。她在母親的床頭櫃偷來足夠的零錢買香菸與可口可樂。雅斯敏發現後，威脅要說出來。瑟瑪會抱住雅斯敏，說：「喔，不會的，我的雅斯敏，妳不會做這種事。」原本，這個前奴隸除了在別人家過日子之外一無所知，除了服從和閉嘴什麼也不會，但現在掌管了這個家。她把沉重的鑰匙串掛在腰間，金屬碰撞的聲音在走廊上、天井裡迴蕩。如今雅斯敏要負責儲備麵粉和扁豆，戰爭和糧食短缺深創了慕拉拉的心靈，她堅持得預先準備。也只有雅斯敏，能開所有房間門、裝飾著棕櫚葉的杉木箱，以及大櫥櫃——慕拉拉的嫁妝在櫥櫃裡擺到發霉。到了晚上，當瑟瑪趁母親睡覺時外出，坐在天井裡等她回來的也是這個黑人老女僕。黑暗中，她口中沒有濾嘴的香菸菸頭依稀可見，但沒辦法照亮她那張在歲月刻畫下皺得像個果莢的臉。少女瑟瑪對自由的渴望，她並非不瞭解，只不過有些困惑。瑟瑪的逃家，喚醒了這名可憐奴隸心底熄滅已久的渴望，喚醒她逃走的幻想，以及回家的希望。

*

一九五五年的冬天，瑟瑪早晨在戲院裡度過，下午不是在女性鄰居家，就是在咖啡館的最深處。這些咖啡館老闆都會要求顧客先結帳。年輕女孩在這裡談情說愛，討論旅行、名車，還有如何擺脫長輩的監督。她們談話的主題圍著老一輩打轉。這些長輩什麼都不懂，看不出世界已經改變，還責備年輕人只對跳舞和日光浴感興趣。至於瑟瑪的男性友人，他們置身在桌上足球賽的遊戲間，無所事事的白日，讓他們心情振奮，他們高喊著自己不必為那些身為他們父母的惡毒老人家負責。什麼法國凡爾登戰役、義大利卡西諾山戰役、塞內加爾步兵和西班牙士兵，他們聽都聽膩了。他們受夠了雙親對於糧食短缺、孩童死於幼齡、因戰爭而失去土地的回憶。這些年輕人除了搖滾樂、美國電影、好車和載著不怕偷跑出門的女孩去兜風之外，其餘什麼都不在乎。他們最喜歡的女孩是瑟瑪。不是她最漂亮或最聰明，而是她風趣，讓人感覺到她對生活有強烈且不受任何限制的渴望。她模仿起美國電影《亂世佳人》的女演員費雯．麗，讓人難以抗拒，她會搖著頭，尖聲說：「胡扯！戰爭，戰爭，真討厭戰爭。」有時她也會嘲笑阿敏，看著這個美少女模仿以勳章為傲的老士兵那樣皺起眉頭挺著胸膛，全場都笑翻了腰。「妳從來沒挨餓過，應該要覺得自己很幸福了。」她用低沉的聲音說話，食指往前指。「妳，妳沒經歷過戰爭，小白痴。」瑟瑪不害怕。她從來沒想過自己可能會被認出來，或是有人去告狀，說她在外面言行不端。她相信自己的運氣，夢想著愛情。每天，她既恐懼又興奮，更進一步地探索這個世界、展開在她面前的種種可能性。她覺得梅克內斯好小，如同一件太窄的衣服，穿上身繃得幾乎窒息，深怕一個動作，衣服就會裂開。這種時候，她的怒氣會爆發，她會氣得離開朋友房間，打翻咖啡桌上滾燙的茶，說：「妳們老是在打轉，說的永遠、永遠是相同的話題！」她覺得自己的朋友平凡無奇，她猜想在友人青春期的反叛背後，其實是貨真價實的盲從和順服。女孩們開始疏遠她，她們不想冒著傷害名譽的危險和她在一起。

瑟瑪偶爾會在下午時間躲到鄰居法柏小姐家。這名法國女人從一九二〇年代末期就住進阿拉伯區一處廢墟般的傳統老屋。屋裡亂得嚇人，客廳塞了好幾張骯髒的座椅、幾個毀損的箱子和一堆堆沾到茶漬或食物殘渣的書，窗簾有老鼠咬過的痕跡，室內瀰漫著胯下和臭雞蛋的味道。法柏小姐收留了老城區的悲慘人士，經常有孤兒或沒錢的年輕寡婦睡在她家客廳角落，或打地鋪。冬日，她家的屋頂會漏水，雨滴打在鐵桶的聲音中，還聽得到孩子們的哭叫、拖車路過時輪子輾壓地面的聲音，二樓織布機的嘎吱聲。法柏小姐其貌不揚。她歪扭的大鼻子毛孔粗大，灰白眉毛下脫了皮，前幾年她的下巴開始發抖，讓她說話困難。她穿著寬大的連袖長袍，底下是凸起的小腹、布滿紫色靜脈的粗壯雙腿。她的脖子上掛著一條象牙十字架項鍊，她會經常摩挲著十字架，像在撫摸護身符或避邪物一樣。十字架是她從中非帶過來的，她在中非長大，但她從來不願多談。沒有人知道她的童年，或她抵達摩洛哥以前的過往。阿拉伯區的人說她過去是修女，是某個富有企業家的女兒，瘋狂愛上某個男人之後，那男人將她帶來這裡卻又拋棄了她。

法柏小姐和摩洛哥人一起生活了超過三十年，她會說本地語言，瞭解當地人的風俗禮儀。大家會邀請她參加婚禮或宗教儀式，也逐漸不再特別區分這個與本地人一樣靜靜喝著滾燙的茶、懂得祝福孩童或祈求真主悲憫的外國女人。她參加女人們的聚會，大家信任她。她會提供建議，替不識字的女人寫信，會為她們說不出口的疾病或身上的傷痕難過。一天，有個女人告訴她：「如果鴿子安安靜靜，狼也不會吃掉牠。」法柏小姐一向自制，低調謹慎。她不願大聲擾亂這個世界的基本原則，畢竟她在這裡只是個外國人，然而面對著悲慘的際遇與不公正的對待，她仍然會發怒。曾經有一次，就那麼一次，她鼓起勇氣去敲一個男人的門。對方的女兒有著天賦卓越。她懇求那名嚴厲的父親支持孩子繼續求學，並提議將孩子送到法國好取得學位。男人沒有生氣，也沒有把法柏小姐踢出門，或指控她意圖散播淫逸的思想或製造混亂。沒有，老人光是笑。他捧腹大笑，高高舉起雙手，說：「求學！」然後用近乎溫柔的態度送法柏小姐出門，還向她道謝。

大家會原諒法柏小姐古怪的行為，因為她又老又缺乏美貌。因為大家知道她是個好人，而且慷慨大方。戰爭期間，她提供食物給窮困的家庭，為穿著破衣的孩子們打點衣服。她選擇了自己的陣營，而且從來不錯過任何可以提醒別人的機會。一九五四年九月，一名巴黎記者來梅克內斯採訪。有人建議這名記者，與打造了紡織工坊又有善心的法國女士見面。法柏小姐在某天午後接待年輕記者。他在燠熱又吹不進半絲風的老屋裡，差點就要昏倒。一樓，幾個孩子坐在地上，將羊毛依色分類再放進籃子裡。樓上的年輕女人坐在大型織布機前面，邊聊天邊讓毛線舞動。廚房裡，兩名黑人老婦把麵包浸在栗子色的湯裡。記者向法柏小姐要水喝，她輕拍他的額頭，說：「可憐的孩子，不要激動，不要試圖反抗。」他們談起她做的善事，談阿拉伯區的生活，談職業婦女的衛生和心理狀況。接著，記者問她是否會害怕恐怖分子，她是否與其他法國人一樣緊張，擔心自身安危。法柏小姐抬起雙眼，她看著頭頂上，暮夏的白色天空，像在努力自我克制地握緊拳頭。「沒多久以前，我們所謂的在法國領地的恐怖分子，後來成了抵抗德國的軍人。保護國制度已經實施了超過四十年，我們怎麼可以不瞭解摩洛哥人要求得到他們努力爭取的自由？更何況向他們傳達自由滋味的是我們，同樣的，也是我們讓他們學習到自由的價值。」滿頭大汗的記者反駁道，獨立當然會實現，但必須一步一步來。我們不能怪罪那些為了這個國家犧牲性命的法國人。要是法國人離開，摩洛哥會變成什麼樣子？誰來統治？誰來耕地？法柏小姐打斷他的話。「如果您想知道，我可以告訴您，我才不在乎這些法國人怎麼想。他們以為這個成長茁壯、主張擁有權的民族是侵略者。我只說這麼一次：他們才是外國人。」她要記者離開，沒提議陪他回到他在新區的旅館。

每星期四下午，法柏小姐會接待一群出身良好的女孩，她們聲稱來法柏小姐家學十字繡、編織和鋼琴入門。家長都信任她，因為他們知道法柏小姐不敢誘勸他們的孩子改變信仰。當然了，她不會提起耶穌，不會提到祂照耀人間的愛，然而她仍然成功了。沒有任何一個少女彈琴能彈超過兩個音符，而且她們連補襪子都不會。她們在天井或摩洛哥小客廳裡度過幾個小時，躺在床墊上，吃下滿肚子蜂蜜蛋糕。法柏小姐會放唱片，教她們跳舞，讀詩給大家聽——這些詩讓有些女孩臉紅，某些女孩則會喊著「天哪，天哪！」地逃開。她拿《巴黎競賽》[1]借她們讀，最後，那些被撕下來的頁面會從某家露臺飛到另一家的露臺，英國瑪格麗特公主的照片飄落到水溝裡。

一九五五年三月一天下午，法柏小姐為大家準備熱茶時，講了一番深入的言論，嚇了大家一跳。當時，中學生罷課了一個星期，原因是教授羞辱了一名女學生。他指控女學生以聖女貞德對抗英國人的戰役為主題，寫了一篇煽動性十足的作文，而且利用歷史課來表明她對民族主義分子的支持。女孩們聽到樓上修屋頂工人的笑聲，忍不住想看那些男人。法柏小姐隆重地將薄荷茶倒進缺了口的玻璃杯裡，動作像個十足的摩洛哥人。她走向瑟瑪。

「來，貝拉吉小姐，我有話和您說。」

瑟瑪跟著她走進廚房，不知道法柏小姐為什麼要找她單獨談話。她差點要說自己對政治沒有興趣，說她大嫂是法國人，說她不會選邊站。但法柏小姐對她微笑，請她坐在木頭桌邊，桌上籃子裡的水果上停滿了果蠅。法柏小姐伸長雙腿。對瑟瑪而言，這幾分鐘好像永遠沒有結束的時候，她看著花園深處盛開的九重葛發呆，那株九重葛長在牆邊，一簇簇紫色的花串往上攀爬。她拿起一顆桃子皮剝落的壞桃子，軟軟的果肉已經發黑。

「我聽說妳沒去學校上課了。」

---

1 *Paris Match*，法國時事政治新聞雜誌。

瑟瑪聳聳肩。

「何必去呢？我在學校裡什麼都聽不懂。」

「您是個傻瓜。沒接受教育，您什麼也辦不到。」

瑟瑪很驚訝。她從來沒聽過法柏小姐用這種方式說話，以這麼嚴肅的態度對待少女。

「是為了男孩子，是嗎？」

瑟瑪臉紅了，如果可以，她會跑走，再也不回到這個地方。她的雙腿開始發抖，法柏小姐把一隻手放在她的膝蓋上。

「您以為我不懂嗎？您一定以為我從沒談過戀愛。」

讓她住嘴，讓她放我離開。瑟瑪心想。然而老小姐繼續說話，指尖拂過象牙十字架，這個十字架經過長期撫摸，已經有了光澤。

「今天您在談戀愛，這很美好。您相信男孩口中所有的話。您想像戀情會持續下去，而他們將來會和現在一樣愛您。除了戀愛，求學一點也不重要。但是您一點也不瞭解人生！總有那麼一天，您會為了他們犧牲自己，到時候您會一無所有，必須仰賴他們，仰賴他們的心情和感情，任他們以暴力相待。我請您必須為自己的未來設想，必須求學，請相信我。時代改變了。您不會面對像您母親那樣的命運。您必須有個工作，成為律師、老師或是護士。甚至女性飛行員！您沒聽說過圖莉雅．喬依[2]才剛滿十六歲就拿到飛行員執照嗎？只要您努力付出，一定會成為您想當的人。而且您永遠、永遠不必向男人開口要錢。」

瑟瑪雙手緊緊握著杯子聽法柏小姐說話。她聽得如此專心，讓法柏小姐以為已經說服了她。「回學校去。準備參加考試，如果您需要，我可以幫忙。貝拉吉小姐，答應我不要放棄。」瑟瑪向她道謝，親吻這位鄰居滿是皺紋的雙頰，說：「我答應您。」

然而，走回貝立馬區家中的途中，她回想著那位前修女的臉，想到她如石灰般蒼白的皮膚、薄到像是吃了自己嘴巴的雙唇。她走在狹窄的街道上，兀自發笑，心想：「她對男人有什麼瞭解？她懂什麼愛情？」她蔑視老婦人肥胖又醜陋的身體，看不起她孤單的生活、她的理想——那些理想，不過是掩飾她缺乏柔情的方式。一天前，瑟瑪才與一個男孩接吻。之後，她不停自問，那些阻撓她、支配她的男人，竟然也是她爭取自由的動力。是的，一個男孩親吻了她，而她以超乎常人地精準，記住那幾個吻的路徑。打從昨天開始，她不斷閉上眼

2 Touria Chaoui，生長在極為重視教育的家庭，為摩洛哥同時也是穆斯林與阿拉伯世界的第一位女飛行員。支持摩洛哥獨立之立場堅定，後遭暗殺。

睛回想那美妙的一刻，興奮之情無法言喻。她在腦海中看到那男孩淺色的眼眸，聽到他的聲音，知道他說：「妳在發抖嗎？」而他的身子同樣顫抖。她彷彿是這個回憶的囚徒，不停地回想，用手撫過嘴脣和脖子，像要尋找傷痕，找男孩嘴巴留下的痕跡。每當他把嘴脣貼上她的皮膚，她都覺得他似乎將她從恐懼、從她從小到大被養成的怯懦中解放出來。

這是男人存在的作用嗎？是因為這樣，我們才會如此頻繁地談到愛情？是的，他們召喚出潛藏內心深處的勇氣，將這股勇氣帶到光天化日之下，強迫它綻放。為了一個吻，為了下一個吻，她覺得自己展現了巨大的力量。她走到樓上自己的房間，心想，他們真是有道理啊。他們果然該小心，果然該把我們看好，因為我們藏在面紗和衣袍下的是一把火，而且我們可以為之背叛一切。

三月底，梅克內斯遇到一波冷鋒來襲，天井裡的井水都結了冰。慕拉拉生病臥床好幾天，在雅斯敏為她蓋上的厚被子外，勉強露出枯瘦的臉。瑪蒂德經常來探望婆婆，她不顧慕拉拉的抗拒，不顧對方拒絕服藥，依然為老婦人治療，把慕拉拉當成撒嬌又害怕的小孩看待。慕拉拉痊癒後，一能起床就立刻穿著瑪蒂德送她的家居長袍走進廚房，但她發現狀況有些不對。起初，她不知道是什麼引起她的恐慌，讓她覺得在自己的家裡也像個陌生人。她穿過走廊，拒絕雅斯敏的攙扶，無視於雙腿痠痛也要上下樓梯。她探身看向窗外，街道像是少了什麼似地黯淡又沉悶。難道在她生病的幾個星期之間，世界有了如此大的改變？她想，自己一定是瘋了，和她兒子一樣，惡魔也占據了她的身心。她想起以前聽人說過，她的祖先中有人會脫光衣服走在街上，有人會與鬼魂說話。這下子輪到她了，家族厄運纏上了她，她的神智開始喪失。她為了緩和內心的恐懼，決定做最常做的事。她到廚房坐下，拿起一把香菜切碎。她舉起沾滿碎末的變形老手，把香菜碎屑抹到嘴巴、鼻子和整張臉上，開始哭泣。她把指頭插進鼻孔，像個精神病患那樣揉自己的雙眼。她什麼味道也聞不出來。因為某種她不了解的詛咒，她的病奪走了她的嗅覺。

也就是這樣，她沒聞出瑟瑪衣服上冷掉的菸味、工地的灰塵味。同樣的，慕拉拉也嗅不到女兒身上的廉價香水味——這些香水是少女用偷來的錢到阿拉伯區買來的。最重要的是老婦人沒有察覺，女兒甜膩的香水味混和著歐洲男人擦在脖子、腋下的檸檬香古龍水味道。瑟瑪晚上回家，雙頰泛紅，頭髮糾結在一起，呼吸中有另一張嘴的味道。她在中庭唱歌，與母親說話時目光閃閃發亮，她會一把抱住母親，對慕拉拉說：「我多麼愛妳啊，媽媽！」

一天晚上，瑪蒂德在門後等著阿敏。「我今天進城去，去看你母親。」她說，慕拉拉對愛伊莎的態度很奇怪。孩子的嘴巴靠向祖母的手時，老婦人放聲大叫。「她說愛伊莎想咬她，還邊哭邊把手放在胸前。她是真的害怕，你懂嗎？」懂，阿敏懂。他注意到母親日漸消瘦，眼神空洞而且心不在焉。她不再用指甲花染頭髮，走出房間時，有時會忘了在灰髮上包上頭巾。瑪蒂德去探望婆婆時，她甚至可以肯定老婦人認不出她是誰。慕拉拉會先盯著她看好幾秒，吐出舌頭，目光呆滯，接著才露出鬆了一口氣的樣子。她沒有叫媳婦的名字——她一向不喊她的名字——但她會露出微笑，把手搭在媳婦的手臂上。慕拉拉在廚房桌邊一坐就是好幾個小時，兩隻手臂在裝蔬菜的籃子前面晃來晃去。當她精神好一點時，她會站起來準備餐點，但她做的菜已經沒有從前的味道。她不是忘了該加哪些香料就是坐在木椅上睡著，塔吉鍋底經常燒焦。慕拉拉一向安靜嚴肅，現在卻成天唱著讓自己發笑的兒歌。她轉著圈圈，雙手拉起長袍下擺，對雅斯敏吐舌還嘲笑她。

「我們不能放任她這樣不管。」瑪蒂德強調。阿敏脫下靴子，把外套放在門口的椅子上，站著沒有說話。「我們應該把她接過來這裡，把瑟瑪也帶過來。」他的妻子溫柔地看著他，雙手擱在腰際。出乎她的意料，阿敏以熱切的眼光看著她，於是她嬌嬈地理理頭髮，解開繫在腰上的圍裙。在這一刻，他最遺憾的是自己的不善言辭。他遺憾自己不像那些有時間與人心靈交流或溫柔相待、或有時間全盤說出內心話的人。他久久凝視妻子，心想，她成了這片土地的女人，她和他承受相同的苦，工作起來和他一樣努力不懈，但他沒有能力為此向她道謝。

「對，妳說得對。況且，她們在沒有男人的保護下住在老城區，我也不安心。」他朝瑪蒂德走過去，踮起腳尖，慢慢地親吻妻子朝他俯下的臉。

阿敏在初春時幫忙母親搬家。他們把賈里送到叔叔家；這個叔叔是個大好人，住在伊夫蘭附近，他向他們保證，高海拔的空氣對精神衰弱的賈里絕對有好處。雅斯敏從沒見過雪，她提議自己陪著賈里一起去。阿敏和瑪蒂德讓慕拉拉住在家裡最明亮的房間，就在入口處。瑟瑪本來要和愛伊莎、塞林姆住同一個房間，但穆拉德成功取得磚塊和水泥，負責在房子側面再蓋出一個房間。

慕拉拉很少走出自己的房間。瑪蒂德經常看到她坐在窗邊，雙眼定定地看著紅色的地磚。她一身白衣，輕點著頭，重回安靜無聲、不允許她哀傷的日子。她滿是皺紋的深色雙手露在白色的袖口外，這雙手似乎容納了這個女人的一生，宛如一本無字的書。塞林姆經常與老婦人待在一起。他躺在地上，頭枕著祖母的膝蓋，在她撫摸他的背、後頸時閉上雙眼。他只願意在祖母房間裡吃飯。他們不得不接受他逐漸養成用手吃飯、大聲打嗝的壞習慣。瑪蒂德認識的慕拉拉一直很瘦，這輩子只要吃別人剩下的食物就滿足，但如今，她和那些在瑣碎快樂中找到生命最後意義的老人一樣，貪食得讓人不安。

瑪蒂德整天在學校、家裡、洗衣室與廚房之間忙得團團轉。她要清洗婆婆和兒子的下身，要準備所有人的餐點——她自己只能在兩個任務之間的空檔站著用餐。早上，從學校回來後，她先看病人然後洗衣服燙衣服。下午，她到供應商的店裡買化學藥品或零件。她活在永不間斷的焦慮當中：為財務、慕拉拉還有孩子們的健康操心。阿敏陰沉的情緒也讓她擔心。瑟瑪住到農場的頭一天，阿敏便對妻子說：「我不要她接近工人。我不要她到處閒晃。

她該去的地方不是學校就是家裡，妳聽懂了嗎？」瑪蒂德點頭歸點頭，但心裡充滿了焦慮。當哥哥不在時——這是常態，瑟瑪會表現得無禮又刻薄。瑪蒂德雖然會對小姑表現出強勢態度，但瑟瑪充耳不聞。她回答：「妳不是我媽。」

三月的大雨讓瑪蒂德害怕，近晚時天色昏黃，工人看到便預言會下冰雹，這同樣讓她害怕。電話鈴響會嚇得她跳起來，她抓著聽筒祈禱，希望來電的不是銀行、不是高中也不是小學。蔻琳經常在午歇時打來，邀請她喝下午茶，還會告訴她：「妳有權讓自己開心！」

瑪蒂德寫給伊蓮的信封封平淡，信中沒有體貼的話也沒有感情。她思念童年吃的餐點，因此請姊姊為她寄來食譜。蔻琳借給她一些雜誌看，她想當個完美無瑕的女主人，她的家要像雜誌上的照片一樣。她想當個懂得理家、維持家庭和諧、讓家人依賴、讓大家又愛又敬畏的女人。然而，正如愛伊莎某天以高亢的聲音對她說的：「無論如何，一切只會愈來愈糟糕。」瑪蒂德只是沒有領悟這個道理。白天，她邊削菜邊看書。她把書藏在圍裙口袋裡，有時，她會坐在待整燙的床單上讀寡婦梅西耶借給她的亨利・特羅亞[3]或阿內絲・尼恩[4]的作

3 Henri Troyat，法國作家，以傳記文學見長。

4 Anaïs Nin，生於法國的古巴裔美籍作家，西方性解放文學、情色文學先驅。

品。阿敏認為她的廚藝糟糕透頂，她做的馬鈴薯沙拉，除了放上洋蔥，嘗起來還有醋酸味，捲心菜煮過頭，臭味在家裡瀰漫好幾天，過乾的絞肉捲讓愛伊莎吃了一口就吐出來，這孩子只好把剩下的藏到襯衫口袋裡。阿敏會抱怨，他會用叉子把不適合這種天氣的奶醬炸肉排推到一邊。他懷念母親的料理，他還相信瑪蒂德表示她不愛吃佐以庫司庫司[5]或扁豆的燻肉純屬挑釁。她會鼓勵兩個孩子在進餐時說話，也會問問題，當孩子們拿湯匙敲桌子要求吃甜點時，她會大笑。然而，阿敏對孩子不莊重又吵鬧的行為十分憤怒。他詛咒這個家，因為認真工作的男人有權力要求安靜，但這個家裡找不到。這種時候，瑪蒂德會抱起塞林姆，從袖口掏出骯髒的手帕開始哭。一天晚上，在愛伊莎驚訝的眼前，阿敏開口唱起一首老曲子：「她哭得像瑪德蓮[6]，她哭個不停，哭了又哭……她哭出全身上下的眼淚……」他跟著瑪蒂德走到走廊，繼續唱：「多麼傷感！真是傷感！……」瑪蒂德勃然大怒，用她向來拒絕翻譯的阿爾薩斯方言咒罵他。

瑪蒂德逐漸發胖，兩鬢也出現了白髮。白天，她和農人一樣戴著以酒椰葉纖維編織的寬邊帽，腳穿黑色橡膠拖鞋。她的臉頰和脖子上除了棕色的斑點，也開始有細細的皺紋。有時候，在看似沒有結束的一天將近尾聲時，她會深陷憂鬱。送女兒去學校的路途上，清風吹拂她的臉，她心想，這片風景她已經看了十年，但她似乎什麼都沒有完成。她將來會留下什麼痕跡？幾百頓餐點吃下肚、沒了蹤影；歡樂的時光轉瞬即逝、什麼也不剩；再也沒有人會記得那些午後究竟為了何事療傷。袖口縫了又補，她沒把孤獨的焦慮告訴任何人，因為怕被取笑。雖說她的孩子和病人都非常感激她，但她覺得無論自己做了什麼，她的生命不過是不斷被吞噬的日子。她所成就的一切注定會消逝，會散去。在渺小的家庭生活中，同樣的動作不斷重複，最後會耗去一個人的所有精力。她看著窗外的杏仁樹林、葡萄園，即將茁壯、再過一兩年就可望結果的果樹。她嫉妒阿敏，嫉妒這片他胼手胝足打造出來的產業；一九五五這一年，這片產業首度讓他感到滿意。

桃子的收成很好，阿敏也以相當不錯的價錢賣出他的杏仁。讓瑪蒂德大感不悅的，是丈夫無視於她向他要錢買文具和新衣服的要求，他決定把所有利潤投入農場的開發。「這裡的女人絕對不敢干預這種事。」他責怪她。他找人蓋了第二座溫室，額外聘來十來個工人負責採收，還聘請一名法國工程師，研究蓋儲水池的可能性。長久以來，阿敏一直對橄欖樹有

5 Couscous，柏柏族傳統糧食，亦稱北非小米，為蒸過粗粒麥粉。

6 指聖女瑪麗·德蓮。

極大的興趣。他讀遍了所有在這方面能找到的書，而且實驗性把作物種植得稠密。阿敏相信，靠自己的力量，他能夠開發出更抗熱、更耐旱的新品種。一九五五年春天，他在梅克內斯的市集上展示了自己的成果，他汗溼的手捏皺了筆記，透過一番語焉不詳的講述，阿敏試圖在一群懷疑的大眾面前解釋自己的理論。「所有創新之舉在一開始都飽受譏笑，不是嗎？」他對好友德拉剛吐露心聲。「如果一切與我預料的相同，這些橄欖樹的收成，會比目前產業上現有的品種多上六倍。而這些橄欖樹只需要極少的水量，讓我能夠回到傳統的灌溉方式。」

艱苦耕作的這幾年間，阿敏習慣獨自工作，不去仰賴任何人的協助。他的農場被其他外來者的產業包圍，長期以來，那些人的富有和能力讓他害怕。戰爭結束後，梅克內斯的外來者仍然掌握著相當可觀的權力。據說，他們能夠成就或毀滅一名總督；只要動動指頭，就足以影響巴黎的政策。現在，這些鄰居對阿敏友善多了。若他到農業公會申請補助，公會人員會恭敬地接待他，就算他的申請遭到拒絕，公會人員也會褒揚他的創意和毅力。聽到阿敏的會面情況，德拉剛總是微笑以對。

「他們怕了，就是這樣。他們感覺到風向變了，知道本地人很快會當家作主。他們平等對待你，是為了替自己留條後路。」

「平等？他們說願意支持我，說相信我的未來，但又拒絕貸款給我。日後假如我失敗，他們會說我懶惰，說所有阿拉伯人都一樣，說沒有法國人，沒有他們的工作能力，我們什麼也做不到。」

五月，羅傑．馬里安尼的農場發生火災。畜棚裡的豬都燒死了，一連幾天，空氣中瀰漫著一股皮肉燒焦的的味道。工人並沒有積極滅火，他們拿布掩住口鼻，有些甚至還吐了。他們說：「吸了這受詛咒的煙是有罪的。」火災那晚，馬里安尼來到山丘上，瑪蒂德請他在客廳入座。他獨自喝掉一瓶匈牙利甜白酒。這個一度大權在握、曾經親自到諾蓋斯將軍[7]位於拉巴特的辦公室，威脅對方並且贏得勝利的男人，如今坐在貝拉吉家老舊的絲絨扶手椅上像個孩子般哭泣。「有時，我的心會重重下沉，我沒辦法思考，就像是濃霧蒙蔽了我的心智。我不再知道我們面對著什麼樣的未來，正義又在哪裡，不知道我是否該為我一向拒絕承認的罪過付出代價。我相信這個國家的方式，就如同信徒相信上帝一樣，不必思考，也不必提出

7　一九四二年曾任法國駐摩洛哥總督。

任何問題。然後我聽說有人想殺我，說我的工人挖洞藏武器準備對付我，說他們也許會吊死我。所以一直以來，他們只是假裝自己不再是野蠻人罷了。」

聖誕假期後，阿敏與穆拉德之間關係冷淡。那幾個星期間，阿敏除了躲避自己的前副官之外沒別的方法。每當穆拉德的身影浮現在從農場通往村落的泥土小徑上，阿敏就會看到他凹陷的臉頰、泛黃的雙眼，這會讓他的胃不舒服。如果對穆拉德有什麼指示，阿敏會低著頭說；如果是穆拉德來找他呈報問題或為收穫將至而高興，阿敏會顯得侷促不安。這種時候，他沒辦法控制自己，他會開始踱步，而且經常得握緊拳頭咬緊牙關，才不至於跑著逃開。

這年的齋戒月在四月，穆拉德拒絕讓工人在夜裡工作，也不讓他們視高溫與疲憊程度調整自己的作息時間。「快澆水，採收期就要到了！不管是老天爺或是我都無能為力！」他站在一名用手捂著嘴念誦祈禱文的工人面前大吼大叫。穆拉德會在白天讓工人午睡，但接著會侮辱、騷擾他們，指控他們看老闆寬宏大量就占老闆便宜。一天，穆拉德在離房子不到幾公尺外的花園裡看見一個男人，他嚇了一跳，扯住男人的頭髮狠狠揍了對方一頓，並且指控他偷窺貝拉吉一家，跟蹤年輕的瑟瑪，想透過客廳的紗窗偷看女主人。他憑想像指控女僕塔茱偷竊，隨時監看著她。他還會盤問瑪蒂德的病人，因為他懷疑她們想利用女主人。

一天，阿敏把他叫進書房，與戰爭時期一樣，用簡短又軍事化的口吻，樂得不必多加解釋便下令。「從現在開始，如果附近有哪個工人來討水，我們就給他水喝。只要我活著，我們就不會拒絕任何人來取井裡的水。如果病人想治病，你得負責確保她們得到治療。在我的產業上，沒有人會挨打，而且每個人都享有休息的權力。」

白天時，阿敏不會離開農場，但到了夜晚，他會逃離吵個不停的孩子、滿口怨言的妻子，以及妹妹憤怒的眼光——瑟瑪再也不想住在這個偏遠的山坡上了。阿敏會到充斥著菸味的咖啡館打牌。阿敏和其他與他同樣羞恥、同樣醉的男人在這些拉下窗簾的酒吧裡喝劣質烈酒。他經常在這些地方碰到從前的戰友，他很感激那些安靜的軍人沒找他聊天。某天晚上，穆拉德跟著他上酒吧。隔天，阿敏完全記不得他的工頭是在什麼情況、用什麼狡計說服他，自己竟然准許他相伴。但那晚，穆拉德上了車，兩人一起到大馬路邊的一間酒吧。他們雖然一起喝酒，但阿敏完全沒注意穆拉德。他心想：「讓他喝醉吧，讓他喝醉然後滾進水溝，這個笨蛋。」在這間破舊的酒吧，一名手風琴師奏起了音樂，阿敏突然想跳舞。他想成為另一個人，一個沒有人依賴、人生輕鬆愉快、充滿罪孽的人。有個男人抓住他的肩膀，他們左搖右晃。這男人爆發出一陣笑聲，笑聲在酒吧裡迴蕩，像咒語般傳染給所有的客人。大夥兒張大著嘴，露出缺損的牙齒。幾個客人跟著音樂拍手或踏腳。有個高瘦的男人吹了一聲口哨，酒吧客人全轉頭看他。「我們走了。」他說。大家都知道要到哪裡去。

一群人沿著老城區的邊緣地帶來到莫斯，也就是所謂的「保留區」。阿敏醉了，他視線模糊，腳步也不穩。幾個不認識的人輪流扶著他。有人在牆邊小解，頓時所有人都有了尿意。阿敏瞪大眼睛看著一道細長的尿液從城牆往下流到鋪石地面。穆拉德朝他走過來，勸他不要走向大街——沿著這條大街，有好幾間由刻薄老鴇經營的妓院。大街愈來愈窄，愈來愈暗，最後通往一條死巷，幾個流氓守在這個地方，等著來買春的男人放鬆戒心。阿敏粗魯地推開穆拉德，惡狠狠地看著穆拉德搭在他肩膀上的手。這群人來到一扇門前停下腳步，有人上前敲門。他們先是聽到哐噹聲響，接著是拖鞋在地上摩擦、手環互相碰撞的聲音。門拉開後，幾個半裸的女人像蝗蟲襲向穀物那樣撲了上來。穆拉德沒看到阿敏去了哪裡。他只想推開抓住他手的棕髮女人，她硬是把他拉進只放了一張床、一個漏水坐浴盆的小房間。酒精讓他變得遲鈍，他沒辦法專心去拯救阿敏，而他的怒火已經冒了出來。那名看不出年紀的女人纏著頭巾，皮膚散發丁香氣味。她拉下穆拉德的長褲，熟練的手法讓他大受驚嚇。他看著她解開代替襯裙的衣料。她的雙腿有新近留下的疤痕，這些疤痕組成了一個圖騰，穆拉德不瞭解其中的意義。這時，穆拉德只想把手指插進妓女的雙眼來懲罰她。女孩應該看到了穆拉德的目光，她猶豫了一下。接著她轉頭看著門，她顯然也醉了，要不就是吸了大麻，她放棄抵抗，躺到床墊上。「動作快一點。很熱。」

稍後，他無法判斷是年輕妓女的這句話或淌在她雙乳間的汗水，是其他房間傳來的嘎吱聲或他以為自己認出了阿敏的聲音。總之，在這個瞳孔放大的女人前面，他回想起印度支那戰爭的影像，想起當地事務官為士兵安排的軍娼，想起那裡的噪音、潮溼的空氣。他曾經想要向阿敏形容當地混亂的景象，但阿敏不能瞭解其中的黑暗，為何會成為噩夢。當時，他說：「那樣的叢林讓人做夢。」穆拉德抓著自己赤裸的雙臂，他覺得渾身冰冷，覺得似乎有一群群蚊子飛進了這個小房間，他的後頸和肚子再次布滿了讓他連續幾夜睡不著的大塊紅斑。他聽到法國軍官在他背後叫喊，他告訴自己，他看到了白人的內臟，看到了他們的死亡，那些基督徒腹瀉而脫水，因為無用的戰爭而陷入瘋狂。不，最難的不是殺人。同時，他在腦海裡聽到扣動扳機的聲音，他拍打自己的太陽穴，彷彿想掏空腦子裡這些黑暗的思想。

老鴇喊了幾次，要妓女動作快一點，還有客人在等待。妓女疲憊地站起來。她光著身子走向穆拉德，說：「你病了嗎？」看穆拉德又是發抖又是啜泣，還拿額頭撞向石牆，她找人來幫忙。妓院的人把他們丟到門外，阿敏的這名前任副官神智顯然錯亂了，老鴇朝他臉上吐口水。幾個妓女朝他撲過去，高聲嘲笑他，出口侮辱。「可惡。你們活該受到詛咒！」阿敏和穆拉德漫無目的地往前走。現在只剩下他們兩個人，其他人都跑了，而阿敏忘了自己把車停在哪裡。他在路邊停下來，點了一跟菸，但抽了一口就想吐。

第二天，阿敏告訴工人，說工頭病了。看到工人們鬆了一口氣還有喜悅的表情，他忍不住難過。瑪蒂德自告奮勇去照顧穆拉德，讓他服藥，但阿敏冷淡地回答，穆拉德需要休息。「光是休息就夠了。」接著阿敏又補充一句：「我想，我們應該幫他找個妻子。這麼孤單不好。」

VIII

梅奇在共和國大道上當了二十年攝影師。只要他有時間——這代表大多數時候——他會揹著相機在大道上走來走去，問路人是否可以讓他拍照。最初幾年，他在這行競爭得很辛苦，尤其是面對一名認識所有人——從擦鞋匠到酒吧老闆——並且一網打盡所有客戶的年輕亞美尼亞人。最後，梅奇終於領悟到，光靠運氣去找模特兒，光靠堅持、降價或報導自己的才華是不夠的。不，他該做的是找到想為此時此刻留下記憶的人；是去找出自以為俊美、覺得自己正在老去，或是看著孩子成長的人，然後不斷地對他們說：「時間過得很快。」至於老人、生意人或因操勞過度而臉孔憔悴的家庭主婦呢，沒必要在他們身上浪費時間。孩子永遠是最好的切入點。他對孩子們扮鬼臉，解釋照相機如何運作，父母絕對無法抗拒衝動，一定會想將小孩的天使面孔用厚紙板裱褙起來。他母親認為他的照相機是個邪惡的機器，那些自傲而在相機面前擺弄姿勢的人，靈魂都會被相機收走。在他職涯初期，梅奇擔任過當地政府部門的攝影師，他經常碰到不願讓妻子入鏡的丈夫。一些摩洛哥達官顯貴甚至寫信威脅總督，聲明他們強烈反對讓妻子在陌生人前面露出臉孔。法國人因此讓步，許多當地高官便只提供簡短的書面形容放在妻子的身分證件上。

然而，梅奇最喜歡的獵物是情侶。春季的這天，梅奇正好遇到一對最迷人的男女。在溫和又充滿許諾的氛圍中，滿溢在市中心的柔滑光線愛撫著建築物白色的牆面，襯托出鮮紅的天竺葵和木槿。他看到一對離群的情侶，於是朝他們跑過去。他把指頭放在快門鈕上，誠摯地說：「你們真是太好看了，我可以免費為你們拍照！」他說的是阿拉伯語。年輕情侶的男方是歐洲人，他舉起雙手表示自己聽不懂，接著從口袋裡掏出一張鈔票遞給梅奇。梅奇心想，情侶最大方了，男生想讓女朋友印象深刻。這種慷慨會隨著歲月退去，但在這個時候，對梅奇來說是好事一件！

既快樂又熱情的攝影師心裡這麼想，沒注意到年輕女人像個逃犯般緊張兮兮地四處張望。當穿著美式夾克的年輕男子輕碰她的肩膀時，她嚇得跳了起來。這對戀人的賞心悅目讓梅奇讚嘆不已。他完全不覺得這兩個年輕人不相配，絲毫沒有意識到這兩個人不該在一起。

她還是少女，無疑是好人家出身，一個體面的家庭才會為她剪裁直裙和素面外套。既然如此，她怎麼會在這個星期二下午來到共和國大道上？她不是那種在大街上走來走去、逃避父親或兄弟監督、在車後座縱慾後懷孕的小太妹。這個女孩氣質清新，梅奇抓著相機，心想，能夠當那個把時間永遠凍結在這瞬間的人是多麼幸運啊。他覺得自己宛如恩典加持。這一刻稍縱即逝，這張臉還沒被任何事物、任何男人的手、罪惡或生命的磨難玷汙。烙印在底片上的會是少女的純真，還有夢想要冒險的眼神。年輕男子同樣的英偉，只要看路過的無論男女如何回頭看他挺拔結實的身軀、晒成棕色的強壯脖子就夠了。他面帶微笑，這正是梅奇會特別注意到的地方。他的牙齒很漂亮，雙脣還沒沾上過多的香菸和劣質咖啡。幸好梅奇大部分的攝影對象在擺姿勢時都閉著嘴巴，但是這個年輕人太開心，覺得自己太幸運，因此沒辦法不笑、不說話。

少女不願擺姿勢讓梅奇拍照。她想離開，在年輕男人耳邊低聲說了幾句話，梅奇聽不見。但男孩堅持，他拉住女孩的手腕，讓她轉了一圈，說：「好啦，不過是一下子而已，我們可以留個紀念。」就算是梅奇，也沒有更好的說詞。花幾秒鐘換來一生的回憶，這是他的廣告詞。看女孩那麼緊張、僵硬，梅奇上前用阿拉伯語問她的名字。「好了，瑟瑪，看著我笑一個。」

拍了照片後，梅奇把取照片的單據給他，年輕男人把收據放進夾克口袋裡。「明天回來拿。如果你沒在共和國大道上看到我，我會把照片留在角落那家相館裡。」梅奇目送他們走進人行道上的人群中，消失了蹤影。梅奇一連等了好幾天，甚至變動自己的行程，希望能再次偶遇他們。那張照片很成功，梅奇認為那可能是他鏡頭下最成功的人像了。他成功捕捉了那個五月下午的光線，取景時，還將後面的棕櫚樹、戲院也納入背景。那對情侶互相凝視。纖瘦害羞的女孩把目光放在俊挺的男孩臉上，後者的嘴仍然半開著微笑。

一天晚上，梅奇走進呂西安的照相館。呂西安除了幫梅奇沖洗底片，還借錢給他買新相機。兩人談完正事結完帳後，梅奇從自己的小皮革袋子裡拿出那張照片，說：「可惜他們沒來拿。」呂西安——他一向把全副精力拿來隱藏自己對男人的慾望——俯身看照片，驚呼：「好帥的男孩！可惜他沒有回來。」梅奇聳聳肩，伸手想拿回照片時，呂西安說：「梅奇，你這張照片很棒，真的很美。你進步了，你知道吧？聽著，我有個提議。我把這張照片放在我的櫥窗裡一定會吸引顧客，這麼一來，整條大道上的人都會知道你比誰都懂得拍情侶照。你覺得怎麼樣？」

梅奇猶豫了。當然了，呂西安的讚美和讓照片吸引大道過客的廣告效益讓他心動。但他同時有種奇特的渴望，想把這幅影像據為己有，與這對情侶成為朋友，成為互不知名的伙伴。他有點擔心是否就這樣把他們擺到大道上的人群面前，但呂西安說服力十足，於是梅奇讓步了。那天晚上，在相館關店前，呂西安把飛行員亞蘭．克羅齊耶和少女瑟瑪．貝拉吉的合照掛到櫥窗裡。不到一星期後，阿敏路過此地，看到了照片。

而到了後來，瑟瑪和瑪蒂德會覺得好運非但沒有眷顧她們；甚至可說是站在男人、在有權勢的人、在不公不義的那邊。因為，一九五五年的春天，阿敏甚少到新城區。這陣子攻擊、謀殺與綁架事件頻傳，再加上法國方面對於摩洛哥民族主義分子的行動愈來愈強悍，整個新城區氣氛低迷，身為農人的阿敏不想捲入其中。偏偏在這天，他反常地進城到德拉剛．帕絡西的辦公室。德拉剛決定向歐洲下單訂果樹幼苗。「到我辦公室來，我們先談生意，然後我陪你到銀行協商你需要的貸款。」這是事情的經過。阿敏在全都是女人——其中一半是孕婦——的候診室裡等待，覺得很困窘。他們討論了將近一小時，醫生拿了一本銅板紙印刷的目錄給他看，上面有各種桃樹、李樹和杏樹。隨後兩人並肩走向銀行，一名皮膚長著鱗癬的人員負責接待他們。德拉剛說，這名銀行員娶了阿爾及利亞女人，住在市郊，而離他們家不遠處，就是市民會去租來度週末或野餐的果園。承辦人員對阿敏的農業計畫很感興趣，對方的熱切、對於農務的精確也讓阿敏驚訝。會議結束後，他們互相握手慶祝案子談成，阿敏帶著完成任務的感覺離開。

由於心情大好，阿敏慢慢地走在共和國大道上。他覺得自己有資格閒逛一下，欣賞路上的女人，靠近到聞得到她們身上香水的距離。他不想回家，因此，他雙手插進口袋，雙眼瀏覽著櫥窗，走著走著，他忘了最近的事件，忘了弟弟，也忘了瑪蒂德對他新近投資的責備。他欣賞內衣店的櫥窗，看那些尖挺的胸罩、絲緞內褲。他注視著甜點店面展示的巧克力，這家店最拿手的甜品是漬櫻桃。接著，他在照相館的櫥窗裡看到那張照片。他愣了好幾秒鐘，無法相信自己的眼睛。他緊張地笑了，心想，照片上的女孩怎麼會那麼像瑟瑪。她大概是義大利人、西班牙人，反正是歐洲國家的人，總之，他認為她很漂亮。但他的喉嚨緊縮，覺得好像有人朝他肚子打了一拳，怒火高漲之下，他全身僵硬。他朝櫥窗靠近了些，與其說是為了把照片看得更清楚，不如說是為了擋住行人的視線。他覺得在人群的目光中，他妹妹彷彿全身赤裸，而他除了用身體擋之外，沒有別的方法可以維護瑟瑪的尊嚴。阿敏必須忍住衝動，才沒有一頭撞破玻璃，拿了照片就跑。

他走進相館，看到呂西安坐在木頭櫃檯後方，正在玩紙牌。

「我能幫什麼忙嗎？」照相館老闆問阿敏。他擔心地看著阿敏。這個眉頭深鎖、目光凶狠的阿拉伯人想要他做什麼？他運氣未免太好。現在照相館裡沒別的顧客，只有這個激動的男人，他可能是民族主義人士，說不定準備來暗殺他的恐怖分子，只因為他這個法國人獨自看店，沒有防衛。阿敏從口袋裡掏出一條手帕擦額頭。

「我想看櫥窗裡的照片，有個年輕女孩的那張。」

「這張嗎？」呂西安緩緩走向櫥窗，拿來架子上的照片放在櫃檯上。

阿敏安靜地審視了很久，最後問：「多少？」

「抱歉，我沒聽懂？」

「這張照片多少錢，我想買。」

「這張是非賣品。這對情侶付了錢，應該要來領，只是還沒出現，但是我不能放棄希望。」呂西安酸溜溜地說。

阿敏凶惡地瞪視他。

「告訴我，您這張照片賣多少，我付錢給您。」

「但是我剛剛告訴過您……」

「聽好了。這個女孩。」阿敏指著用厚紙板裱褙的照片。「這個女孩是我妹妹，我不想讓照片留在您相館的櫥窗裡，多一分鐘都不行。告訴我您要多少錢，然後我就走人。」

呂西安不想惹事。他離開法國，因為他曾經是一樁勒索案的受害者，讓他覺得羞辱，如今他來到這個新世界，這個世界同樣險惡但陽光燦爛，他想要的是保持低調。他太常聽到阿拉伯人不容挑釁的榮譽心。剛開店時，有個客人告訴他：「假如你碰他們的女人，你就有得笑了。」當時呂西安心想：「我沒那種風險。」幾天前，他在報紙上看到，有個在拉巴特還是利奧泰港的法國公務員，遭到一名摩洛哥長輩刺傷。老人指稱公務員碰了妻子的遮臉面紗，還笑著說：「這個北非女人和德國人一樣有金色頭髮嘛，而且眼睛還這麼藍！」呂西安打著哆嗦，把照片遞給阿敏。「您拿去。畢竟照片上是您的妹妹，我猜她會回到您身邊。到時候您可以把照片給她。或您想拿照片怎麼樣都行，與我無關。」

阿敏沒說再見，拿了相片就走出相館。呂西安拉下百葉窗，決定提早打烊。

阿敏回到農場時，天已經黑了，瑪蒂德正在客廳裡縫補。阿敏站在半開的門口久久看著妻子，而她完全沒發現。他吞下一大口自己又黏又鹹的口水。

瑪蒂德瞥見丈夫後立刻垂下目光，看著自己手上的衣物。「你回來晚了。」她說。阿敏的默不作聲沒讓她意外。他走過來，看著袖子破損的開襟毛衣，還有她套著銀色頂針的大拇指。他從外套口袋裡抽出照片，放在孩子的衣服上，瑪蒂德立刻伸手捂住嘴巴。頂針敲到她的牙齒。她的臉色變了，像個看到致命證據的謀殺犯。事情被揭發了，她被逮個正著。

「他們是清白的。」她含糊地說：「我早就想跟你說了。這個男孩是認真的，他打算到農場來向她求婚。他是個好男孩，我可以保證。」

他瞪著妻子看，瑪蒂德覺得阿敏的眼睛愈睜愈圓，五官跟著變形，嘴巴大得嚇人。在他怒吼出聲時，她幾乎要跳起來。「妳瘋了！我妹妹絕對不會嫁給法國人！」

他扯住瑪蒂德的袖口，將她從扶手椅上拉起來。他將妻子拖到陰暗的走廊上。「妳讓我丟臉！」他朝她臉上吐口水，用手背賞她耳光。

瑪蒂德想到孩子，不敢出聲。她沒有撲向丈夫，沒有回他巴掌也沒有自衛。她不出聲，想等他這波怒火過去，祈禱他會自覺羞恥並停下來。她任阿敏像拖著死屍般拖著她走，這個身體如今這麼沉重，讓阿敏火氣更大。他用深色的大手抓住她一束頭髮，強迫她站起來面對他。「我們還沒結束。」他告訴她，接著用拳頭打她。一直來到通往房間的走廊上，阿敏才放開手。她跪在他面前，鼻子流著血。他解開外套，開始發抖。他推倒瑪蒂德用來放書的小木架，木架碎了，書散了一地。

瑪蒂德從半開的房門看到愛伊莎的身影，她在偷看。阿敏望向女兒的方向。他臉上的線條緩和下來，看起來彷彿馬上要露出笑容，假裝這一切只是在與孩子的母親玩遊戲，一個小孩不懂的遊戲，現在該是孩子睡覺的時候了。但是沒有，他憤怒地往前踏出可怕的一步，朝房間裡走去。

瑪蒂德看著地上書本的封面。《騎鵝歷險記》[1]，小時候，她父親曾經讀這本書給她聽。她把所有注意力放在封面小主人翁尼爾斯騎在鵝身上的圖片。聽到瑟瑪的驚叫她沒有抬起眼睛，當小姑去求救時她動也不動。接著，她聽到阿敏威脅她們的聲音。

「我要把妳們全都殺了！」

他手裡拿著槍，槍管對準瑟瑪美麗的臉龐。幾星期前，他申請了槍枝持有許可證。他說那是為了保護家人，鄉下很危險，他們只能靠自己。瑪蒂德雙手遮住眼睛。這是她唯一能做的事。她不想看這一幕，不想目睹死亡發生，不想看自己的丈夫、孩子的父親下手。接著她想到女兒，想到安靜睡覺的小兒子，想到啜泣的瑟瑪，她轉頭看向孩子們的房間。

阿敏跟著她的視線轉過頭。他看到愛伊莎，孩子的頭髮在昏黃的光線下閃閃發光。她看起來像個鬼魂。「我要把妳們全都殺了！」阿敏再次怒吼，一邊揮動手上的槍。他還不曉得要從誰開始，但一旦決定一個接一個解決她們，他會冷靜決絕地下手。她們的哭聲混在一起，尖叫呼喊，瑪蒂德和瑟瑪苦苦哀求他原諒，他聽到自己的名字，聽到有人喊「爸爸」，他滿身大汗，覺得外套瞬間縮水了。他開過槍，他曉得自己辦得到，知道一切會在眨眼間過去，恐懼會消失，隨之而來的會是解脫，甚至是無所不能的感覺。但他聽到「爸爸」，這個聲音來自那裡，來自站在臥室門口的孩子，她的睡衣溼了，雙腳踩在一小灘水當中。有那麼一會兒，他想把槍管轉向自己。這可以解決一切，不必多作解釋。而他週日的正式外套會染滿鮮血。他放下手槍，連看都沒看她們一眼就走出臥室。

瑪蒂德把食指壓在嘴脣上。她無聲地哭泣，打手勢要瑟瑪別動，自己連忙朝手槍爬過

1 諾貝爾文學獎得主瑞典作家瑟瑪．拉格洛夫的兒童文學作品。

去。她的視線因為淚水而模糊，大量出血的鼻子讓她難以呼吸，頭像是被閃電打過似的，她不得不先用雙手壓住太陽穴，免得暈倒。瑪蒂德雙手捧起手槍，覺得槍好重，接著她像著魔般地打轉。她四處張望，想找東西，想找出讓手槍消失的方法。她絕望地看了女兒一眼，踮起赤裸的腳尖去拉書房裡的陶土大花瓶，大花瓶傾斜後，才把手槍丟進裡面。瑪蒂德把花瓶放回原位，花瓶緩緩晃動了幾秒鐘，這瞬間她們提心吊膽，怕花瓶會裂開，怕阿敏回來看到這場混亂後把她們給殺了。

「妳們兩個，聽我說。」瑪蒂德把瑟瑪和女兒拉過來抱在胸前。她的心跳急促，嚇到了孩子。尿臊味往上竄，與血水味混在一起。「絕對不能說出手槍在哪裡，妳們聽到了嗎？就算他再怎麼懇求或威脅利誘都不可以。千萬別說出手槍在花瓶裡。」她們慢慢點頭。「我要聽妳們說『我保證』。快說！」瑪蒂德很生氣，兩個女孩乖乖照做。

瑪蒂德把她們帶進浴室，在大浴缸裡放了溫水，把愛伊莎泡進去。她先清洗孩子的睡衣，接著拿沾了酒精、冰水的溼布擦自己和瑟瑪的臉。她的鼻子非常痛。她不敢去碰，但知道自己的鼻梁斷了。她雖然痛、雖然憤怒，但她仍然忍不住要想自己會變醜。阿敏奪去她的尊嚴不說，還留給她拳擊手的鼻子、一張瘌痢狗的臉。

愛伊莎看過臉上有瘀青的女人。她經常看到同學的母親中有人眼睛腫得張不開、臉頰青紫或嘴唇撕裂。小時候，她以為化妝品的發明就是為了這個原因。為了掩飾男人拳頭造成的後果。

這天晚上，她們睡在同一個房間裡，三個人的腿纏在一起。入睡前，愛伊莎後背貼著母親的肚子，大聲地祈禱。「我的天父啊，求祢賜福，我現在去休息是為了修復我的力量，才能進一步服事祢。聖母，天主之母，以及隨後的，我的天使以及我的守護聖人，請為我說情，請保守我度過這個夜晚，度過我的一生以及我死的一刻。但願如此。」

她們維持著相同的姿勢醒來，像是凍結在害怕阿敏回來的恐懼當中，彷彿相信她們三個人可以組成一具不屈不撓的身軀。在不安寧的睡眠中，她們似乎變成了某種動物，像寄居蟹那樣躲藏在貝殼裡。瑪蒂德抱緊了女兒，她想讓孩子消失，讓自己也跟著不見。睡吧，睡吧，我的孩子，這一切不過是個噩夢。

*

阿敏在野外走了一整夜。黑暗中，他撞到樹，樹枝劃傷了他的臉。他邊走邊詛咒這一大片忘恩負義的大地。他氣得幾近瘋狂，神志不清，開始數起石頭，他相信是這些石頭聯合起來對付他，在陰影下複製成長，然後在每塊土地上都散落上千顆，讓他的土地無法耕作，無法生產。他好想用指頭碾碎這些石頭，或是用牙齒磨碎，然後吐出濃密的灰塵覆蓋住一切。夜裡的空氣凍人，他坐在樹下全身發抖，縮著肩膀蜷起身子，在酒精和羞恥的催化下，昏昏沉沉地半睡半醒。

他兩天後才回家。瑪蒂德沒問他去了哪裡，阿敏也沒找手槍。家裡一連幾天沉浸在沒人敢打破的無聲當中。愛伊莎用眼神說話。瑟瑪沒有踏出自己的房間。她整天躺在床上抱著枕頭哭，詛咒哥哥，發誓要報復。阿敏決定不讓她讀完中學。他看不出繼續擾亂妹妹心靈或讓她有瘋狂念頭會帶來什麼好處。

白天，阿敏都待在外面。他沒辦法忍受去看瑪蒂德的臉。她的眼周明顯發紫，鼻子腫成兩倍大，嘴脣撕裂。他不太確定，但她似乎掉了一顆牙齒。他凌晨出門，妻子入睡後才回家。他睡在自己的書房，用戶外的廁所，這種不顧別人隱私的作法讓塔茉很不愉快。這幾天，他過得像懦夫一樣。

接下來的星期六，阿敏在凌晨醒來，起床刮鬍子後還噴了古龍水。他走進廚房時，背對他的瑪蒂德正在煎蛋。聞到古龍水的味道，她定定站在原地，動彈不得。她站在爐子前面，手裡拿著木鏟，祈禱阿敏什麼話都不要說。她心裡只想著一件事。「希望他不要笨到開口，用那些陳腔濫調敷衍我，假裝什麼事都沒發生。」如果他說「對不起」，她會允許自己賞他一巴掌。沉默依舊。阿敏小步走近瑪蒂德，她背對著他看不見，但是她猜想丈夫應該和一頭野獸一樣繞著圈圈，鼻翼外張，呼吸短促。他靠在藍色的大壁櫃上看著妻子。她抬起手梳理頭髮，拉整圍裙的腰帶。她任雞蛋煎焦，燒焦的煙讓她用拳頭掩嘴咳嗽。

要她承認確實有點丟臉，但兩人間的靜默對她產生了奇特的影響。她在想，如果他們再也不交談，那麼便與動物無異，一切都可能發生。在他們眼前會有一片新的視野，他們可以學新的示意方式，可以對彼此叫囂、互毆，把對方抓到流血。他們不必多作永無休止的解釋，不必爭對錯，這些解釋解決不了任何問題。她不想報復。而這個身體，她想拋棄這個飽受他摧殘的身體。這幾天兩人雖然沒有交談，但他們依舊做愛，站著靠在牆邊做愛，在門後或在戶外、甚至有次還靠在通往屋頂的梯子上。為了羞辱他，她拋棄了自己的禮教和節制；把她所有的感官慾望和女性之美完全發洩在他身上。她會命令他做些低俗的事，這令他吃驚卻也讓他興奮。她向他證明自己內心有不可捉摸又齷齪的想法，而他無法觸及。她證明了屬於她、而且是他永遠不能瞭解的晦暗。

一天晚上，瑪蒂德正在燙衣服，阿敏走進廚房找她，說：「來。他到了。」

瑪蒂德放下熨斗。她先走出廚房但隨即往後退。在愛伊莎的目光下，她對著水龍頭俯下身子，打溼臉和頭髮。她脫下圍裙，說：「我馬上回來。」這孩子當然會跟上去，她像老鼠一樣不起眼，唯有在走廊摸黑前進時雙眼發亮。她坐在門後，透過縫隙看到一個壯碩的男人，他的皮膚上長著疙瘩，穿著一件棕色吉拉巴，臉上鬍子沒刮好。他雙眼底下的眼袋異常腫脹，似乎只要手一碰甚或風一吹過就會爆裂，流出濃濃的液體。他坐在書房的扶手椅上，有個年輕男人站在他後面。年輕人卡其色外套的肩膀上有一大塊黃色的痕跡，彷彿剛沾到鳥糞。他將一本皮革封面的大筆記簿遞給老人。

「妳的名字？」老人看著瑪蒂德的方向問話。

她回答了，但司法官轉頭看阿敏。他皺著眉頭又問一次：「她的名字？」阿敏解釋妻子的名字如何拼寫。「瑪蒂德。」

「她父親的名字？」

「喬治。」阿敏靠向筆記簿，說出這個屬於天主教徒又難拼寫的名字讓他不太自在。

「交治？交治？」司法官重複了幾次，開始咬起了原子筆。他背後的年輕人動了動。

「怎麼念就怎麼寫好了，就這樣。」司法官下了結論，站在他背後的助理鬆了一口氣。

司法官抬起眼睛看瑪蒂德。他看了幾秒鐘，審視她的臉，接著看她握得緊緊的雙手。

愛伊莎聽到母親用阿拉伯語說：「萬物非主，唯有真主，穆罕默德是真主的使者。」

「很好，那妳現在要用什麼名字？」司法官說。

瑪蒂德沒有考慮到這一點。阿敏告訴過她，說她必須歸信，必須取個穆斯林的名字，但這幾天她心情太沉重，太煩惱，沒去想自己的新名字。

「瑪莉安。」她終於說了。司法官對這個選擇似乎很滿意。「就這樣吧，瑪莉安。歡迎來到伊斯蘭世界。」

阿敏走到門邊。看到愛伊莎，他告訴女兒：「我不喜歡妳老是愛偷看。回妳房裡去。」孩子站起來走向長廊，父親跟在後面。她躺上床，看到阿敏像修女拉著受處罰的小學生去見校長那樣，抓起瑟瑪的手臂。

愛伊莎入睡後，在瑪蒂德、阿敏，以及兩名被叫來充當證人的工人面前，司法官在書房為瑟瑪和穆拉德證婚。

瑟瑪什麼都不願聽。瑟瑪婚後和丈夫一起住在大棕櫚樹下的小屋，瑪蒂德來敲門時，她拒絕開門。瑪蒂德輪番用腳踹、用拳頭猛敲、把額頭抵在門上，或是在大吼大叫後像是希望瑟瑪豎起耳朵聽似地，輕聲細語說話。或許，她希望小姑像從前一樣，頭依著門框聽她的建議。瑪蒂德沒有多想也沒有算計，輕柔地向小姑道歉。她提起內在的自由、學習委曲求全的必要，說到偉大的愛情夢想如何讓女孩們陷入絕境和挫敗當中。「我也年輕過。」接著她談及未來，「有一天妳會懂的，有一天妳會感謝我們。」她說，要看看事情的光明面。不要讓哀傷在她第一個孩子出生時投下陰影，不要為一個確實英俊但懦弱又不為他人著想的男人懊悔。瑟瑪離門遠遠的，靠在牆邊蹲下來，雙手遮住耳朵。她把心事告訴了瑪蒂德，讓她觸摸她飽漲得難過的乳房，她的小腹依然平坦，而瑪蒂德卻背叛了她。不，瑟瑪不聽，如果有必要，她會把瀝青倒入耳朵裡。她大嫂的反應是出自嫉妒。瑪蒂德大可幫她逃跑，幫她拿掉孩子，幫忙她和亞蘭·克羅齊耶結婚；瑪蒂德大可實踐自己對女性自由和戀愛權的堂皇說法。然而沒有，她寧可讓男人的法律阻隔在姑嫂之間。瑪蒂德把事情說了出來，而她大哥只找到最古老的方式來解決問題。「無疑地，她就是沒辦法忍受我得到幸福。」瑟瑪心想：「比她幸福，嫁得比她好。」

瑟瑪若沒有把自己關在小屋裡，就是緊跟在慕拉拉或孩子們身邊，讓瑪蒂德沒辦法和她談話，藉此折磨請求她原諒的大嫂。瑪蒂德每次看到瑟瑪獨自在花園裡，就會跟在小姑身後跑。某次，她成功拉住少女的襯衫，差點把她勒死。「讓我解釋，拜託妳別躲著我。」但瑟瑪飛快地轉身，用雙手打瑪蒂德，還用腳踢她。塔茉聽到兩個女人的叫喊，發現她們像小孩似地打成一團。塔茉不敢介入。「她們一定會找到說法，說一切都是我的錯。」她心想，隨即拉上窗簾。瑪蒂德護著臉，懇求瑟瑪：「拜託妳理智一點。況且妳那英俊的飛行員一聽到妳有孩子就跑了。有人讓妳免於受辱，妳應該要慶幸。」

當天晚上，阿敏躺在她身邊打呼，瑪蒂德回想白天自己說過的話。她真的相信嗎？她是不是成了那種女人？那種要人講理，要人放棄，把面子放在幸福之前的女人？她心想，事實上，我什麼忙也幫不了。她一再這麼重複的原因不是悲嘆，而是要相信她無能為力，減低自己的罪惡感。她自問，不知穆拉德和瑟瑪此刻正在做什麼。她想像工頭赤身裸體，雙手放在少女的臀部，缺了牙的嘴貼著她的脣。在她的想像中，他們的擁抱是那麼真實，她不得忍住尖叫，忍著沒把丈夫推下床，她拋棄了這個女孩，她必須忍住，才沒為她的命運哭泣。她起床到走廊上踱步，想鎮定下來。她走進廚房裡吃剩下的果醬塔，吃到噁心才停。接著她探身到窗外，相信自己一定會聽到呻吟或哀鳴。然而，除了老鼠在大棕櫚樹幹上跑動的聲音外，她什麼都沒聽見。於是她明白折磨她、讓她反胃的不是婚姻本身，也不是阿敏這個違反自然的選擇。她得承認，她之所以追著瑟瑪跑不只是想求她原諒，還因為她想詢問那可鄙又恐怖的性交。她想知道少女會不會害怕，當她丈夫的性器官進入她時，她是否覺得憎惡。瑪蒂德想知道瑟瑪是不是會閉上眼睛想著她的飛行員，好忘了又醜又老的工頭。

一天早上，一輛小貨卡停到前院，兩個男孩搬下一張大木床。較年長的那個男孩看來不超過十八歲。他褲子的長度只到小腿肚，布質的帽子晒得褪色。另一個年紀還小，娃娃臉和壯碩的身材形成了強烈的對比。他站在後面，等待伙伴下令。穆拉德指著小屋，但戴帽男孩聳聳肩，指著門說：「進不去。」穆拉德在城裡最好的工匠處買來這張床，這下發起脾氣了。他在這裡不是為了和他們討論，他命令他們把床斜放在地上推進去。他們花了一個多小時推床、抬床然後翻正。兩個男孩手都磨傷了，額頭淌著汗水，脹紅了臉，嘲笑起固執的穆拉德。「老傢伙，你好歹講講理！進不去就是進不去。」較年輕男孩的粗鄙語氣讓工頭很不愉快。累壞的男孩坐在床底板上，對同伴眨個眼，說：「不高興的是夫人。床這麼漂亮，房子這麼小。」穆拉德瞪向男孩，他們跳起來放聲大笑。他覺得自己好笨，笨到想哭。在老城區的商店裡，這張床看起來幾乎完美。當時他想到阿敏，於是告訴自己：老闆會以他為榮。老闆會看到他，會認為一個能買這樣一張床的男人才是當他妹夫的最佳人選。「我是白痴。」穆拉德一再告訴自己。如果不是強忍著，他會痛打那兩個少年，會在棕櫚樹下當場拿斧頭砍壞那張床。然而他只是目送小貨卡揚起一波灰塵離開，絕望，但平靜。

大床在原地放了兩天，沒有人問。阿敏沒有、瑪蒂德也沒有。他們既尷尬又丟臉，於是假裝這件家具本來就該在這裡，在這個沙地前院中間。接著，有天穆拉德向老闆請假一天，阿敏同意了。穆拉德抓起一把大鎚，敲掉小屋面對田野的那堵牆，把床從他敲出來的缺口搬進去。他回收敲下來的磚塊和水泥，把此後他要和瑟瑪同住的小屋加大。為了蓋這堵新牆，他從白天工作到入夜。他想為妻子蓋一間浴室——到此刻之前，她一直在戶外廁所洗澡。塔茱踮著腳看著窗外工作的工頭。「別那麼不尊重別人的隱私，管好妳自己就好。」瑪蒂德說。

房子蓋好後，穆拉德雖然驕傲，但沒有改變任何習慣。夜晚降臨後，他把大床留給瑟瑪，自己仍然睡在地上。

要找回歐瑪爾，就得循著血的腥味找。在這個血水四濺的一九五五年夏天，阿敏這麼告訴自己。鮮血流淌在街頭謀殺案倍增、炸彈炸毀屍體的城市裡；噴灑在農作被焚毀、主人被毆打致死的農場裡。這些案件交織著政治問題和個人的復仇。有人以真主之名，有人以政黨之名，或為了抹滅債務、受羞辱而復仇，甚至為了通姦的女子而殺戮。如果有外來移民遇害，相對的就有人殘忍凌虐阿拉伯人。恐懼隨著立場轉換而無所不在。

每當攻擊事件發生，阿敏便會自問：歐瑪爾死了嗎？歐瑪爾是不是被殺了？當企業家在卡薩布蘭加遭到暗殺、法國士兵客死拉巴特、摩洛哥老人在貝爾坎喪生、都市事務官員成為攻擊對象時，他都會想到歐瑪爾。溫和派報社老闆賈克・勒梅格・度博遭到反恐組織殺害後，他聽到法國駐摩洛哥總督佛朗西斯・拉寇斯特透過電臺轉播表示：「所有形式的暴力都讓人厭惡，而且同樣可鄙。」幾天後，吉貝・葛朗瓦來到這個動盪不安的國家，取代了佛朗西斯・拉寇斯特的職務。葛朗瓦首先喚起大家的希望，認為恐怖活動即將結束，民族之間會建立對話。他特赦某些罪犯，取消部分禁制令，還直接面對法國圈內的激進人士。然而在七月十四日，發生在卡薩布蘭加梅爾蘇坦區的恐怖事件破碎了和平的希望。穿著喪服，用黑面紗遮臉的女人們拒絕和法國代表握手。「我們和法國本來就沒有關聯，然而我們卻得失去多年建設的成果，失去我們養大孩子的國家。」歐洲人湧入卡薩布蘭加這個白色城市的老城區，沿途扯下慶祝法國國慶日的三色旗。他們搶劫、縱火、犯下各種罪行，而警察有時甚至縱容他們那麼做。此後，阿拉伯人與歐洲人之間便有了血海深仇。

一九五五年七月二十四日晚上，歐瑪爾出現了。他躲在汽車後座回到了梅克內斯，司機是個年僅十八歲的卡薩布蘭加大男孩。他們把車停在老城下一條滿是尿臊味的死巷裡，抽著菸等待天亮。吉貝．葛朗瓦的送行隊伍[2]在早上九點左右會經過赫丁廣場，歐瑪爾和他的同伴特意要去送行。他們在後車廂藏了兩個裝滿垃圾的大袋子、兩把手槍和幾把刀。天亮了，法國駐軍穿著儀式時的正式制服出現在廣場上。他們準備向送行隊伍致敬，護送總督到曼索爾城門，在這裡，會有人獻上椰棗和羊奶。一群女人聚在護欄前方，輕輕揮動做成十字架形的布偶，布偶的身子以一小束鮮花和布構成。她們來到這裡換得了幾個銅板，女人彼此相視而笑。她們表現得儘管開心，但熱情仍然顯得造作，她們口中的「法國萬歲」不過是一齣演技欠佳的戲。缺手缺腳的截肢者努力想搶到離隊伍近一點的好位置，希望忘了他們的法國能瞭解他們悲慘的命運。當警察要求他們退後，他們大喊：「我們曾經為法國而戰，如今生活在苦難當中。」

凌晨，特別維安小隊開始在老城的每個出入口前設置路障。但沒多久，他們便發現人群從四面八方湧過來，人數遠勝過他們。一輛卡車停在赫丁廣場上，驚慌失措的警方命令乘客下車，要他們丟下手上揮舞的摩洛哥國旗。車上的男人拒絕，用力踏踩卡車後車斗，車子隨之震動，噪音更是刺激了人群。老老少少、從山上下來的農夫、城市裡的中產階級和商人全聚集到廣場周圍。他們舉著國旗和蘇丹的照片，高喊：「尤賽夫！尤賽夫！[3]」這當中有些人手持棍棒，有些人拿著切肉刀。擔心害怕的名人顯貴站在總督準備演講的講臺附近，汗水沾溼了他們純白的吉拉巴。

歐瑪爾向伙伴們打個手勢，大家跳出車外，混進愈來愈激憤的人群當中。他們身後那些蒙著面紗的女人爬到支架上，高喊著「獨立！」歐瑪爾握緊拳頭也跟著大喊，接著把裝垃圾的袋子遞給他四周的男人。他們把橘子皮、爛水果和乾掉的糞便扔到警察臉上。歐瑪爾低沉但響亮的聲音振奮了他的同伴。他跺腳、淬口水，散發出來的怒氣鼓舞了健壯的青少年和駝背的老年人。有個穿著白色汗衫和長褲，露出光潔小腿，看來不超過十五歲的少年跳起來朝

2 葛朗瓦與當時法蘭西第四共和國執政之激進社會黨意見相左，任職只有短短五十天。

3 指當時遭流放的穆罕默德五世，其全名為 Mohammad Al-Khamis Ben Youssef Ben Mohammed Al-Alaoui。

維安人員扔石頭。其他示威者有樣學樣，跟著朝警察丟石塊。現場只聽得到石頭打在人行道上的聲音以及警方用法文要求大家冷靜的叫喊。其中一名眉骨流血的警察抓起自己的機槍。他先是對空鳴槍，接著，他下巴緊縮，眼神充滿恐懼，把槍管對準人群再次射擊。年輕的卡薩布蘭加大男孩倒在歐瑪爾腳邊。雖然場面混亂，大家恐慌地奔跑，女人哭喊不停，但歐瑪爾幾個伙伴依然成功地聚到傷者旁邊，其中一人想搬動他。「救護車到了，我們必須到疏散站[4]。」但歐瑪爾一個手勢就打斷同伴的話。

「不。」

幾個年輕人平常習慣了組長淡漠的態度，這時看著他。歐瑪爾的臉色十分冷靜，而且露出滿意的微笑。一切都依他想要的方式發展，這場混亂是最好的成果。

「如果我們送他去醫院，而他也活了下來，那麼他們會刑求他，會威脅把他送到他肯說話的地方。所以不能上救護車。」

歐瑪爾彎下腰，用細瘦的手臂抱住受傷的大男孩，後者痛得喊出聲。

「快跑！」

慌亂中，歐瑪爾的眼鏡掉了——後來他覺得就是因為看不清楚，他才能穿過人群，避開子彈，一路跑到阿拉伯老城區的門口，衝進蜿蜒的小巷裡。他沒花力氣去看伙伴有沒有跟上來，也沒有安慰受了傷、喊著母親哀求阿拉的大男孩。同樣的，他也沒有看到在廣場上，在這個他度過童年的地方，地上散落著上百隻拖鞋、沾了血的圓氈帽，人們在這裡哭泣。

回到了貝立馬區，群聚在露臺上的女人以傳統的尖呼聲迎接他。他覺得她們彷彿在鼓勵他，引導他走到母親家去，他像夢遊似地來到鑲著銅釘的老舊大門前敲門。一名老人來開門。他推開老人，走進天井，當身後的門一關上，他便問：「你是誰？」

「你呢，你又是誰？」老人回答他。

「這裡是我母親家。他們人呢？」

「他們離開好幾個星期了。這段時間，我負責看顧房子。」老人焦慮地看了歐瑪爾扛在背上的大男孩一眼，補充道：「我不想惹麻煩。」

歐瑪爾把傷者放在潮溼的長椅上。他把臉貼向大男孩，把耳朵靠在他的嘴上。他還有呼吸。

4 作者注：示威時，為疏散運送傷患的救護車所設定的機制。

「看著他。」歐瑪爾指示老人後，把手掌貼在階梯上，手腳並用爬上樓梯。他只看得到物體模糊的形狀、暈散的光線和讓人不安的動作。他聞到焦味，才意識到處都有房子在燃燒，有人放火燒叛國商人的店鋪，市民開始反抗。他聽到飛機掠過老城區的隆隆聲響，聽到遠處的槍聲。他喜悅地想到外頭還有人繼續戰鬥，而這場災難會讓法國和吉貝．葛朗瓦害怕到發抖。近午，穿著軍服、隸屬法國輕步兵團的摩洛哥士兵，與機動憲兵將阿拉伯老城區、歐洲新城區完全隔開來。普布朗軍營附近有三輛坦克停在戰略位置，將砲口對準了老城。

歐瑪爾下樓時，大男孩已經昏了過去。幫貝拉吉家看房子的老人在他身邊，一邊吸鼻子，一邊拍打自己的前額。歐瑪爾要他安靜，老人就像從前養在家裡的貓一樣穿過天井，躲進慕拉拉的房裡去。整個下午，歐瑪爾都坐在炎熱的天井裡，偶爾揉揉太陽穴，張開像貓頭鷹般的大眼，像是期待能恢復清晰的視線。他不能出門，警察在老城區的小巷裡巡邏，挨家挨戶敲門，威脅住戶要強行進入沒收一切，他不能冒著被逮捕的風險。吉普車穿梭在街道上，疏散仍然住在老城區的歐洲人，將他們帶到用來辦市集的空地或是為收容這些人而臨時徵用的波爾多旅館。

幾小時後，歐瑪爾睡著了。聽到風吹草動就會跳起來的老人開始祈禱。他看著歐瑪爾，心想，能在這種時候睡著的人要有多麼冰冷的心，要多麼缺乏道德和感情。夜裡，受傷的大男孩動了動，老人靠過去握住他的手，努力想聽懂他輕聲說的話。大男孩本來是農夫，是個離開窮困山區的可憐鄉下人，最後流落到卡薩布蘭加的貧民窟。他花了好幾個月時間，想在大家口中美好得不得了的工地找到工作。工地負責人不要他，而他就像成千上萬的鄉下人一樣，在卡薩布蘭加的求職之路上失去耐心，但又太窮、太丟臉而不願返鄉。在這個時候，一名招募人員在那些鐵皮屋裡——孤兒會在裡頭拉屎，或死於咽喉炎——找上了他。對方一定是在他眼中看到了恨意和絕望，評估他會是個好目標。大男孩在發著高燒、忍受劇烈疼痛時，請求老人通知他的母親。

歐瑪爾一大早就把老人找來。

「去找個醫生過來。如果警察問你要去哪裡，就說有孕婦快生了，情況緊急。動作快。快去快回，懂嗎？」

他遞了一張鈔票給老人，後者樂得能離開這棟受詛咒的房子，立刻衝出門外。

兩小時後，德拉剛走進慕拉拉的老家。稍早，他沒多問，提著老舊的皮袋就跟著老人出門。他沒想到會看到歐瑪爾，當他看見歐瑪爾彎著頎長的身軀時，他本能地往後退。

「家裡有傷患。」

德拉剛跟在歐瑪爾後面，俯身察看呼吸逐漸微弱的大男孩。在他身後，歐瑪爾不停地踱步。少了眼鏡，他年輕的臉龐和扭曲的細緻五官顯得清楚多了。汗水黏糊了他的頭髮，頸間的血水已乾，渾身發臭。

德拉剛在自己的袋子裡找工具。他請老人幫忙煮沸水來清洗工具。德拉剛先消毒傷口，包紮大男孩受傷的手臂，給他服用鎮定劑。治療過程中，他對傷者輕聲說話，輕撫對方的額頭以示安慰。

德拉剛忙著縫合傷口時，歐瑪爾其他幾個同伴走進了屋裡。老人看到這幾個人對組長態度尊敬，突然也奉承起來。他跑向廚房，動手為這幾個反抗軍鬥士煮茶。他高聲咒罵法國人，把基督徒當叛徒數落，當他和德拉剛四目相對時，後者聳聳肩表示這和他無關。

德拉剛走向歐瑪爾，說自己要離開了。

「你們要照顧傷口，定時清理。如果你需要，我今晚可以帶合適的繃帶和退燒藥過來。」

「感謝您，但今晚我們不會留在這裡。」歐瑪爾回答。

「您的大哥很擔心您，他四處找人。我們聽說您入監服刑了。」

「我們不全都在坐牢嗎。只要我們活在被殖民的國家裡，我們就不能說自己是自由人。」

德拉剛不知該如何回應，與歐瑪爾握了手之後便離開。他走在老城區無人的街上，遇見的少數幾個人臉上都掛著哀悼和傷痛的表情。宣禮員的聲音傳來，這天早上要為四名年輕人舉行葬禮。法國警察在凌晨時分就拉起封鎖線，葬禮隊伍在警察保護下，靜默地走進清真寺。歐瑪爾領著醫生來到城門口，打算支付他費用，但德拉剛冷冷拒絕。在回家的路上，他心想：「他很殘酷。」阿敏這個弟弟讓他想起自己從前在流亡時遇過的人。那些人滿嘴好聽的話、因為有理想而驕傲自大，而這些偉大的言論早已抹滅他們內心的所有人性。

德拉剛讓司機放假一天，自己坐上駕駛座，開著車窗，一路來到貝拉吉家的農場。車外的天色藍得溫柔，但火熱的氣溫讓他覺得田野隨時可能燃燒。德拉剛張開嘴，吸入熱風，惡風暖了他的胸膛卻讓他咳嗽，空氣裡，月桂樹的味道中混和了蟲子被碾碎的氣味。一如在所有哀傷的時刻，他想著他的果樹和成熟多汁的柳橙。有朝一日，這些果實會在捷克和匈牙利的餐桌上滾動，就好像他為那些禁錮在黑夜中的土地送去的一片陽光。

車子開上山坡時，他幾乎要為自己帶來這些哀傷的消息感到內疚。他沒有迷思，不相信住著柏柏農人的鄉下一定善良快樂。但儘管如此，他仍然知道這處地方滿溢著和平、和諧，而阿敏和瑪蒂德想要成為這裡的守護者。他曉得這對夫婦刻意遠離憤怒的城市，知道他們的報紙是用來包新鮮的雞蛋，或是讓塞林姆拿來摺帽子或飛機。他停下車，看到遠處的阿敏急著走進家門。愛伊莎在花園裡爬樹，瑟瑪坐在阿敏架在那株「檸檬柳橙」樹枝的鞦韆上。有人在熱呼呼的水泥地磚上潑了水，蒸氣像雲朵般升起。小鳥在大樹枝葉間飛來飛去。德拉剛為了大自然無視人們愚蠢的行為而眼眶含淚。人類互相殘殺，他心想著，而蝴蝶會繼續翩翩飛舞。

瑪蒂德開心地迎接德拉剛，這讓他更低落了。她想帶他去看診療間，帶他看她在整理工具、材料和藥品這些工作上的進展。她問起蔻琳的近況——蔻琳搬到海濱小屋，讓他很想念。她請他留下來共進午餐，但又紅著臉表示自己只準備了咖啡牛奶，抹了肉醬或果醬的切片麵包。「餐點有點太過簡單了，但孩子們很喜歡。」德拉剛不想讓別人聽到，小聲表明自己有重要的事要說，最好到書房去。他面對阿敏和瑪蒂德坐下，平緩地說起前一天在城裡發生的事。阿敏坐立難安，看著窗外，彷彿有急事等他去處理。他似乎在說：「那些事情與我有什麼關係？」然而，聽到德拉剛說出歐瑪爾的名字，夫婦倆頓時僵住，專注地聆聽。他們一次也沒有相望，但德拉剛看到他們牽著彼此的手。在這一刻，他們不是身處敵對陣營，沒有因為對方的痛苦而感到快樂。他們並沒有期待對方落淚，然後趁機加以指責。不是的，在這一刻，他們都屬於一個不存在的陣營，在這個陣營裡，對暴力的容忍，以及對刺客和死難者的同情以弔詭的方式平等存在。現在湧起的任何情感都像是背叛，因此他們寧願保持緘默。他們既是受害者也是劊子手，既是同伴也是敵人；他們是兩個融合在一起的人，無法說出自己忠於何人。他們是兩個被逐出教派的人，不得在任何教堂祈禱，他們的神是祕密、私有的神，連名字都不知道的神。

IX

這年的古爾邦節是七月三十日。無論在城市或在鄉下，大家都擔心這個節日會演變成無法控制的場面，怕這天本是要慶祝易卜拉欣[1]的獻祭，最後卻成了屠殺的日子。總督下了嚴格的命令給梅克內斯的駐軍和當地公務員——這些公務員因為不能回法國度暑假而忿忿不平。在貝拉吉家的農場附近，許多外來者離開了自己的產業。羅傑·馬里安尼在海邊的卡伯尼格羅有一棟房子，他決定去那裡。

節慶前一個星期，阿敏買了一頭公羊，他們把公羊綁在垂柳樹下，穆拉德負責餵牠吃麥桿。愛伊莎和弟弟透過客廳的高窗觀察這頭毛色泛黃、雙眼哀傷，羊角駭人的公羊。小男孩想過去拍撫這頭羊，但姊姊阻止了他。「牠是爸爸買給我們的。」塞林姆不停地說，而愛

1 即《聖經》的先知亞伯拉罕。

伊莎壓抑不住突生的殘酷，鉅細靡遺地對弟弟描述這頭動物即將面對的命運。屠夫宰羊時孩子不能看，宰殺時，羊血噴濺而出，大量灑在花園的草皮上。塔茱找來水盆清洗染紅的草地，一邊感謝真主的慷慨。

女人們發出傳統的尖呼，一名工人原地肢解了公羊，把羊皮掛在門上。塔茱和她幾個妹妹在後院生火，用來烤肉。透過廚房的窗戶，孩子們看見星火飛揚，還聽得到女孩們把手伸進動物內臟裡所發出的聲音，像是海綿吸水和黏液的聲音。

瑪蒂德把公羊的心、肺和肝放在一個鐵槽裡。她把愛伊莎叫過來，讓孩子湊向紫藍色的羊心。「妳看，和書裡寫的一模一樣。血從這裡通過。」瑪蒂德把手指插入主動脈，然後指出兩個心室和心耳，說：「這個呢，我忘了這叫什麼。」接著她在幾個女僕驚嚇的眼光中拿起羊肺，她們覺得這個遊戲未免太驚世駭俗。瑪蒂德把兩個黏膜的灰色袋狀物放到水龍頭下，在裡面裝滿水。塞林姆拍著手，瑪蒂德親吻孩子的額頭。「想像裡頭裝的是空氣不是水。妳看，親愛的，我們就是這樣呼吸。」

古爾邦節過後的第三天，解放軍在夜裡來到了村落，他們戴著黑色反恐面罩，臉上塗了迷彩。他們命令依朵和巴米魯提供食物，去幫他們找汽油。這些人隔天早上離開時，向村人保證勝利即將到來，強權奪取的時代已經過去。

*

這個時候，瑪蒂德認為她的孩子還太小，無法理解世界正在發生什麼事，而她之所以不解釋，並非她漠不關心或太專制，而是她相信無論外界發生什麼事，孩子都能活在大人無法刺穿的純真泡泡裡。瑪蒂德認為自己比任何人都瞭解她女兒，認為她能讀懂女兒的靈魂，正如同大家能透過玻璃窗看美麗的風景一樣。瑪蒂德把愛伊莎當朋友，當同謀看待，會把不是女兒那個年紀能瞭解的心事告訴她，而且會安心地想：「如果她不懂，就不會造成傷害。」

事實上，愛伊莎也真的不懂。在她眼裡，大人的世界模糊又朦朧，好比鄉間的凌晨或黃昏，在這些時刻，物體失去了輪廓。她父母會在她面前說話，在那些她只能聽懂零星片段的交談中，只要講到「謀殺」或「失蹤」便會壓低聲音。愛伊莎偶爾會無聲地問自己一些問題，例如瑟瑪為什麼不再和她睡同一個房間，為什麼女工會被雙手粗糙、脖子晒得通紅的男工人拉進高高的草叢當中。她猜想，有種狀態叫作不幸，猜想男人做得出傷人的行為。至於解釋，她會在圍繞自己的大自然中尋找。

這年夏天，她重拾鄉下孩子的生活，過著沒有時刻表、無拘無束的日子，成天探索這個山丘世界，猶如身在一座平原中的小島。有時，她會碰到其他孩子，那些與她同齡的男孩手上抱著驚恐又骯髒的羔羊。他們光著上身穿越田野，皮膚被太陽晒得黝黑，後頸和手臂上的汗毛變成金色。一道道汗水沿著他們沾滿灰塵的胸膛往下淌，洗出淺色的溝痕。這些小牧羊人過來找她，提議讓她撫摸他們的羊時，她會覺得有些困擾。她沒辦法把目光從他們肌肉發達的肩膀和健壯的腳踝上移開，她在這些男孩身上看到日後他們將長成的男人。目前，他們和她一樣是孩子，漂浮在某種優雅的狀態中，愛伊莎雖然沒完全意識到，但她多少知道成人的生活已經追上了他們。她知道工作、窮困會讓他們的軀體老得比她的快。

她每天都跟在樹下的工人隊伍跑，在不妨礙他們工作的情況下模仿他們的動作。她幫忙他們用阿敏的舊衣服與新鮮麥桿架起稻草人，在果樹上掛破掉的小鏡子好嚇走小鳥。她會花數小時觀察貓頭鷹搭在酪梨樹上的鳥巢，研究花園盡頭的鼴鼠地洞。愛伊莎不但有耐心還很安靜，她學會了捕捉變色龍和蜥蜴，先把牠們藏在小盒子裡，然後飛快地打開盒子觀測自己的獵物。有一天，她在路上發現了一個沒比她小指大的小鳥胚胎。這雛鳥——其實還稱不上雛鳥——有嘴喙和爪子，骨架小到不像真的。愛伊莎趴下來，臉頰貼著地，觀察在死鳥胚胎旁邊跑來跑去的螞蟻。她心想：「螞蟻不會因為體型小就不殘忍。」如果可能，她想詢問大地，要大地說出在她出生前，曾經在這片土地上生存、死去的萬事萬物，而她沒機會認識的一切。

正因為愛伊莎覺得自由，她才想找出這片產業的邊界。她從來沒真的知道自己有權利走到什麼地方，到哪裡是她家的地，哪裡又是別人的世界。她體力充沛，每天都能走得更遠一些，有時，她會期待遇到一堵牆、一道籬笆或是一片懸崖，遇到某個讓她說「到這裡為止，不能繼續走下去」的終點。一天下午，經過停放曳引機的車棚，穿過整片榅桲樹和橄欖樹，她在豔陽下高高的向日葵田裡穿出一條路，最後來到一片蕁麻高及她腰間的空地，看到一堵一公尺高的矮牆。矮牆抹上了石灰，圈出長滿雜草的一小塊地。她曾經到過這個地方。那是很久以前的事了，當時她還小，她牽著瑪蒂德的手，而她母親採下停著蠓的花。瑪蒂德指著矮牆說：「將來妳爸爸和我就要埋在那裡。」愛伊莎走向那一小塊地。仙人掌長了許多果實，散發出蜂蜜的味道，她躺到想像中母親將會葬下的位置上。瑪蒂德可能會變老，變得和慕拉拉一樣年邁，長滿皺紋嗎？她舉起小手臂蓋住眼睛，免得太陽直射她的臉，她夢到了德拉剛送給她們的解剖圖表。她牢記著幾個骨頭的匈牙利名稱，股骨是 combcsont，脊椎是 gerinc，鎖骨叫作 kulcscsont。

*

某天晚餐，阿敏對大家宣布，他們要到梅帝亞海灘去度假兩天。這個地點不令人吃驚，畢竟梅帝亞是離梅克內斯最近的海灘，開車不必三小時就能到。重點是阿敏一向嘲笑瑪蒂德夢想中的度假方式，例如野餐、到森林散步或是到山裡健行。他總說那些重視娛樂的人懶惰又遊手好閒。他之所以安排這段假期，很可能是因為德拉剛的堅持。德拉剛在海邊有個小屋，這位匈牙利醫生身為瑪蒂德永遠的同謀，在提到假期時，看到瑪蒂德眼中閃爍著豔羨的光芒，因此有了這個提議。當時瑪蒂德眼中的豔羨沒有惡意也沒有尖刻，而是一種悲傷的羨慕，她就像個已經放棄、認為自己永遠不會擁有玩具的孩子，眼睜睜地看著另一個孩子抱著玩具玩。另一個可能，是阿敏受到更深沉的情緒引導，想尋求原諒，或是因為他眼看著妻子在這片山丘、這個只有工作的宇宙逐漸黯淡，所以決定讓她開心。

他們凌晨開車出發。這時的天空顏色粉嫩，瑪蒂德種在農場入口處的花朵也散發著芬芳。阿敏催促孩子，他想趁早上涼爽時開車。瑟瑪留在農場，她沒起床和大家道再會，瑪蒂德認為這樣也好，因為她不覺得自己有辦法面對小姑的目光。塞林姆和愛伊莎坐進車子後座。瑪蒂德戴著酒椰葉編織帽，在大籃子裡放了兩把小鏟子，還有一個用來裝東西的舊桶子。

離海邊幾公里處，車流塞住了。塞林姆暈車，吐了，車裡瀰漫著嘔吐、酸奶混合著可樂的味道。街上到處都是來度假的家庭，他們迷了路，花了不少時間才找到帕絡西家的房子。蔻琳在露臺上晒太陽。德拉剛臉色泛紅還流著汗，看來啤酒喝得有點多。他心情很好，一把抱起了愛伊莎，讓孩子雙腳離地飛起來。到了後來，這個記憶，這個在一雙巨大多毛的手中感覺如此輕盈的記憶，就像她對大海的記憶，強烈地幾乎同樣無法令她承受。「什麼？」醫生問：「妳從來沒看過大海？那我們現在得出發啦。」他拉著她走向沙灘，但小女孩寧願他不要這麼急。如果可以，她想在這個陽光充裕的露臺上再停留一會兒，閉著眼睛凝聽大海讓人興奮、震耳欲聾的聲音。這聲音一開始就讓她愛上，讓她覺得美。這聲音有如某人將報紙捲起後將一頭貼向另一個人的耳朵，對著裡頭吹氣。這聲音像某個沉睡在美夢中的人在呼吸。這澎湃卻又溫柔的浪濤聲中融合著孩子玩樂時的笑聲、母親們的叮囑——「別靠得太近，你可能會淹死！」——以及站在燙腳沙灘上賣甜點和甜甜圈小販的咕噥抱怨。德拉剛仍然將愛伊莎抱在懷裡，一步步走向海邊。他放下還沒脫鞋的小女孩，愛伊莎坐下來脫掉皮革涼鞋。海水輕柔地拍打，她一點也不害怕。她想用指尖抓住海浪邊緣的碎波。「泡沫。」德拉剛帶著濃濃的口音告訴她。他對自己知道這個詞彙似乎很滿意。

幾個大人在露臺上用午餐。「早上有個漁夫過來，讓我們挑今天捕獲的魚。你們一定從來沒吃過這麼新鮮的東西。」蔻琳從梅克內斯帶來的女僕準備了番茄莎拉、漬胡蘿蔔，他們手拿烤沙丁魚，還有一種長如鰻魚、肉質堅實但無味的白魚吃。瑪蒂德不停伸手到孩子的盤裡，撕開魚肉。她說：「千萬別讓他們吃到魚刺哽到，那一切就浪費了。」

童年時期的瑪蒂德游泳游得很好。她的同學說她有副適合游泳的身材。寬肩，大腿結實而且皮又厚。她曾經在秋天、甚至春天尚未來臨之前在萊茵河游泳，出水時嘴脣紫了，指頭發皺。她憋氣能憋很久，最喜歡把頭埋在水裡，沉浸在不能說是寧靜，而是一片沒有人類打擾、來自深處的嘶嘶聲中。她十四、五歲時，有一次漂浮在水面上，臉孔半浸在水中，像一段老樹枝一樣，漂得太久，最後一個男同學跳下水救她。對方以為她死了，心裡想像著少女因為情傷而溺死在河裡的浪漫故事。但瑪蒂德抬起頭，笑著說：「騙倒你了吧！」男孩勃然大怒：「我還穿著我的新長褲！這下我媽媽有得念了。」

蔻琳穿上泳衣，瑪蒂德跟著她踏上海灘。稍遠處，幾家人搭起帳篷在海灘上露營了一個月，他們用小陶缽煮飯，在公共浴室洗澡。瑪蒂德往前邁步，海水來到她的胸口，她覺得自己極其幸福，差點就要衝向蔻琳，緊緊抱住對方。她盡可能游遠，在肺部允許下盡興地下潛。有時她會回頭，看著帕絡西家的度假小屋愈來愈小，愈來愈模糊，一整排房子看起來幾乎一模一樣。不知為了什麼，她揮舞雙手向孩子們打招呼，也許是想說：「看看我游到了哪裡。」

塞林姆戴著一頂過大的草帽，在沙地上挖了一個洞，引來其他孩子的注意。「我們來蓋城堡。」一個小女孩說。另一個少了三顆牙的男孩口齒不清地喊著：「別忘了護城河。」愛伊莎與他們坐在一起。大海和沙灘真能讓友誼更容易建立！半裸的孩子晒紅了皮膚，大家玩在一起，除了如何把沙子挖得更深、引來海水，在城堡腳下形成一灘水池之外，沒有其他念頭。幸好有海水和海風，愛伊莎平常鬈曲蓬鬆的頭髮結成了漂亮的大捲，她抬起雙手梳理頭髮。她想到回去農場後，她要請瑪蒂德在洗澡水裡加進大袋大袋的鹽。

近傍晚時，蔻琳幫著瑪蒂德為孩子洗澡。兩個孩子整個下午又是玩又是游泳的，這時已經累壞了，穿著睡衣躺在露臺上。愛伊莎覺得眼皮沉重，但眼前美麗的景觀讓她仍然清醒。天空先是變成紅色，接著轉成粉紅，最後，紫色的光暈停在水平線上，無比燦爛的太陽沉向海面，最後墜入其中。一個賣烤玉米的小販經過海灘，愛伊莎接下德拉剛遞給她的玉米穗。她不餓，但是她什麼都不想拒絕，她想享盡這一天呈現給她的一切。她啃著玉米，玉米粒卡在她的牙縫，她不太舒服，咳了幾聲。睡著前，她聽到爸爸的笑聲，她從來沒聽過父親這樣沒有壓力、沒有任何動機的笑聲。

＊

隔天愛伊莎醒來時，大人都還在睡覺，她獨自走到露臺上。昨晚她做了一個好長的夢，漫長的就像瑪蒂德抿著嘴，一刀不斷地刨下足以當果皮花冠的蘋果皮一樣。帕絡西夫婦穿著泳衣吃早餐，這似乎讓阿敏嚇了一跳。「我們像魯賓遜那樣過日子。」他解釋道。他的白皮膚晒出了櫻桃的顏色。「穿最簡單的衣服，吃大海給我們的食物。」

中午的天氣很熱，好多鮮紅色的蜻蜓在水面上聚成一團，點了水後才繼續盤桓。天空燦白，陽光刺眼。瑪蒂德帶著遮陽傘和毛巾盡量往海邊靠，一方面享受涼意，也方便看著孩子，他們不時走進淺灘玩水，把手伸進打溼的沙裡，看小魚刷過自己腳邊。阿敏過來坐在妻子身邊。他脫下襯衫和長褲，只穿著德拉剛借他的泳褲。他肚子、後背和小腿的膚色比較白，手臂上有明顯的日晒痕跡。看起來，他似乎從來沒有在太陽下裸露身子過。

阿敏不會游泳。慕拉拉一向怕水，她禁止自己的孩子接近溪流，甚至連水井都不行。「水會吞掉你們。」她告訴孩子。但看著孩子隨著波浪起伏，白皙纖瘦的女人調整泳帽，抬著頭游泳，阿敏認為游泳這件事應該不至於多複雜。他沒理由學不會，何況他跑得比同伴快，騎馬不用馬鞍，光用雙臂就能爬樹。

正準備去找兩個孩子時，他聽到瑪蒂德的叫聲。一波比其他浪頭更猛烈的大浪襲來，打溼了毛巾，也捲走了阿敏的衣服。阿敏踩在水中，看著自己的長褲就這樣隨著退去的海水漂走。大海像個吃醋的情婦，指著他的赤身裸體嘲笑他。孩子們笑了出來，爭相跑去撈阿敏的衣服，像是想贏得該有的獎勵。最後是瑪蒂德找回了長褲，拿回來用雙手扭乾。阿敏說：「好了，我們該回去了。」

兩個孩子拒絕回應父母的喊叫回到沙灘。「不要，我們不想回去。」他們說。阿敏和瑪蒂德板著臉，站在沙灘上罵人。「現在就上岸來。夠了。難道要我們過去帶你們上來嗎？」兩個小傢伙沒給父母別的選擇。瑪蒂德優雅地跳入水中，而阿敏謹慎地往前走，一直走到水淹到腋下才停。他大發雷霆，一把抓住兒子的頭髮，塞林姆哭喊出來。阿敏用冰冷的聲音說：「以後不准不聽爸爸的話，懂了嗎？」

回程路上，愛伊莎管不住自己的淚水。她看著遠方，拒絕回應母親無謂的安慰。道路邊有些男人在走路，他們雙手被縛，衣著襤褸，頭髮上都是灰塵。她想，這些人應該是從山洞或地洞裡被帶出來的。瑪蒂德告訴她：「不要看他們。」

*

他們入夜後才回到農場。瑪蒂德抱著塞林姆，阿敏把睡著的愛伊莎放到床上。他們正準備關上門時，小女孩問阿敏：「爸爸，只有壞的法國人會受到攻擊，對不對？工人會保護那些好人，你說對不對？」

阿敏嚇了一跳，在女兒床上坐下。他低著頭，交握的雙手放在嘴巴前面，想了一下。

「不對。」他堅定地說：「這與好人壞人，或是公不公平都沒有關係。有些好人的農場也會被燒掉，但有些混蛋逃過一劫。在戰爭裡，沒有好壞也沒有公平。」

「那現在是戰爭嗎？」

「不完全是。」阿敏說，接著，彷彿自言自語，他又加上一句：「事實上比戰爭還糟。因為我們和敵人——或所謂的敵人——共同生活了很長的時間。這當中有些是我們的朋友、鄰居或家人。他們和我們一起長大，當我看著他們的時候，我看到的不是要對抗的敵人，不是的，我看到的，是他們曾是小孩的模樣。」

「那我們呢，我們是好人還是壞人？」

愛伊莎坐了起來，焦慮地看著阿敏。他覺得自己不會和小孩溝通，她一定聽不懂他想解釋的意思。

「我們啊。」他說：「我們和妳那顆樹一樣，一半檸檬一半柳橙。我們不在任何一邊。」

「他們也會殺了我們嗎？」

「不會，我們什麼事都不會有。我向妳保證。妳可以安心睡覺。」

他溫柔地拉著女兒的耳朵，靠過去親吻她的臉頰。他輕輕帶上門，來到了走廊時，他想著不能吃的「檸檬柳橙」。那些果實的果肉乾澀，苦澀到讓人流淚。他心想，人類的世界和植物的一樣。到了最後，一個物種會勝過另一個，有朝一日，柳橙會勝過檸檬——或反之亦然，果樹會再次結出人們可以食用的果子。

＊

不會的，他說服自己，不會有人來殺害我們，而他打算確保這件事。八月一整個月，他把步槍放在床下睡覺，還要穆拉德也這麼做。工頭幫忙阿敏在主臥室的壁櫥開出一扇活門。他們清空壁櫥，卸下隔版，在裡頭做了夾層底板。「過來。」一天，他對孩子說。塞林姆和愛伊莎來到他面前。

「進去裡面。」

塞林姆覺得這個遊戲很有趣，率先躲進夾層，姊姊跟在後面。阿敏蓋上底板後，兩個孩子陷入一片黑暗。他們在躲藏的位置，能聽到父親悶悶的說話聲，大人在房間裡走來走去的腳步聲。

「如果出了什麼事，如果我們有危險，你們就得躲進這裡。」

阿敏教瑪蒂德如何使用手榴彈，以防農場在他不在時受到攻擊。她像個士兵專心聆聽，不惜一切要保護自己的領域。幾天前，有個男人來到診療間。這名老工人一直在農場裡做事，甚至還認識老卡度·貝拉吉。她想像他應當為了得體，才會要求和她在外面的大棕櫚樹下說話。但也說不定是他病了，不想讓別人知道；或是想預支薪水或為遠方的親戚找工作，畢竟這種事經常發生。老工人先聊起悶熱的天氣，說熱風會影響收成。他問起兩個孩子的近況，為他們祝福。說完了瑣事，他把手搭在瑪蒂德的手臂上，低聲說：「假如哪天——特別是夜裡——我來找妳，千萬別開門。就算是我，就算我說有急事，有人生病或是有人需要協助也一樣，一定要關好妳家的門。告訴妳的孩子，也告訴那個女僕。如果我來，會是為了要殺妳。因為我終究會相信那些人的話，假如我要去到天堂，就得先殺掉法國人。」這天晚上，瑪蒂德拿出藏在床底下的步槍，赤腳走到大棕櫚樹下。昏暗的光線下，她對著樹幹射空了整個彈匣。隔天早上，阿敏醒來時，看到用來捕野兔的陷阱裡有老鼠的屍體。瑪蒂德聳肩回應阿敏的質問。「我再也受不了那個噪音了，聽那些老鼠在樹葉上爬來爬去，我會做噩夢。」

月底，關鍵的一晚終於來臨。八月的那個夜晚美麗又安靜。歇在扁柏樹梢的赭紅色月亮閃閃爍爍，兩個孩子躺在草地看流星。這個季節因為吹著東風，他們養成入夜後在花園裡吃晚餐的習慣。反射綠光的蒼蠅死在蠟燭的燭油裡，十來隻蝙蝠在枝頭飛來飛去，愛伊莎抬起一隻手遮住頭髮，深怕蝙蝠在她頭上築巢。

最早聽到槍聲的是女人。她們的耳朵聽多了孩子們的哭叫、病人的呻吟，練就了敏銳的聽力。她們坐在床上，不祥的預感壓在她們的胸口。瑪蒂德跑進孩子的房間。她抱起睡得又沉又熱的孩子。她抱緊塞林姆，說：「沒事，沒事。」她派塔茉把他們藏進衣櫃裡。還沒完全從夢中清醒的愛伊莎意識到塔茉正要蓋上壓在她上頭的隔版，而她得負責安撫弟弟。現在不是哭泣或反抗的時候，兩個孩子保持安靜。愛伊莎想到她用來捕鳥的手電筒。如果爸爸早點想到把手電筒給她就好了。

她躲藏在夾層裡，聽到塔茉的尖叫，她想出去打探父母的消息，她還聽到阿敏吼著：「通通不准出去！」女僕乖乖坐在廚房裡，一有風吹草動就跳起來，臉埋在臂彎裡哭。

最早出現的，是炫目的光亮，遠處的紫爆宛如在黑夜中出現的光洞。大火畫出另一道地平線，白日彷彿要在漆黑中升起。隨著藍光而來的是橘色火焰，這片田野首度如此通明，世界成了一團龐然餤火，成了劈啪作響的火球。一向無聲的風景如今充斥著槍聲和傳到他們耳中的叫喊，還夾雜著豺狼與貓頭鷹的呼嚎。

幾公里外的第一批作物開始燃燒，大火吞噬了杏仁樹和桃樹；看起來就像是成千上萬個女人說好同時準備一頓魔鬼大餐一樣，可怕的東風吹來了木頭和樹葉燃燒的味道。在火焰的爆裂聲中，隱約聽得見工人的喊叫，他們在外來移民的土地上奔跑，從水井邊跑向畜棚，跑向正在燃燒的乾草堆。飛揚的灰燼和火花噴濺在他們臉上，燒傷他們的後背和雙手，但是他們完全沒有感覺，只顧揮動手上的水桶。畜棚裡的牲畜活活燒死。「加總世上所有的善，也無法結束這場屠殺。」阿敏心想：「什麼也阻止不了他們。我們會困在這場大火中，不可能有別的出路。」

夜裡，一輛法國軍隊的坦克車開進了阿敏的產業。阿敏和穆拉德從太陽下山後便一直在巡邏，他們表明自己曾經也是軍人。對方問他們是否需要協助。阿敏看著巨大的坦克和軍人的制服，在自己的土地上看到軍方，讓他很不自在。他不想讓工人看到自己與他們視為入侵者的軍人說話。

「不，沒事，指揮官。我們這裡什麼都不需要。您可以繼續您的行程。」軍人離開後，穆拉德才稍息放鬆。

躲在夾層裡的塞林姆哭了起來。他緊貼著姊姊，把眼淚和鼻涕全糊到了她身上。愛伊莎對他說：「笨蛋，不要發出聲音。那些壞人聽到，會把我們找出來殺掉。」她用手掩住弟弟的嘴巴，但塞林姆動個不停。她想聽房子裡有什麼動靜，尤其想聽到母親的聲音，因為她最擔心瑪蒂德。如果他們找到瑪蒂德會怎麼對待她？塞林姆安靜下來了。他把臉貼在姊姊身上，驚訝地發現愛伊莎的心跳並沒有加快，當然，知道她不害怕也讓他比較安心。愛伊莎嘴唇貼在弟弟耳邊，開始祈禱。「天上的天使，我忠實又仁慈的指引，請讓我溫馴地遵循你的啟發，調整我的腳步，讓我不至於偏離我主的誡律。聖母，天主之母，我的母親和守護者，我把自己放置在祢的保護之下。」兩人漸漸睡著了，因著天使環繞的想像而心安。

愛伊莎先醒過來，她不知道自己睡了多久。外頭已經沒有聲音。槍聲似乎停了，世界恢復寧靜，她不懂為什麼沒人來放他們出來。「世界上會不會只剩下我們兩個人？」她心想。「他們會不會都死了？」她推開壓在身上的隔板，一站起來後，她立刻推開壁櫥門。塞林姆躺在夾層底面，當她站起來時，他小聲地呻吟。房間裡伸手不見五指。愛伊莎伸出雙手，慢慢走進走廊。她知道每件家具的位置，小心翼翼避開阻礙，免得發出聲音引來注意。來到空無一人的廚房，她一顆心往下沉。「他們來過了。」她告訴自己：「他們帶走塔茉、我爸媽，連瑟瑪都帶走了。」這一刻，房子似乎變得又大又充滿敵意。她看到自己成了親弟弟的母親，即將面對離奇的命運。她告訴自己一些孤兒的、受難的故事，這些既可怕又鼓舞人心的故事讓她的淚水湧上眼眶。接著，她聽到瑟瑪的聲音，這宛如瀕死的聲音好遙遠。愛伊莎回過頭，但什麼人也沒看見。一開始她以為自己在做夢，但小姑姑的聲音又傳了過來。小女孩走向窗口，在窗邊，她聽得更清楚了，有人在說話。「他們在屋頂上。」明白過來後，她過去拉開門，心裡一方面高興大家還活著，一方面又氣他們忘了姊弟倆。她在黑暗中爬上通往屋頂露臺的梯子，一下子就看到了穆拉德和阿敏的香菸火光。兩個男人並肩坐在晒杏仁的木條箱上，他們的妻子則背對背站著。瑪蒂德面向城市，從這個高點可以瞥見城市的燈火。瑟瑪則是盯著大火。「火不會燒過來我們這裡，感謝上天，山丘總算保注了。風勢轉弱了，馬上會下一場暴雨。」瑟瑪像十字架上的耶穌一樣張開雙手，發出一聲聲高喊。沙啞又不停歇的叫聲回應著豺狼被大火引發的呼嚎。穆拉德扔掉香菸，粗魯地拉住妻子的裙子，要她坐下。

愛伊莎站在梯子上，臉孔沒比屋頂的邊緣高多少，她猶豫著是否該爬上去。他們說不定會罵她。爸爸會說她老愛跟在他們身後管大人的事，不懂得看好自己。她看到遠處形狀像腦組織的雲團偶爾會發亮，雲層帶著電。瑟瑪說得沒錯。馬上會下雨了，他們得救了。她沒有白白祈禱，她的天使實踐了諾言。她謹慎地爬上屋頂，輕輕走向瑪蒂德。母親看到她，什麼也沒說。瑪蒂德攬過女兒，讓愛伊莎的頭靠在她的肚子邊，看逐漸熄滅的火光。

一個世界正在他們眼前消失。殖民者的房子在他們面前燃燒。大火吞噬了那些乖巧小女孩的洋裝、那些母親的時髦外套，以及放在櫃子深處，用被單捲起來、只穿過一次的貴重衣物。書籍成了灰燼，一如來自法國、驕傲地展示在本地人眼前的繼承物。愛伊莎無法抽離視線。在她眼裡，這片山丘從來沒有這麼美麗；她快樂到想要高喊。她好想說些話，想大笑，想像祖母口中的靈媒那樣一直繞圈圈跳舞，直到昏倒為止。但愛伊莎沒有動。她坐在父親身邊，貼過去抱住他的雙腿。「燒吧。」她心想。「去吧。消失吧。」

致謝

首先，我要感謝我的編輯 Jean-Marie Laclavetine，如果沒有他，這本書不可能面市。感謝他的信任和友誼，他對文學的熱情引導我走過這本書的每一頁。我同樣感謝 Marion Butel，她的效率和寬容讓我偷得許多寫作的時間。我由衷感謝歷史學家 Hassan Aourid，謝謝 Karim Boukhari，以及 Mustapha Bencheikh 與 Maati Monjib 兩位教授，他們的著作惠我良多，此外，他們還大方地協助我認識摩洛哥一九五〇年代的生活。感謝 Jamal Baddou 的信心和慷慨。最後，我衷心感謝我的丈夫 Antoine，他包容我的缺席，在我書房門口溫柔等待，每天都向我證明他對我的愛與支持。

專文推薦／

以書寫浸泡歷史，讓身分政治變得軟潤

梁莉姿（作家）

《他人之地》的美國版封面，是一顆橢圓的果實，上半連著蒂的是黃檸檬，下半卻是柳橙，更耐人尋味的，是柳橙正在融化，如褪色般液化滴落。這意象來自書中一幕：戰後回歸家鄉摩洛哥務農的男主角阿敏，某天決定把檸檬樹的樹枝嫁接到一棵柳橙樹上，他與法國女子瑪蒂德生下的混血兒愛伊莎，彷彿帶著自身的寓言色彩般，為這棵樹命名為「檸檬柳橙」。當兩種水果嫁接生長，到底是一方消蝕一方，抑或相互融混？畫面鮮明的對照放諸書中，既是複雜且晦澀的辯證，也直指作品母題：要怎樣活，才能獲得真正的認同？會否窮一輩子，我們終將只是被凝視的他者？

小說開始於一九四七年，距離摩洛哥被法國占領剛好三十五年，國內追求獨立的呼聲日高，民眾要求殖民者滾出國土，並開始連串示威活動；恰是另一組意識對照，在剛結束不久的二戰，向來政治冷感的摩洛哥男子阿敏代表殖民國參戰，不幸被俘，獲救後偶遇亟欲離開家庭的法國女子瑪蒂德。二人成婚後，一同遷往丈夫那信奉伊斯蘭教的家鄉，故事自此以兩種軸線展開：在橫向的當下，我們可以微觀偏鄉農場發生的家族日常與衝突。當中三名女性需平衡自身與他人期望而交織的身分政治尤為顯然：瑪蒂德本來自殖民國，卻需在殖民地面對阿拉伯社會的性別不平等，儼如權力倒置的矛盾（她那修長且永遠比丈夫頎長的個子或許正是象徵）；摩法混血兒愛伊莎自幼在鄉下長大，在入讀基督教學校，與其他貴族歐洲女孩相處中，意識到階級與文化的差異；生於傳統家庭的阿敏妹妹瑟瑪，隨著青春期對身體成熟及美貌的自覺，開始反抗長輩，爭取戀愛自主。三名女性在年齡、國籍、性格皆迥異，然而處境皆猶如被嫁接至柳橙樹上的檸檬，極力在格格不入的規範中，透過協商、忤逆、試探、挑釁、順從等方式，爭取與保有自身狹小的園地。

而在縱向的歷史洪流裡，小說則宏觀審視戰後到一九五六年摩洛哥獨立的九年間，隨著蘇丹穆罕默德被流放、法國政府武力鎮壓抗爭活動、兩地人民於國內暴動及仇殺等事件爆發，在地的摩洛哥人也不得不處理身分的擺蕩：由是，對於畢生只想滿足殖民者的凝視而活得規行矩步的阿敏、其不惜參與恐怖襲擊以實踐極端民族主義的弟弟歐瑪爾，以及餘生都活在戰爭陰影裡的昔日同僚穆拉德，對三名阿拉伯男子來說，歸屬何處的定位與思考，又何嘗不是政治？

然而，若本書探索的僅止於女性之於家庭與人民之於土地，兩者同為身分和自由而抗爭的「內」與「外」、「大」與「小」作對照的話，敘事結構未免過於工整簡單——同樣，小說要講述的，並非西方文明如何「啟蒙」北非人民，不是（來自法國，曾受教育的）瑪蒂德如何「拯救」被殖民者的故事——《他人之地》最耐看的，是那些如蛛網緊密外擴的小人物們，如何在私念與道德間躊躇不決。事件的發生往往就像驀然冒出的冰山，催促舵手必須慎選轉動方向才不致粉身碎骨，也因此，書中人物關係時而對立，時而共謀，唯有不體面的掙扎，才照見真實——阿敏和瑪蒂德的價值觀南轅北轍，頻起衝突，卻又常為竭力取悅對方（儘管多以失敗告終）而甘願擯棄原有文化，甚至尊嚴；歐瑪爾追求國家獨立，但對身分的信仰如雙面刃，同時讓他痛毆妹妹，貶抑女性。

故事起初，瑪蒂德作為進步開明的女性代表，看似一直大力支持瑟瑪追求自主，然而後來，為了維繫家庭幾近崩塌的秩序，她竟終於委婉歸信伊斯蘭教，甚至充當瑟瑪那被強逼的婚姻證婚人——那些我們自以為清晰堅定的認同：國族、性別、反抗與從屬，在緊密平實得近乎暴力的關係中，被搓揉得模糊難辯。小說一再以幽微的生活處境向讀者逼問：怎樣活下去就是個怎樣抉擇的問題——要為愛妥協，抑或為信念而決絕？

小說完結於一九五六年摩洛哥獨立前一個緊繃的晚上，阿敏再次重提「檸檬柳橙」的種植，「那些果實的果肉乾澀，苦澀到讓人流淚。」這是作者給出對移徙者身分的句點嗎？顯然，這大概只是個破折號——《他人之地》是蕾拉．司利馬尼的「歷史三部曲」首部曲，既借鑒了其外祖母於戰後自法國嫁到摩洛哥的真實經歷，也側寫出整個家族之於摩法兩地的經驗糾結：她的母親後來與曾受法國教育的摩洛哥經濟學家結婚，定居首都拉巴特，家庭以法語為主；司利馬尼則於十七歲時離開摩洛哥，到巴黎升學就業，乃至近年定居葡萄牙。作為不斷遷移，往返，夾於多種語言、政治和文化衝擊的寫作者，司利馬尼嘗試以書寫浸泡歷史，讓那些沉重的身分政治變得軟潤：「我們可以成為另一個個體，不再被某種性別、某個社會階級、某種宗教或某個國籍所定義。寫作，就是發現創造自己、創造世界的自由。」[1]是的，在創作中，我們就能讓柳橙般堅實的大敘事，慢慢褪色、滴落，直至鬆動。

1 引自《夜裡的花香：我在博物館漫遊一晚的所見所思》，林佑軒譯，木馬文化出版。

木馬文學171

他人之地

Le Pays des Autres

作者　蕾拉・司利馬尼（Leïla Slimani）
譯者　蘇瑩文
副社長　陳瀅如
總編輯　戴偉傑
責任編輯　丁維瑀
行銷總監　陳雅雯
行銷企劃　趙鴻祐
封面設計　馮議徹
排版　宸遠彩藝工作室

出版　木馬文化事業股份有限公司
發行　遠足文化事業股份有限公司（讀書共和國出版集團）
地址　231 新北市新店區民權路 108-4 號 8 樓
電話　(02) 2218-1417
傳真　(02) 2218-0727
E-mail　service@bookrep.com.tw
郵撥帳號　19588272 木馬文化事業股份有限公司
客服專線　0800-221-029
法律顧問　華陽法律事務所　蘇文生 律師
印刷　前進彩藝有限公司
初版一刷　2024 年 6 月
定價　420 元

ISBN　978-626-314-695-2
EISBN　9786263146938（EPBU）、9786263146945（PDF）

國家圖書館出版品預行編目

他人之地 / 蕾拉 . 司利馬尼 (Leïla Slimani) 著 ; 蘇瑩文譯 . -- 初版 . -- 新北市 : 木馬文化事業股份有限公司出版 : 遠足文化事業股份有限公司發行 , 2024.06
320 面 ;14.8x21 公分 . -- (木馬文學)
譯自 : Le pays des autres
ISBN 978-626-314-695-2(平裝)

876.57　　113007287